Entscheidung am Mount Everest

Roland Smith

Entscheidung am Mount Everest

Aus dem Englischen
von Leo H. Strohm

CARLSEN

FSC
Mix
Produktgruppe aus vorbildlich bewirtschafteten Wäldern und anderen kontrollierten Herkünften

Zert.-Nr. SGS-COC-1940
www.fsc.org
© 1996 Forest Stewardship Council

Deutsche Erstausgabe
Veröffentlicht im Carlsen Verlag
Januar 2010

Originaltitel: »Peak«

Lektorat: Dennis Wohlfeil
Umschlagbild: Fotofinder/Bildagentur Huber
Umschlaggestaltung: formlabor
Karte: Helge Vogt
Corporate Design Taschenbuch: Dörte Dosse
Gesetzt aus der Meridien und Frutiger
von Dörlemann Satz, Lemförde
Druck und Bindung: GGP Media GmbH, Pößneck
ISBN 978-3-551-35899-8
Printed in Germany

Dieses Buch ist für Marie,
weil sie mir all das gibt, was wirklich zählt

Mein Weg über die Nordflanke des Everest

Moleskine Nr. 1

Die Aufgabe

Ich heiße Peak, also »Gipfel«. Ja, ja, ich weiß: komischer Name. Aber seinen Namen und seine Eltern kann man sich eben nicht aussuchen. (Und, wo wir gerade dabei sind: einen Haufen andere Dinge im Leben auch nicht.) Es hätte schlimmer kommen können. Sie hätten mich auch Glacier (*Gletscher*) oder Abyss (*Abgrund*) oder Crampon (*Steigeisen*) nennen können. Kein Witz. Meine Mom sagt, dass alle diese Namen auf der Liste gestanden haben.

Vincent, mein literarischer Betreuer (das ist so was wie ein Englisch- oder Deutschlehrer an eurer Schule) hat gesagt, ich soll das hier aufschreiben, als Jahresabschlussaufgabe (an unserer Schule gibt es keine Noten).

Wenn Vincent den Satz liest, den ihr gerade gelesen habt, dann sagt er garantiert: *Peak, das sind mehrere unverbunden aneinandergereihte Hauptsätze und dazu noch dieses Parenthesen-Chaos.* (Genauso redet er.) Was er damit sagen will, ist, dass es ein bisschen durcheinander und sprunghaft wirkt. Meine Antwort lautet, dass mein Leben eben so ist (durcheinander) und dass das Chaos daher rührt, dass ich mit meiner Aufgabe auf der Ladefläche eines Toyota-Pick-ups in Tibet anfange, und zwar mit einem Druckbleistift ohne Radiergummi, und dass es auch ziemlich unwahrscheinlich ist, dass ich irgendwo hier in der Gegend ein Radiergummi auftreiben kann.

Außerdem hat Vincent gesagt, dass ein guter Schriftsteller die Leser in seinen Bann zieht, indem er mit einem Ereignis mitten in der Geschichte anfängt, mit einem *Aufhänger,* und dann erst die Sachen erzählt, die *vor* dem Aufhänger passiert sind.

Sobald du den Leser an der Angel hast, kannst du schreiben, was du willst, und ihn langsam an Land ziehen.

Ich glaube, Vincent hält die Leser für Fische. Wenn das wirklich so ist, dann sind *ihm* die meisten entwischt. Er hat ungefähr zwanzig Romane geschrieben, von denen kein einziger mehr gedruckt wird. Wenn er wirklich eine Ahnung von dem hätte, wovon er redet, warum muss ich dann in irgendwelchen Secondhand-Buchläden zwischen düsteren, vor sich hin modernden Regalen herumkriechen, wenn ich eines von seinen Büchern auftreiben will?

(Das habe ich sogar gemacht. Aber denk immer daran, was du selbst gesagt hast, Vincent: *Ein Schriftsteller sollte die brutale Wahrheit mit seiner ureigenen Stimme verkünden und sich seine Worte nicht durch Einzelne, die Gesellschaft oder die möglichen Konsequenzen vorschreiben lassen!* Und du hast gedacht, dass dir im Unterricht niemand zuhört. Außerdem weißt du, dass ich deine Bücher wirklich gut finde, sonst würde ich nicht so viel Zeit mit der Suche danach vergeuden. Und ich würde auch nicht versuchen auf der Ladefläche eines Pick-ups in Tibet diese Geschichte aufzuschreiben.)

Womit wir beim Thema wären …

Heute Morgen wurden wir aufgehalten, weil ein Felsblock so groß wie ein Schulbus mitten auf die Straße gestürzt war. In den USA würde man das mit Dynamit oder schweren Maschinen erledigen. In Tibet nehmen sie dazu Spitzhacken, Vorschlaghämmer und Häftlinge in zerlumpten Steppmänteln, die den Felsblock zu kleinen Steinchen klopfen. Die Häftlinge lächelten uns an, während wir versuchten auf der schmalen Straße an ihnen vorbei- und nicht über ihre zusammengeketteten Füße zu fahren. Steinsplitter hatten zahlreiche Kratzer und Schnitte in ihren fröhlichen Gesichtern hinterlassen. Diejenigen, die nicht mit Steineklopfen beschäftigt waren, beförderten den so entstandenen Schotter auf hölzernen Schubkarren bis zu irgendwelchen Schlaglöchern, die von sehr alten, tibetischen Häftlingen mit Hilfe von verbeulten Schaufeln und Rechen aufgefüllt wurden. Chinesische Soldaten in grüner Uniform hatten die Gewehre über die Schulter gehängt und standen Zigarette rauchend um große Feuerfässer herum. Die Häftlinge machten einen glücklicheren Eindruck als die Soldaten.

Ob der Felsblock wohl noch da war, wenn ich auf dem Rückweg hier vorbeikam? Ob ich wohl überhaupt jemals wieder hier vorbeikommen würde?

Der Aufhänger

Ich hatte erst zwei Drittel der Wand geschafft, da fing der Schneeregen an auf den schwarzen Terrakotta-Steinen festzufrieren.

Meine Finger waren taub. Meine Nase triefte. Ich hatte keine Hand frei, um sie mir abzuwischen, und auch nicht genügend Seil, um mich die gut 150 Meter bis zum Boden abzuseilen. Mal abgesehen vom Wetter hatte ich das Ganze so sorgfältig geplant, aber jetzt hieß es »Oh-oh«.

Eine Windbö versuchte mich aus der Wand zu reißen. Ich krallte meine Finger in die Fugen und schmiegte mich eng an die Terrakotta-Steine, bis es vorbei war.

Ich hätte bis Juni warten sollen. Aber nein, ich Volltrottel musste natürlich im März da hochklettern. Wieso? Weil alles vorbereitet war und Warten nicht meine Stärke ist. Ich hatte die Wand genau studiert, die Sicherheitsausrüstung für meine Bedürfnisse zusammengestellt und mir ein Datum rausgesucht. Ich war bereit. Und wenn ich den festgelegten Tag verstreichen ließ, dann würde ich es vielleicht nie wieder versuchen. Es ist nicht besonders schwierig, sich von so einer waghalsigen Nummer wieder abzubringen. Darum hocken ja sechs Milliarden Menschen jetzt friedlich in ihren Häusern rum, während einer …

»Volltrottel!«, rief ich.

Option Nr. 1: Den Aufstieg durchziehen. Achtzig Meter beziehungsweise rund einhundert unsichere Griffe (vorausgesetzt, meine Finger brachen nicht einfach ab wie Eiszapfen).

Option Nr. 2: Absteigen. Knapp über 150 Meter, zweihundertfünfzig Griffe.

Option Nr. 3: Auf Hilfe warten. Option gestrichen. Niemand wusste, dass ich an dieser Wand hing. Morgen früh (vorausgesetzt es sah jemand hoch und entdeckte mich) wäre ich zu einem Wasserspeier aus Eis geworden. Und falls ich doch noch am Leben war, würde meine Mom mich eigenhändig runterschmeißen.

Also dann: rauf.

Ich versuchte zwischen den giftigen Windböen weiterzuklettern, die immer häufiger wurden, je höher ich kam. Aus Schneeregen wurde Hagel, der wie ein Schwarm gefrorener Hornissen über mich herfiel. Aber das Schlimmste passierte, als ich noch ungefähr zehn Meter von der Spitze entfernt war, noch fünfzehn mickrige Griffe.

Ich machte gerade eine Pause, damit sich die Milchsäure, die mir stechende Schmerzen in Schultern und Armen verursachte, wieder ein bisschen beruhigen konnte. Ich holte mit offenem Mund Luft (teils wegen der Erschöpfung, teils wegen der panischen Angst) und nahm mir vor, dass ich das letzte Stück in Angriff nehmen würde, sobald ich wieder zu Atem gekommen war.

Während ich noch abwartete, hüllte mich dichter Nebel ein. Das obere Ende der Wand war nicht mehr zu erkennen, aber das kam mir ganz gelegen. Wenn du müde bist und Angst hast, dann kommen dir zehn Meter vor wie zwei Fußballfelder und das kann ganz schön entmutigend sein. Die Besteigung einer Wand geht nur Tritt für

Tritt und Griff für Griff. Wer weiter denkt, riskiert den Verlust seiner Willenskraft, und die ist für das Erreichen des Gipfels genauso wichtig wie die Muskeln und die Kletterkünste.

Endlich konnte ich wieder durch meine triefende Nase atmen. Es war zwar eher so eine Art Schnauben, aber wenigstens konnte ich jetzt auch ab und zu mit geschlossenem Mund Luft holen.

Los jetzt, sagte ich mir. *Noch fünfzehn Griffe, dann hast du's geschafft.*

Ich streckte also die Hand nach der nächsten Fuge aus und sah mich plötzlich und unerwartet einem kleinen Problem gegenüber. Na ja, eigentlich war es eher ein größeres Problem …

Mein rechtes Ohr und meine Backe waren an der Terrakotta-Wand festgefroren.

Für das Erreichen des Gipfels braucht man Willenskraft, Muskeln, Kletterkünste und …

EIN GESICHT!

Meins klebte wie festgeschraubt an dieser Wand und ein Teil davon hing auch dann noch dort, nachdem ich genügend *Willenskraft* aufgebracht hatte, um mich loszureißen. Ich hatte eine Stinkwut im Bauch, aber das war genau das, was ich brauchte, um die letzten Meter zu schaffen.

Bei jedem Tritt stieß ich einen lauten Fluch aus, bis ich einen guten Meter unterhalb der Kante war. Dann hielt ich an. Am liebsten hätte ich dieses Monster mit dem Blut getaggt, das mir den Hals herablief. Stattdessen holte ich meine Berggipfel-Schablone aus dem Rucksack (das ist geschummelt, ich weiß, aber wenn man freihändig sprayen will, braucht man beide Hände), knallte sie an die Wand und füllte sie mit blauer Sprühfarbe aus.

In diesem Augenblick tauchte der Hubschrauber hinter mir auf und pustete mich fast von der Wand.

»Sie sind verhaftet!«, brüllte eine Lautsprecherstimme über den ohrenbetäubenden Lärm der Rotoren hinweg.

Ich blickte nach unten. Der Nebel hatte sich dank der Hubschrauberrotoren weitgehend verzogen und so konnte ich zum ersten Mal seit einer Stunde die 230 Meter tiefer liegende, belebte Straße am Fuß des Wolkenkratzers erkennen.

Neben mir baumelte plötzlich ein schwarzes Seil und zwei aufgebrachte und wütende Gesichter schauten mich über die Dachkante hinweg an.

»Nimm das Seil!«

Ich hatte nicht vor, einen Meter vor dem Ziel, ein Seil in die Hand zu nehmen. Ich kletterte weiter.

»Nimm das Seil!«

Als mein Kopf über der Brüstung auftauchte, zogen sie mich hinauf und fesselten mir die Hände mit Handschellen auf den Rücken. Sie trugen die Kampfmontur des mobilen Einsatzkommandos und Baseballkappen des New York Police Department. Und sie waren sehr viele.

Einer der Polizisten beugte sich dicht an mein blutendes Ohr. »Was, zum Teufel, hast du dir dabei gedacht?«, fragte er. Dann riss er mich auf die Füße und übergab mich einem normalen Streifenpolizisten.

»Schaffen Sie diesen Volltrottel in die Notaufnahme.«

Ein paar Stiche & Der Knast

Als ich aus dem Fahrstuhl in die Eingangshalle trat, war ich erst mal geschockt. Ich war umringt von einem Schwarm Reporter und überall blitzten Kameras. Wie waren die bloß so schnell hierhergekommen?

»Das ist ja noch ein Kind.«

»Wie heißt du?«

»Er blutet.«

»Warum hast du das gemacht?«

»Hast du's bis ganz nach oben geschafft?«

Ich antwortete auf keine ihrer Fragen. Um ehrlich zu sein: Ich schaute sie kaum an. Das Entscheidende bei einem spektakulären *Tag* ist nicht seine künstlerische Gestaltung, sondern einzig und allein das Geheimnisvolle seiner Entstehung.

Ein Typ fährt Woche für Woche und Jahr für Jahr mit der U-Bahn an den siebzehn immer gleichen, verlassenen Güterwaggons vorbei, die irgendwo auf einem Abstellgleis stehen. Und dann, eines Morgens, sind alle siebzehn plötzlich von oben bis unten mit den abgedrehtesten und schönsten Graffiti verziert. Oder ein Autofahrer im Berufsverkehr, der schon tausend Mal unter derselben Brücke durchgefahren ist und sie dabei kaum bemerkt hat, bis sie eines Morgens über die gesamte Breite mit fluoreszierendem Orange und Grün besprüht ist.

Wie haben die das bloß gemacht?

Mit einem Gerüst?

In einer Nacht?

Wie viele waren es?

Wo war die Polizei?

Worum geht es überhaupt?

Das Geheimnisvolle. Darum geht es. Und meiner Meinung nach gibt es viel zu wenig davon.

Meine blauen Berggipfel waren klein, aber dafür brachte ich sie auch an besonders riskanten Stellen an, wo sie vielleicht niemals entdeckt wurden, höchstens mal von einem gelangweilten Büro-Heini oder einem Fensterputzer. Das hier war mein sechster Wolkenkratzer. Mein Ziel waren eigentlich neun gewesen. Warum? Keine Ahnung. Aber jetzt würden alle erfahren, wie ich es gemacht hatte. Das Geheimnisvolle war dahin und das war das Schlimmste an der Tatsache, dass sie mich geschnappt hatten.

Dachte ich zumindest.

Ich rechnete eigentlich damit, dass meine Mom in der Notaufnahme auftauchen und mir auch noch das linke Ohr abreißen würde, aber so kam es nicht. (Und es stellte sich heraus, dass mein rechtes Ohr immer noch an meinem Kopf dran war, genau wie der Großteil meiner Backe.)

Der indonesische Notarzt schaute sich mein Gesicht ein oder zwei Minuten lang im Schein seiner Lampe an und fragte mich dann, was eigentlich passiert sei. Dabei schaute er die beiden Polizisten in der Tür an, als ob sie mich so zugerichtet hätten.

»Mein Gesicht ist an einer Hauswand festgefroren.«

»Du hättest lauwarmes Wasser zum Auftauen nehmen sollen.«

»Hätte ich bestimmt gemacht, wenn ich welches dabeigehabt hätte.«

»Ich säubere jetzt die Wunde und dann nähe ich sie mit ein paar kleinen Stichen wieder zusammen.«

Es dauerte keine Stunde, dann war ich wieder draußen. Die beiden Polizisten brachten mich auf die Wache und steckten mich in einen versifften Raum mit einer verspiegelten Wand. Ich sah nicht besonders gut aus. Und ich fühlte mich auch nicht besonders gut. Mein Schädel brummte. Meine Arme und Beine taten weh. Und vier Fingernägel waren in der Mitte bis zum Nagelbett eingerissen. Es fühlte sich an, als hätte sie jemand angezündet. Der Notarzt hatte nicht mal einen Blick darauf geworfen.

Nach gefühlten zwei Tagen ging die Tür auf und ein müde aussehender Detective in einem zerknitterten Anzug kam herein, meinen Rucksack und eine dicke Akte in der Hand. Er leerte den Rucksack auf dem Tisch aus und ging den ganzen Kram einzeln durch. Als er fertig war, stopfte er das Zeug wieder rein und schaute mich kopfschüttelnd an.

»Du hast Mist gebaut, Pete.«

»Peak«, erwiderte ich.

»Peak, wie ›Berggipfel‹?«

»Genau.«

»Komischer Name.«

»Komische Eltern.«

»Ja, genau. Ach, übrigens, ich hab gerade mit deiner Mutter telefoniert. Sie hat gesagt, ich hätte ihre Erlaubnis, dich zu Brei zu schlagen.«

Gute, alte Mom.

»Dann hab ich noch einen Anruf bekommen«, fügte er hinzu. »Vom Bürgermeister. Ich bin seit fünfunddreißig Jahren Polizist, aber einen Anruf vom Bürgermeister persönlich habe ich noch nie bekommen. Er ist außer sich vor Wut. Es hat sich nämlich herausgestellt, dass er auf einem Empfang im Woolworth Building war. Die haben geglaubt, du wärst ein Terrorist, aber es ist ja mittlerweile ziemlich offensichtlich, dass du einfach bloß ein Vollidiot bist.«

Er starrte mich an und wartete auf eine Reaktion. Den Gefallen tat ich ihm nicht. Ich war tatsächlich ein Vollidiot. Es wäre besser gewesen, wenn ich mir vor der Besteigung den Veranstaltungskalender des Gebäudes ein bisschen genauer angeschaut hätte. Die Reporter hatten sich jedenfalls nicht alle in Windeseile auf den Weg gemacht, um einen Schnappschuss von mir zu bekommen. Sie waren schon vorher da gewesen, genau wie die Polizei.

»Dauert noch einen Moment, dann bringen sie dich rüber ins JDC.«

»Was ist denn das JDC?« Ich war noch nie zuvor verhaftet worden.

»Juvenile Detention Center, das Jugendgefängnis. Da bleibst du dann bis zu deiner Anhörung.«

Auch jetzt war ich mir nicht so ganz sicher, was das eigentlich bedeuten sollte, und der Detective musste es gemerkt haben, denn er erklärte mir, dass jugendliche Straftäter anders behandelt werden als Erwachsene. Der Bezirksstaatsanwalt würde eine Anklageschrift vorbereiten und ich würde vor einem Richter stehen und mich entweder schuldig oder nicht schuldig bekennen müssen.

»Und dann lassen sie mich gehen«, sagte ich.

»Vielleicht ja, vielleicht nein. Kommt darauf an, wie hoch die Kaution ist und ob deine Eltern die Kohle auftreiben können. Oder aber, es gibt überhaupt keine Kaution. Dann bleibst du bis zur Verhandlung oder deiner Verurteilung im JDC. Das kann Monate dauern. Die Gerichte sind alle überlastet.«

Mein Mund wurde trocken.

»Das ist aber das erste Mal, dass ich so was gemacht habe«, sagte ich.

»Du meinst wohl, das ist das erste Mal, dass du dabei erwischt worden bist.« Der Detective schlug den Aktenordner auf und legte drei Fotos auf den Tisch. »Wir sind jetzt schon eine ganze Weile hinter diesen *Tags* her. Sieht ganz so aus, als hätten wir den Künstler auf frischer Tat ertappt.«

Die Aufnahmen waren grobkörnig und offensichtlich mit einem langen Teleobjektiv gemacht worden, aber das blaue Berggipfel-Graffito war klar und deutlich zu erkennen.

Zwei uniformierte Polizisten nahmen mich vor dem Verhörzimmer in Empfang, zusammen mit meiner Mom. Sie war so wütend, dass sie kaum einen Ton herausbrachte. Sie schaute sich meinen Gesichtsverband an und schaffte es immerhin zu fragen, wie es mir geht.

»Alles okay.«

»Wir müssen ihn jetzt ins Jugendgefängnis bringen, Ma'am«, sagte einer der Polizisten.

Mom nickte und schaute mich an. »Wir werden sehen, was wir tun können, Peak. Aber dieses Mal hast du dich wirklich selbst übertroffen.«

Dann brachten sie mich weg.

Am dritten Tag im Jugendknast fing ich an die Wände hochzugehen (buchstäblich), bis mein Berater (so heißen hier die Wachen) gesagt hat, ich soll damit aufhören.

Spider-Boy, die Fliege, der Eidechsen-Junge war jeden Tag auf den Titelseiten der Zeitungen zu lesen. Jeder Artikel stocherte noch ein bisschen tiefer in meiner Familiengeschichte herum: meine Mom, mein Dad, mein Stiefvater, sogar meine beiden Zwillingsschwestern wurden ins Visier genommen. Es waren Infrarot-Aufnahmen von mir zu sehen, wie ich den Wolkenkratzer hochkletterte, Fotos aus der Schule, Fotos von Mom und Dad aus ihrer Zeit als »Berglöwen«. Und auch meine beiden anderen blauen Berggipfel-*Tags* hatten sie mittlerweile entdeckt.

Schon nach dem zweiten Tag las ich keine Zeitung mehr und verließ auch jedes Mal den Gemeinschaftsraum, wenn die Nachrichten im Fernsehen kamen.

Im JDC durfte man nicht unbegrenzt telefonieren. Ich konnte Mom nur einmal erreichen und mich erkundigen, wie es aussah, aber sie hatte ein Treffen mit unseren Rechtsanwälten und deshalb keine Zeit, um mit mir zu reden.

Am Morgen des vierten Tages kam mein Berater in mein Zimmer (so heißen hier die Zellen) und teilte mir mit, dass ich Besuch hatte. Endlich!

Ich war ziemlich enttäuscht, als ich dann Vincent im Besucherraum entdeckte und nicht meine Mom. (Nichts für ungut, Vincent.) Er wirkte ein bisschen geschockt, als er mein völlig verschorftes Gesicht sah.

»Ich habe dir ein paar Bücher mitgebracht«, sagte er und schob einen Stapel Taschenbücher über den Tisch.

»Ich kann mir vorstellen, dass es hier drin ganz schön langweilig ist.«

»Stimmt. Danke.«

»Außerdem habe ich dir ein paar Moleskine-Notizbücher mitgebracht.« Er holte zwei schwarze, eingeschweißte Notizbücher aus seiner Tasche und legte sie auf den Tisch, als wären es heilige Schriften. »Sie werden in Italien hergestellt. Van Gogh, Picasso, Ernest Hemingway, Bruce Chatwin, sie alle haben zum Zeichnen oder Schreiben Moleskines benutzt.«

»Echt?«

Ich schätze, ich sollte euch noch ein bisschen mehr über meine Schule erzählen.

Es handelt sich nämlich um eine ganz besondere Schule. Sie ist so besonders, dass sie nicht mal einen offiziellen Namen hat. Der Einfachheit halber wird sie Greene Street School oder GSS genannt, weil sie eben in der Greene Street liegt. Sie hat hundert Schüler aus ganz Manhattan, vom Vorschulalter bis zur Highschool. Die meisten sind Wunderkinder, das heißt, sie machen Musik, singen, tanzen, schauspielern oder lösen komplizierte mathematische Probleme, die kein Computer lösen kann ... Und dann gibt es noch mich, der nichts dergleichen kann. Ich bin nur wegen meines Stiefvaters auf dieser Schule, Rolf Young. Er sitzt im Beratungsausschuss der Schule und erledigt alle juristischen Angelegenheiten pro bono, das heißt: umsonst. Die GSS liegt zwei Querstraßen von unserem Loft entfernt und meine beiden Zwillingsschwestern gehen auch dahin. Aber im Gegensatz zu mir aus gutem Grund. Sie können nämlich wahnsinnig gut Klavier spielen.

Es hat ein ganzes Jahr gedauert, bis sie an der Schule mein besonderes Talent entdeckt haben, und ich glaube, sie haben sich einfach eins ausgedacht, damit Rolf auch weiterhin gratis irgendwelche Sachen für sie erledigt.

»Peak ist unser Schriftsteller!«, hatte die Direktorin eines Tages erklärt und einen Aufsatz hochgehalten, den ich am selben Morgen beim Frühstück noch schnell hingekritzelt hatte, während ich meine Cornflakes hinunterschlang.

Eigentlich wäre ich lieber ihr Super-Kletterer gewesen, aber an der GSS wird Sport nicht als wertvolle menschliche Betätigung betrachtet.

Nicht, dass ihr mich falsch versteht: Ich mag die GSS. Die Schüler und Lehrer sind ein ziemlich abgefahrener Haufen und wirklich ausgesprochen unterhaltsam. Ich habe dort sogar das eine oder andere gelernt. Das Problem ist nur, dass ich keine Freunde an der Schule habe. Daran hat eigentlich niemand Schuld. Ich interessiere mich eben in erster Linie fürs Klettern. Und die anderen Schüler interessieren sich eher für Zahlentheorien, die Frage, mit welchem Darm sie ihren Geigen- oder Cello-Bogen bespannen sollen, oder für Maltechniken.

Aber egal, so bin ich jedenfalls an Vincent geraten. Als Englischlehrer hatte er die Aufgabe bekommen, den vermeintlichen Schriftsteller zu betreuen.

Er packte eines der Moleskines aus und zeigte mir die kleine Tasche im hinteren Einband, in der man Notizen aufbewahren konnte, und wie man mit dem Gummiband eine bestimmte Seite markierte oder das Notizbuch am Aufklappen hinderte.

»Ich habe dir auch einen Stift mitgebracht«, sagte er,

»aber den darf ich dir nicht geben. Sie haben Angst, dass du damit die Wände vollkritzelst.«

Ich glaube, sie hatten eher Angst, ich könnte damit jemanden erstechen (oder, was wahrscheinlicher war: Jemand anders könnte ihn mir wegnehmen und *mich* damit erstechen).

»Ich werde aber sehen, was ich tun kann, um dir etwas zum Schreiben zu besorgen«, sagte Vincent. Er redete immer sehr langsam, sprach jedes Wort ganz deutlich aus und ich habe noch nie gehört, wie er auch nur einen einzigen Buchstaben verschluckt hat. »Einige der größten Werke der Weltliteratur wurden in Gefängniszellen komponiert.«

Ich hatte nicht vor, lange genug im JDC zu bleiben, um irgendetwas zu komponieren.

»Ganz gleich, ob du wieder an unsere Schule zurückkommst oder nicht, du kannst das Schuljahr auf jeden Fall zum Abschluss bringen. Ich habe mit der Direktorin gesprochen. Vier weitere Autoren und ich werden dich anhand dessen beurteilen, was du in das Notizbuch schreibst.«

Beurteilen bedeutete benoten an der GSS.

»Ich habe dir zwei Moleskines mitgebracht, falls du etwas Längeres schreiben möchtest. Es muss eine Geschichte sein – also kein Tagebuch oder Protokoll. Eine Geschichte mit einem Anfang, einer Mitte und einer Auflösung am Schluss. Die Geschichte kann auf deinem Leben basieren oder dem Leben eines anderen Menschen. Sie kann aber auch völlig deiner Fantasie entspringen. Du musst lediglich ein Moleskine damit füllen und dabei einige von den Erzähltechniken benutzen, die ich dir während dieses

Schuljahrs beigebracht habe. Dann hast du die Anforderungen erfüllt.«

»Ich komme wieder an die Schule zurück«, sagte ich.

Er sah nicht so aus, als würde er mir glauben.

»So oder so«, sagte er dann. »Die Aufgabe bleibt dieselbe.«

Etwas später an diesem Morgen bekam ich zum zweiten Mal Besuch. Von einer Frau. Lange, braune Haare, blassblaue Augen, olivenbraune Haut und mit einem Kleidersack über dem Arm. Sie war klein, aber von kräftiger Statur, und sie hatte gut definierte Armmuskeln. Abgesehen von dem etwas steifen Rücken (was man nicht sehen konnte, wenn man es nicht wusste) hatte sie nur einen einzigen Makel, und das waren ihre Hände. Sie waren mit Narben übersät. Eine Folge des jahrelangen Kletterns.

»Tut mir leid, dass ich es nicht früher hier raus geschafft habe«, sagte Mom. »Aber mit den Zwillingen und den Anwälten und …«

»Ist schon okay«, unterbrach ich sie. Das JDC lag mindestens eineinhalb Autostunden von unserem Loft in Manhattan entfernt. Außerdem arbeitete Mom auch noch Vollzeit in einem Buchladen, der ihr zusammen mit einer Freundin gehörte. Aber natürlich wäre es mir trotzdem lieber gewesen, ich hätte sie früher gesehen.

Sie kam zu mir herüber und begutachtete die verschorften Stellen in meinem Gesicht.

»Hässlich«, sagte sie.

»Danke.«

Sie fing an, hin und her zu gehen.

»Wie geht es den Zwillingen?«

»Heulen ununterbrochen, seitdem du geschnappt worden bist.«

Ich zuckte zusammen. Meiner Mom Sorgen zu machen war eine Sache, aber bei Patrice und Paula war das etwas anderes. »P & P« wurden sie von Mom und Rolf genannt. Ich nannte sie »Pi-Pi«, was sie jedes Mal zum Kichern brachte. Sie waren sechs Jahre alt und schauten zu dem dritten Pi (mir) auf wie zu einem Gott.

»Dieses Mal bist du eindeutig zu weit gegangen, Peak. Sechs Wolkenkratzer! Die fressen dich mit Haut und Haaren und anschließend spucken sie die Reste wieder aus. Rolf hat praktisch jeden in der Stadt aufgescheucht, der ihm noch einen Gefallen schuldig war, aber ich glaube nicht, dass es etwas nützen wird. Er hat zwar die Anhörung hinauszögern können und versucht eine erneute Verschiebung zu erreichen …«

(Ich hatte meine Mom schon öfter aufgeregt erlebt, aber noch nie so wie jetzt. Sie tigerte in der kleinen Gefängniszelle auf und ab wie ein Leopard im Käfig.)

»… in der Hoffnung, dass die öffentliche Aufregung sich langsam legen würde, aber nach dem, was gestern Abend passiert ist, können wir das natürlich vergessen. Der Bezirksstaatsanwalt, mit dem Rolf früher mal zur Schule gegangen ist, und der Richter haben den Vorschlag einfach vom Tisch gewischt …«

»Warte mal«, unterbrach ich sie. »Was ist denn gestern Abend passiert?«

Sie blieb stehen und starrte mich mit offenem Mund und weit aufgerissenen Augen an.

»Hast du das noch gar nicht mitgekriegt?«

Ich schüttelte den Kopf.

»Ein Junge ist vom Flatiron Building gestürzt. Er ist tot.«

Ich starrte sie an. »Und was hat das …«

»… mit dir zu tun?«, kreischte sie. »Du bist der *Grund* dafür, Peak. Der Junge hatte sämtliche Zeitungsausschnitte über dich in seinem Zimmer hängen. Er hatte eine Dose mit blauer Sprühfarbe im Rucksack. Er ist in seinem ganzen Leben vorher noch nie geklettert. Was erklärt, warum er es nur zwanzig Meter hoch geschafft hat. Aber die haben gereicht. Er ist abgestürzt und jetzt ist er tot und du wanderst für drei Jahre ins Gefängnis.«

»Was?« Jetzt sprang ich auch auf.

»Unglaublich!« Sie stieß ein raues Lachen aus. »Du baumelst direkt über dem Abgrund, Peak, und du kriegst es nicht mal mit.«

Über dem Abgrund baumeln … das war so ein Ausdruck aus unserem früheren Leben im Westen. Den hatte ich seit Jahren nicht mehr gehört.

»Was soll das denn heißen: drei Jahre?«

»Und drei Monate«, sagte sie. »Dann wirst du achtzehn.«

Jetzt fing *ich* an, hin und her zu tigern. Ich war doch bloß das Woolworth Building hochgeklettert. Ich hatte damit weder angegeben noch ein Filmchen ins Internet gestellt. Es war mein kleines Geheimnis. Meine Art … na ja, eigentlich wusste ich ja selbst nicht so genau, warum ich das gemacht hatte. Das mit dem anderen Jungen tat mir leid, aber es war nicht meine Schuld.

»Hast du es Dad schon erzählt?«, erkundigte ich mich und meinte damit meinen richtigen Dad, nicht Rolf.

Noch so ein bitteres Lachen.

»Der ist in Nepal. Ich habe ihm bei einem Sherpa, der kaum ein Wort Englisch gesprochen hat, eine Nachricht hinterlassen. Ich weiß nicht einmal, warum ich ihn überhaupt angerufen habe. Die reinste Verzweiflung, nehme ich an.«

Sie holte tief Luft. »Hör zu, ich muss los. Rolf und ich haben eine Besprechung mit den Rechtsanwälten.«

»Rechtsanwälte?« Ich war davon ausgegangen, dass Rolf mein Rechtsanwalt war.

»Es sind zwei. Rolf kann dich nicht vertreten. Er ist dein Stiefvater, das ist ein Interessenkonflikt.«

»Glaubst du …«

Ihre ganze Haltung änderte sich, als sie merkte, wie viel Angst ich hatte. Sie wurde weich und ihre blassblauen Augen füllten sich mit Tränen.

»Ich hoffe es, Peak«, sagte sie leise. »Aber ich bin nicht besonders zuversichtlich. Die Behörden wollen ein Exempel an dir statuieren.« Sie wandte sich ab und wischte sich die Tränen aus den Augen, dann reichte sie mir den Kleidersack. »Dadrin ist ein Anzug. Den musst du morgen anziehen. Und ich habe mit den Leuten hier geredet. Irgendwann heute Nachmittag kommt ein Friseur vorbei und schneidet dir die Haare.«

Ich sackte auf meinen Stuhl zusammen.

»Kopf hoch«, meinte sie und bemühte sich dabei fröhlich zu klingen. »Ich glaube nicht, dass er dich allzu übel zurichten wird. Du musst so aussehen, als wärst du ein …«

»Meine Haare sind mir egal! Was mir Sorgen macht, sind diese drei Jahre. Ich werde ja jetzt schon verrückt hier drin. Ich halte das …«

Dann brach alles gleichzeitig über mich herein: die Aktion mit dem Wolkenkratzer, die Festnahme, der Junge, der vom Flatiron gefallen war … ich klappte zusammen.

Meine Mom hielt mich fest.

Über dem Abgrund

Ich beherrschte Bachmannknoten, Palstek, Kreuzschlag, Achterknoten, doppelten Spierenstich und ein halbes Dutzend anderer Knoten mit einer Hand und im Dunkeln, aber den Krawattenknoten bekam ich einfach nicht richtig hin. Die paar Mal, die ich eine getragen hatte, hatte Rolf die Ehre gehabt, sie mir zu binden. Schließlich erbarmte sich der Wärter, der mich in den Gerichtssaal bringen sollte. Wir erledigten die Angelegenheit von Mann zu Mann, dann führte er mich in den Saal.

An einem Tisch links von der Richterbank saßen die Vertreter der Staatsanwaltschaft (ein Mann und eine Frau) und blätterten in irgendwelchen Papieren. Sie hoben kaum den Kopf, um sich den Menschen anzuschauen, dessen Leben sie in Kürze ruinieren wollten.

An dem Tisch auf der rechten Seite saßen meine Rechtsanwälte (ebenfalls ein Mann und eine Frau). Auch sie blätterten in Papieren, hörten aber damit auf, als der Wärter mich an sie übergab, lächelten, gaben mir die Hand, stellten sich vor …

Ich kriegte gar nicht richtig mit, wie sie hießen, weil ich viel zu sehr damit beschäftigt war, die fünf Menschen anzustarren, die direkt hinter ihnen saßen. Rolf sah aus wie aus dem Ei gepellt, sehr professionell. Seine Krawatte war perfekt gebunden. Neben ihm saßen Patrice und Paula. Ihre Augen sahen ein bisschen verheult aus, aber sie waren ganz aufgeregt mich zu sehen und hatten ihre Lieblingskleider angezogen (genau die gleichen natürlich). Sie winkten mir zu und versuchten ein Kichern zu unterdrücken, als ich mit den Lippen ein unhörbares »Pi-Pi« formte. (Nicht, dass ihr mich jetzt falsch versteht: Mir war in diesem Augenblick eigentlich nicht nach Späßen zu Mute, aber ich hatte das Gefühl, dass die Zwillinge ein bisschen Aufmunterung gebrauchen konnten. Sie hatten in den vergangenen Tagen schon genug durchgemacht.)

Neben den Zwillingen saß meine Mutter. Sie wirkte besorgt, aber eindeutig weniger angespannt als gestern bei ihrem Besuch im JDC. Vielleicht war ja der Typ, der neben ihr saß, der Grund dafür (obwohl ich da so meine Zweifel hatte).

Er hieß Joshua Wood, war vermutlich der beste Bergsteiger der Welt ... und außerdem mein Vater.

Ich hatte ihn seit sieben Jahren nicht mehr gesehen und er schien sich in seinem Anzug genauso wohlzufühlen wie ich mich in meinem. Sein Markenzeichen, den Bart, hatte er sich abrasiert. (Erst kürzlich, so wie es aussah.) Im Vergleich zu dem oberen, wettergegerbten und sonnenverbrannten Teil seines gut aussehenden Gesichtes wirkte die untere Hälfte jedenfalls relativ blass. Seine Lippen waren rissig, die Haut auf seiner Nase pellte sich und er sah im Großen und Ganzen ungefähr so aus, als hätte man ihn gerade erst aus einer Lawine ausgegraben.

Seine Augen waren von dem gleichen blassen Blau wie die meiner Mutter. Er nickte mir zu und lächelte, aber ich war viel zu verwirrt, um sein Lächeln zu erwidern.

»Bitte erheben Sie sich«, sagte der Gerichtsdiener und riss mich aus meiner Erstarrung.

Meine Rechtsanwältin drehte sich zu mir um und strahlte mich mit einem umwerfenden Lächeln an. Gleich würde sie sagen: »Wunderschöne Krawatte.« Stattdessen aber sagte sie: »Du gibst keinen Mucks von dir, bevor ich es dir sage. Und zeig Reue.«

Offensichtlich war sie meine Hauptanwältin. Ich glaube, sie hieß Traci.

Der Richter – ein streng aussehender Typ mit weißem Bürstenhaarschnitt – setzte sich an seinen Platz und ließ uns noch ein paar Sekunden lang stehen, bevor er dem Gerichtsdiener zunickte.

»Bitte setzen Sie sich«, sagte der Gerichtsdiener mit leichtem Zittern in der Stimme.

Meine Mom hatte Recht. Der Richter würde mich mit Haut und Haaren auffressen und die Reste wieder ausspucken. Er setzte eine Brille auf und las sich ein paar Notizen durch, dann begann er mit der Verlesung der Anklage. »Hausfriedensbruch, Vandalismus, vorsätzliche Gefährdung …«

So ging es endlos weiter.

Als er schließlich am Ende seiner Liste angekommen war, schob er die Brille auf die Nasenspitze und schaute mich über den Rand hinweg direkt an. »Und, was sagst du dazu: Schuldig oder nicht schuldig?«

Traci zog mich auf die Beine und flüsterte mir die Antwort ins Ohr. Ich war mir nicht sicher, ob ich sie richtig verstanden hatte. Sie wiederholte es noch einmal und hatte dabei genau das gleiche Lächeln aufgesetzt wie vorhin.

Ich holte tief Luft.

»Nicht schuldig«, sagte ich.

»In allen Anklagepunkten?«, wollte der Richter ungläubig wissen.

»Ganz genau, Euer Ehren«, erwiderte Traci und lächelte ungerührt weiter.

»Sie wollen sich wohl über mich lustig machen. Die Anklage ist im Besitz eines Videos, das zeigt, wie er das Woolworth Building hochklettert. Dreiundzwanzig Polizeibeamte haben auf dem Dach gestanden und gesehen, wie er über die Brüstung gezogen wurde. Er hat eine Erklärung unterzeichnet und diese Tatsachen bestätigt.«

»Unter Zwang«, sagte Traci. »Zum damaligen Zeitpunkt war er erschöpft, verletzt und halb erfroren.«

»Ich bitte Sie! Dieser Junge hat praktisch jede schützende Maßnahme genossen, die unser Rechtssystem vorsieht, unter anderem sogar die Verschiebung dieser Anhörung. Also, was wollen Sie mit alldem bezwecken?«

»Wir streben eine öffentliche Verhandlung an«, erwiderte Traci.

Die Halsschlagadern des Richters waren offensichtlich kurz vor dem Platzen. Er starrte zum Tisch der Anklagevertretung hinüber. »Haben Sie das gewusst?«

Die Vertreter der Staatsanwaltschaft schüttelten vehement den Kopf.

»Vielleicht sollten wir uns in Ihr Büro zurückziehen«, schlug einer der beiden vor.

»Oh, unbedingt«, pflichtete Traci freudig bei.

»Alle vier auf einem Haufen, in meinem kleinen Kämmerchen?«, sagte der Richter. »Vergessen Sie's. Es ist doch sowieso niemand hier, außer …« Jetzt registrierte er Patrice und Paula zwischen meiner Mom und Rolf.

»Oh«, sagte er und warf dann einen Blick zu dem Wärter, der mich im Fahrstuhl nach unten gebracht hatte. »Meinen Sie, Sie könnten diese beiden jungen Damen mit nach draußen nehmen und ein Eis für sie auftreiben?«

»Was ist mit dem Gefangenen?«, fragte der Wärter zurück.

»Ich denke, er kann solange hierbleiben.« Dann blickte er die Zwillinge an. »Mögt ihr denn Eiscreme?«

»Schokolade«, sagte Paula.

»Vanille«, sagte Patrice.

»Ich glaube, das lässt sich machen.«

»Sollen wir dir auch was mitbringen, Peak?«, wollte Paula wissen.

»Ich wette, es gibt auch Erdbeere«, meinte Patrice (meine Lieblingssorte), aber es hörte sich eher nach »Ee-weere« an, weil ihr erst kürzlich beide Schneidezähne rausgefallen waren.

»Nööööh«, antwortete ich. »Ich hab schon zum Frühstück eine große Schale voll gekriegt.«

»Hast du gar nicht!«, sagten sie einstimmig und kicherten, als der Wärter sie nach draußen brachte.

Der Richter wartete, bis die Tür wieder ins Schloss gefallen war, dann setzte er die Anhörung fort. Er nickte der Gerichtsschreiberin zu. »Ab jetzt ist das eine inoffizielle Besprechung.«

Sie schaltete das Tonband aus und hörte auf zu tippen.

»Jetzt sind wir ganz unter uns«, fuhr der Richter fort und blickte Traci an. »Sie wissen doch genauso gut wie ich, dass wir in dieser Sache keine öffentliche Verhandlung wollen. Der Medienzirkus ist ja jetzt schon gewaltig. Erst vorgestern ist ein Junge in den Tod gestürzt. Ich bin mir sicher, dass weder Sie noch Peak noch seine Eltern wollen, dass so etwas noch einmal passiert.«

»Natürlich nicht«, erwiderte Traci. »Aber genau aus diesem Grund kann ich auch nicht zulassen, dass mein Mandant unverhältnismäßig lange ins Gefängnis gesteckt wird, nur weil die Presse verrückt spielt. Die Polizei und das Bürgermeisteramt haben sich in der ganzen Angelegenheit wirklich nicht mit Ruhm bekleckert.«

Der Richter schaute sie einen Augenblick lang an, dann warf er einen Blick hinüber zu den Staatsanwälten. »Da hat sie Recht. Was sagen Sie dazu?«

Die Frau (sie war älter als ihr Kollege) stand auf. »Vor dieser Anhörung haben wir zwei Jahre mit sechs Monaten Strafminderung bei guter Führung angeboten. Achtzehn Monate ist angesichts der vielen Anklagepunkte ein ziemlich guter Deal.«

Nicht, wenn man sie absitzen muss, dachte ich. Aber immer noch besser als drei Jahre. Traci nahm ein Blatt Papier vom Tisch.

»Während der vergangenen fünf Jahre sind fünfzehn Erwachsene festgenommen worden, weil sie Hochhäuser in New York City bestiegen haben. Die längste Strafe dafür waren sechs Monate und etliche Kletterer mussten überhaupt nicht ins Gefängnis.« Sie blickte zur Staatsanwaltschaft hinüber. »In einer Verhandlung können wir für unseren Mandanten mehr erreichen. Wir gehen vor Gericht.«

Die Staatsanwältin bedachte sie mit einem griesgrämigen Blick.

Ich spürte, wie der Abgrund unter mir sich langsam schloss, aber noch hatte ich keinen festen Boden unter den Füßen.

»Worauf wollen Sie hinaus?«, erkundigte sich der Richter.

»Eine Geldstrafe auf Bewährung. Und kein Gefängnis.«

»Vergessen Sie's«, erwiderte der Richter schroff.

»Was wäre, wenn wir dafür sorgen würden, dass Peak heute noch aus New York verschwindet?«, wollte Traci wissen. »Aus den Augen, aus dem Sinn und aus der Presse. Keine Interviews. Die Story stirbt, weil es keine Story mehr gibt. Puff!«

Der Richter musste beinahe lächeln. »Er soll sich in Luft auflösen, hm? Ich bitte um eine Erklärung.«

»Peaks leiblicher Vater hat angeboten ihn in seine Obhut zu nehmen.«

Ich riss den Kopf so schnell herum, dass mir ein stechender Schmerz in den Hals fuhr.

Mein Vater war aufgestanden.

»Ich nehme an, Sie sind der Vater?«

»Ja, Sir. Joshua Wood.«

»Der Bergsteiger?«

»Ja, Sir.«

Der Richter schaute erst Rolf und Mom und dann wieder Joshua an. »Mr Wood, wie oft haben Sie Ihren Sohn in letzter Zeit gesehen?«

»Nicht besonders oft in den letzten Jahren«, gab er zu.

Seit sieben Jahren kein einziges Mal, dachte ich.

»Als Teri und Rolf geheiratet haben«, fuhr er fort, »da dachten wir, dass es für Peak das Beste ist, wenn ich mich erst mal im Hintergrund halte.«

Das hörte ich zum ersten Mal. Ehrlich gesagt, ich war mir nicht mal sicher, ob mein Vater überhaupt gewusst hatte, dass Rolf und meine Mutter verheiratet waren, bevor er den Gerichtssaal betreten hatte. Vielleicht hatte sie ihm ja eine Postkarte oder so was geschickt. Aber eine Einladung zur Hochzeit hatte er ganz bestimmt nicht bekommen.

»Warum haben Sie jetzt Ihre Meinung geändert?«, wollte der Richter nun wissen.

»Peak ist mein Sohn. Es wird langsam Zeit, dass ich mich dazu bekenne und mehr Verantwortung übernehme.«

Ich schaute zu Mom und Rolf. Sie hatten den Blick vollkommen ausdruckslos geradeaus gerichtet.

»Was hältst du davon?«, erkundigte sich der Richter.

Traci stieß mich mit dem Ellbogen an und ich drehte mich wieder um.

»Ich?«

Der Richter nickte.

»Ähm … das wäre toll … ähm … Euer Ehren.«

Der Richter wandte sich wieder an meinen Vater. »Verfügen Sie denn über die notwendigen Mittel, um für einen vierzehnjährigen Jungen sorgen zu können?«

»Wir haben eine vollständige Aufstellung seiner finanziellen Verhältnisse vorbereitet«, sagte Traci. Sie nahm eine Mappe mit zahlreichen Papieren in die Hand und brachte sie nach vorne zum Richtertisch.

Der Richter überflog die einzelnen Seiten.

»Wie Sie sehen, ist Mr Wood ein sehr erfolgreicher Geschäftsmann.«

»Auf dem Papier«, erwiderte der Richter mürrisch. Dann schaute er erneut meinen Vater an. »Wo leben Sie eigentlich, Mr Wood?«

»In Chiang Mai.«

»Wo ist das denn?«

»In Thailand.«

Jetzt folgte ein sehr langes Schweigen und ich merkte, wie unter mir bereits wieder der Abgrund gähnte.

»Wo würde Peak denn zur Schule gehen?«, wollte der Richter schließlich wissen.

»Keine acht Kilometer von meinem Haus entfernt gibt es eine Internationale Schule«, sagte mein Vater. »Ich habe ihn bereits dort angemeldet. Er kann im August anfangen.«

»Momentan besucht Peak die Greene Street School«, sagte Traci. »Er muss für dieses Jahr lediglich noch eine Aufgabe erfüllen. Das kann er problemlos auch von Thailand aus erledigen.«

»Die Greene Street School?« Zum ersten Mal lächelte der Richter. »Zufälligerweise war ich auch mal auf der GSS.«

Ich hatte gar nicht gewusst, dass es auch juristische Wunderkinder gibt.

Der Richter winkte die Vertreter der Anklage zu sich nach vorne und sie unterhielten sich lange und im Flüsterton miteinander. Als sie fertig waren, musterte er uns einzeln der Reihe nach.

»Also gut«, sagte er dann. »Wir machen Folgendes: Peak, du bekommst eine Bewährungsstrafe bis zu deinem achtzehnten Geburtstag. Falls du in dieser Zeit im Bundesstaat New York gegen irgendwelche Gesetze verstößt und dadurch deine Bewährungsauflagen verletzt, kommst du sofort in eine Jugendstrafanstalt und sitzt dort deine Gefängnisstrafe ab. Hast du das verstanden?«

»Ja.«

»Darüber hinaus verurteilt dich das Gericht zu einer Geldstrafe von einhundertfünfzigtausend Dollar ...«

Der Richter musste mir meine Erschütterung angesehen haben, jedenfalls hob er beruhigend die Hand.

»Das Geld wird auf einem Treuhandkonto hinterlegt und zurückgezahlt, wenn du alle deine Bewährungsauflagen erfüllt hast.« Sein Blick wanderte zu meinen drei Eltern hinüber. »Ich gehe davon aus, dass Sie das Geld zusammenkratzen können.«

»Kein Problem, Euer Ehren«, sagte mein Vater. Mom und Rolf nickten zustimmend.

»Wenn ich Peak wirklich laufenlassen soll, dann müssen wir dafür sorgen, dass kein großes Aufheben darum gemacht wird«, fuhr der Richter fort. »Ich verfüge hiermit, dass kein Wort dieses Gesprächs nach außen dringen darf. Niemand wird ein Sterbenswörtchen über irgendetwas, das diesen Fall betrifft, verlieren. Nicht gegenüber den Medien und auch sonst niemandem gegenüber. Das gilt besonders für die Rückzahlbarkeit der Geldstrafe. Wir wollen jeden abschrecken, der Peaks idiotische, halsbrecherische Aktion nachahmen will. Anders ausgedrückt: Wir wollen, dass der ganze Spuk sich in Luft auflöst.«

Er blickte Traci und mich an.

»Puff!«, sagte er.

Die Zwillinge

Der Richter sagte, dass wir durch den Hinterausgang rausgehen sollten, weil vor dem JDC ein Schwarm Reporter auf uns wartete.

Mein Vater ging als Erster. Er meinte, er hätte noch ein paar Besorgungen zu machen und wir würden uns dann am Flughafen treffen. Mir fiel ein, dass ich mich vielleicht bei ihm bedanken sollte, aber da hatte er schon den halben Weg bis zum Ausgang zurückgelegt und zerrte sich die Krawatte vom Hals, als sei sie eine Anakonda. Wahrscheinlich hatte ich später auch noch genügend Zeit, um mich bei ihm zu bedanken. Schließlich würden wir die nächsten drei Jahre zusammen verbringen.

Mom reichte mir meinen Reisepass und einen kleinen, mit Kleidern vollgestopften Rucksack. Rolf hatte sich auf die Suche nach den Zwillingen gemacht.

»Kommt ihr noch mit zum Flughafen?«, fragte ich sie, immer noch ein bisschen durch den Wind.

»Aber natürlich«, sagte sie. »Es kann nur sein, dass wir nicht bleiben können, bis dein Flugzeug startet. Rolf hat eine Verhandlung.«

Ich blätterte den Reisepass durch. »Dann hast du also schon gewusst, dass ich wegfahre?«

»Nicht so richtig«, erwiderte sie. »Josh ist gestern Abend spät hier angekommen und wir haben die ganze Nacht gebraucht, um diesen Plan zusammenzuschustern.«

»Bist du zufrieden damit?«

»Ich weiß nicht. Es wäre schön gewesen, wenn wir das Ganze ein bisschen gründlicher hätten planen können, aber Josh muss wieder zurück. Ist wahrscheinlich gar nicht das Schlechteste. Ich glaube, der entscheidende Punkt für den Richter war, dass du heute noch verschwindest.«

»Puff«, sagte ich.

Sie lächelte. »Und wir können dich genauso schnell wieder auftauchen lassen, wie du verschwunden bist.« Sie holte eine Kreditkarte und eine internationale Telefonkarte aus der Handtasche und gab sie mir. »Falls irgendetwas schiefgeht oder du einfach nach Hause kommen möchtest, dann nimmst du die hier.«

Ich steckte die Karten in die Einbandtasche eines der Moleskines in meinem Rucksack.

»Wir schicken dir alles nach, was du brauchst, sobald du da bist.«

»Wie lange?«, wollte ich wissen.

»Das liegt ganz bei dir, schätze ich mal. Wenn du bis zum Ende des Sommers durchhältst, dann überlegen wir neu. Aber falls du früher nach Hause kommen willst: ein Anruf genügt. Der Richter hat nicht gesagt, wie lange du wegbleiben musst.«

»Was ist mit Dad?«, sagte ich dann. »Ich meine …«

»Ich weiß genau, was du meinst«, erwiderte sie. »Josh scheint reifer geworden zu sein, seit wir uns das letzte Mal gesehen haben. Er ist weit gereist, um dir zu helfen. Ich kann dir gar nicht sagen, wie verdattert ich war, als er plötzlich bei Traci im Büro aufgetaucht ist. Da waren wir gerade absolut verzweifelt. Traci dachte, dass sie bestenfalls eine Strafminderung herausholen kann. Josh hat sich das Ganze angehört und anschließend genau das Szenario entworfen, das sich heute im Gerichtssaal abgespielt hat. Wenn du am seidenen Faden hängst, dann gibt es keinen Besseren als Joshua Wood. Nur leider kümmert er sich erst dann um dich, wenn du wirklich schon über dem Abgrund baumelst.« Sie lachte. »Rolf und Traci haben gemeint, er hätte nicht Bergsteiger, sondern Anwalt werden sollen.«

»Ich glaube, ich sollte mal mit den Zwillingen reden«, sagte ich.

Sobald Rolf und Mom uns alleine gelassen hatten, brachen Patrice und Paula in Tränen aus.

»Wer geht mit uns zur Schule?«

»Wer geht mit uns nach Hause?«

»Wer spielt mit uns im Park?«

»Was ist mit unserem Geburtstag?«

»Wieso bist du überhaupt auf dieses doofe Haus geklettert?«

In Gegenwart der Ps konnte man leicht durcheinandergeraten. Sie hatten eine seltsame Art, die Dinge zu betrachten. Und sie hatten die Angewohnheit, gegenseitig ihre angefangenen Sätze zu beenden. Es war, als hätten sie zusammen nur ein Gehirn.

Ich schätze, ich muss unsere Beziehung noch ein bisschen ausführlicher erklären. Sie sind an meinem achten Geburtstag auf die Welt gekommen. Das fand ich am Anfang nicht so besonders toll. Wollt ihr an eurem achten Geburtstag mit einem Babysitter in einem Loft herumhängen, während eure Mutter und euer nervöser Stiefvater im Krankenhaus sind und Zwillinge bekommen? Ab sofort ist *euer* besonderer Tag auch der besondere Tag der Zwillinge. Es hat über zwei Jahre gedauert, aber dann hatten die beiden mich rumgekriegt. Sie waren einfach so schlaue und witzige Ps und sie beteten den Boden an, den meine Füße berührten (was mir echt geholfen hat). In den ersten Jahren hatten wir ein Vollzeit-Kindermädchen, aber irgendwann habe ich so viel Zeit mit den beiden verbracht, dass Mom und Rolf darauf verzichtet haben. Paula und Patrice waren vermutlich das schönste Geburtstagsgeschenk aller Zeiten.

Und zum ersten Mal, seitdem sie mich erwischt hatten, bereute ich wirklich, dass ich auf diesen beknackten Wolkenkratzer geklettert war. Was sollte ich denn ohne die beiden Ps anfangen?

»Wir haben gelesen, dass du einen anderen Daddy hast als wir«, schniefte Patrice.

Ich zuckte zusammen. Noch so eine verhängnisvolle Auswirkung dieser idiotischen Wolkenkratzer-Kletterei.

Wir hatten ihnen bisher verschwiegen, dass ich nur ihr Halbbruder war. Rolf und Mom dachten, das würde sie nur durcheinanderbringen. (Sie haben die Zwillinge schon immer unterschätzt.) Aber dass sie es aus der Zeitung erfahren, hatte ich auch nicht gewollt. Die Journalisten hatten nicht lange gebraucht, um herauszufinden, dass Spider-Boy der Sohn von Joshua Wood war.

»Wir sind Halbschwestern«, sagte Patrice.

Paula schüttelte den Kopf und verdrehte die Augen. »Das hab ich dir doch schon mal erklärt. Ein Halbes plus ein Halbes ergibt ein Ganzes. Also sind wir zusammen auch seine ganze Schwester.«

»Stimmt«, sagte Patrice. »Hab ich vergessen.«

(Ich habe ja schon erwähnt, dass sie eine seltsame Art hatten, die Dinge zu betrachten.)

»Wir haben uns schon immer gewundert, dass du einen anderen Nachnamen hast als wir«, meinte Paula. »Ich hab gedacht, das ist, weil wir Zwillinge sind und du nicht. Irgend so eine Namensregel.«

Als Mom und Rolf geheiratet haben, habe ich Moms Mädchennamen behalten, Marcello. Rolf hat mir angeboten mich zu adoptieren, aber das wollte ich nicht. Mir gefiel mein Nachname und ich wollte ihn nicht ändern. Außerdem war mir Rolf auch nicht so besonders sympathisch. (Nicht, dass ich irgendwas an ihm auszusetzen gehabt hätte. Aber er war eben nicht mein richtiger Vater. Mehr dazu später.)

»Du gehst nach Teilland«, sagte Patrice. »Muss man da alles teilen?«

»Nicht ganz«, entgegnete ich. »Thailand ist ein Land in Südostasien, südlich von China.«

»Wann kommst du zurück?«, wollte Paula wissen.

»Weiß ich nicht«, sagte ich.

»Zu unserem Geburtstag?«

»Unseren Geburts*tagen*«, korrigierte Patrice.

»Kommst du?«

»Ich hoffe es«, sagte ich. »Aber so ein Flug von Thailand nach New York kostet sehr viel Geld.«

»Wir haben Geld.«

»Vierundsechzig Dollar und fünfunddreißig Cent.«

Paula schüttelte den Kopf. »Vierundsechzig Dollar und siebenundvierzig Cent.«

»Ist das genug?«

»Kann sein«, sagte ich. »Hört mal, ihr werdet mir fehlen und ich möchte, dass ihr mir ganz viele Briefe schreibt.«

»Versprochen«, sagten sie einstimmig.

Dann kamen Mom und Rolf zurück.

»Wir sollten lieber losfahren.«

Rolf hielt vor der Abflughalle am Flughafen und wir stiegen alle aus. Mom fing an zu weinen, und als die Zwillinge das sahen, fingen sie auch damit an.

Ich umarmte sie alle gleichzeitig. Dabei fiel mein Blick auf Rolf. Er stand ein wenig abseits, verlegen wie üblich, und mir wurde klar, dass auch er mir fehlen würde. Behutsam machte ich mich von den Mädchen los und ging zu ihm.

»Tut mir leid, dass ich euch so viel Ärger mache«, sagte ich.

Rolf legte mir die Hand auf die Schulter und lächelte. »Es wird ziemlich langweilig werden ohne dich. Pass auf dich auf und denk daran, die Karten zu benutzen, wenn es notwendig ist.« Er blickte zu Mom und den Zwillingen hinüber und dann sah ich zum allerersten Mal Tränen in seinen Augen. »Wir werden dich vermissen.«

Berglöwen

Als ich das Flughafengebäude betreten hatte und zum Schalter der Fluggesellschaft kam, war mein Dad nicht da. Unser Flugzeug sollte erst in drei Stunden starten, also machte ich mir auch keine Gedanken … noch nicht.

Ich suchte mir eine Toilette und stellte fest, dass Mom lauter Klamotten in den Rucksack gepackt hatte, die *ihr* gefielen (und die nicht unbedingt meine erste Wahl waren), aber sie waren besser als der Anzug, den ich einfach in einen Mülleimer stopfte. Er war mir sowieso zu klein.

Noch zwei Stunden und fünfundfünfzig Minuten. Auf einem Flughafen rumzusitzen und zu warten ist vielleicht das Schrecklichste überhaupt … na ja, abgesehen davon, im Gefängnis rumzusitzen und zu warten.

Ich kaufte mir einen gruselig aussehenden Hotdog und verschlang ihn zusammen mit einem Mineralwasser.

Zwei Stunden und dreiundfünfzig Minuten.

Ich durchwühlte meinen Rucksack, entdeckte die beiden Moleskines und überlegte, ob ich mit meiner Aufgabe anfangen sollte. Ich hatte nichts weiter zu tun, als eines der beiden Notizbücher vollzuschreiben, aber ich hatte keine Ahnung, worüber ich schreiben sollte.

In einem Laden fand ich einen Druckbleistift, aber nachdem ich mich hingesetzt und die Verpackung aufgemacht hatte, zischte das Radiergummi wie eine Rakete in die Luft und ich fand es nicht mehr wieder. Ich schrieb »Moleskine

Nr. 1« auf die erste Seite, dann legte ich Stift und Notizbuch beiseite.

Entmutigend.

Zwei Stunden und siebenunddreißig Minuten.

Ich saß da und sah den Leuten beim Kommen und Gehen zu und endlich wurde mir klar, dass ich frei war. Das brachte mich dazu, darüber nachzudenken, wie es überhaupt zu alldem gekommen war … und damit meine ich nicht die Hochhauskletterei oder die Festnahme oder die Verhandlung. Ich meine damit die weit zurückliegende Vergangenheit. Die Zeit vor meiner Geburt …

Gezeugt wurde ich in einem Zwei-Mann-Zelt im Schatten des *El Capitan* im Yosemite-Nationalpark.

Zumindest glaubt meine Mom, dass es da passiert ist.

Damals waren meine Eltern vierundzwanzig Jahre alt. Am Tag vor dem Zeltereignis hatten sie den Gipfel des El Cap auf der Iron-Hawk-Route in der Rekordzeit von zweiunddreißig Stunden und dreiundvierzig Minuten erreicht. Und das war nicht der einzige Kletterrekord, den sie in diesem Jahr verbessert hatten: Hallucinogen Wall, Body Wax, The Flingus Cling und Dutzende anderer Rekorde wurden vom Kletter-Duo Teri Marcello und Joshua Wood gebrochen.

Bergsteiger-Zeitschriften und Ausrüstungsfirmen hatten erstes Interesse bekundet … und angefangen ihnen Geld zu bezahlen. Der verrostete alte Kleinbus, in dem sie drei Jahre lang gewohnt hatten, wurde gegen ein nagelneues Wohnmobil mit Allradantrieb ausgetauscht. Keine Aushilfsjobs mehr, um irgendwie das Geld für Benzin und

Essen zusammenzukratzen, kein Schnorren mehr bei irgendwelchen Wochenend-Kletterern. Sie kauften sich ein Grundstück in Wyoming und bauten ein Holzhaus direkt vor einer dreißig Meter hohen, senkrechten Felswand, die ein ideales Trainingsgelände war. Die »Berglöwen« waren auf dem Weg nach oben.

Ich habe mal Fotos von ihnen aus dieser Zeit gesehen. Mein Vater sah aus wie ein Bodybuilder, war gleichzeitig aber gelenkig wie ein Turner. Auf meinem Lieblingsfoto steht er auf einer hohen Felskante und berührt dabei mit der Nase seine Knie.

Meine Mutter war einen Kopf kleiner als mein Vater. Sie war schlank und ihre Rastalocken kitzelten an ihren kräftigen Schultern. Ihre muskulösen Arme und Beine sahen aus wie knotige Seile und ihre Bauchmuskeln wie Bodenschwellen. Kugelsicher.

Aber nicht babysicher.

Zwei Monate nach dem El Cap hat sie meinem Vater erzählt, dass sie schwanger ist. Ich habe keine Ahnung, wie er darauf reagiert hat, aber ich glaube kaum, dass er vor Freude in die Luft gesprungen ist.

Es war eine schwierige Schwangerschaft, mit Komplikationen. Die Ärzte haben gesagt, dass sie im Bett liegen muss, sonst würde sie mich verlieren. Sie hat sich daran gehalten, aber mein Vater war immer unterwegs. Er hat Seminare gegeben, Ausrüstung getestet und Klettertouren gemacht und dabei am Kilimandscharo, am Mount McKinley und an der Annapurna neue Rekorde aufgestellt. Genau dort, auf der Annapurna, war er auch an dem Abend, als ich auf die Welt kam.

Mom erreichte ihn über Satellitentelefon im Basislager, nachdem er vom Gipfel zurückgekehrt war.

»Wir soll er denn heißen?«, hatte Mom ihn gefragt.

»Peak.«

»Pete?«

»Nein, Peak. P-E-A-K. Wie ›Berggipfel‹.«

Er sah mich zum ersten Mal, als ich drei Monate alt war, und da hatte meine Mutter auch ihren Unfall. Ich war dabei, in einen Kindersitz am Fuß der Felswand in unserem Garten geschnallt (und habe mir wahrscheinlich die Präriehunde angeschaut, die die Köpfe aus ihren Löchern hervorstreckten, ohne überhaupt kapieren zu können, dass ich so was wie Eltern hatte).

Sie kletterten in zehn Metern Höhe die Wand empor, ohne Sicherung. Für »Berglöwen« wie sie war das auch nichts anderes als über einen vollkommen ebenen Parkplatz zu spazieren. Mom griff nach oben und erwischte einen losen Stein. Sie hielt ihn immer noch in der Hand, als mein Dad unten bei ihr ankam, wahrscheinlich nur fünf Sekunden nachdem sie auf dem Boden aufgeprallt war.

Zehn Meter. Hüfte zerschmettert. Rücken gebrochen.

Mein Dad hat sämtliche Seminare, Klettertouren und alles andere abgesagt und ist während der ganzen Zeit bei ihr geblieben. Es hat fast ein Jahr gedauert, bis das orthopädische Puzzle endlich fertig und sie wieder zusammengeflickt war. Rollstuhl, Krücken und dann, als sie mit Hilfe eines Gehstocks durch die Gegend humpeln konnte, fuhr Dad wieder weg. Von da an hat er sich jedes Jahr ein paar Mal für ein, zwei Tage bei uns blickenlassen.

Es hat Mom noch einmal zwei Jahre Physiotherapie gekostet, bis sie auch den Gehstock weglassen konnte, aber geklettert ist sie nie wieder.

Als Dad mich das erste Mal zum Klettern mitgenommen hat, war ich fünf Jahre alt. (Wir wollten es eigentlich vor Mom geheim halten, aber sie hat sich nicht mal für eine Minute von den Ködern und der Angelausrüstung täuschen lassen.) Im Lauf der nächsten zwei Jahre bin ich nur noch vier Mal mit ihm zusammen geklettert, aber dafür habe ich Hunderte Solo-Aufstiege an der Wand hinter unserem Haus geschafft, während Mom die Sicherungsleine gehalten und mir Anweisungen zugebrüllt hat.

Dann stand plötzlich Rolf vor unserer Tür. Der Anwalt aus New York, der Ritter mit der goldenen Rüstung. Er und Mom waren zusammen aufgewachsen, in Nebraska. Als Nachbarskinder. Rolf hatte seit dem achten Lebensjahr für sie geschwärmt. Nach der Highschool war Mom losgezogen, um auf Felsen zu klettern, und Rolf war nach Harvard gegangen, um Jura zu studieren.

Eines Abends mitten in einem Schneesturm stand er vor unserer Hütte. Wir saßen gerade vor dem Holzofen und lasen. (Damals hatten wir noch keinen Fernseher.) Es klopfte an die Tür (eigentlich war es eher ein verzweifeltes Hämmern), so dass wir beide vor Schreck zusammenzuckten. Unsere Hütte lag fünfundzwanzig Kilometer vom nächsten Ort entfernt. Um zehn Uhr abends kam hier niemand mehr vorbei (bis auf Dad, der seine Ankunft niemals vorher ankündigte und nicht einmal daran dachte anzuklopfen).

Mom machte die Haustür auf und da stand Rolf, auch wenn sie ihn zuerst gar nicht erkannte. Seine Sachen waren für den Winter in Wyoming denkbar ungeeignet – eine dünne Jacke, Khakihosen und Tennisschuhe. Er versuchte sein Zähneklappern zu unterdrücken, aber ohne Erfolg. Seine Stimme zitterte, vielleicht wegen der Kälte, ich glaube aber eher, weil er solche Angst hatte. Er hatte meine Mutter seit über zehn Jahren nicht mehr gesehen.

»Hallo, Teri«, sagte er.

»Rolf?«

»Ja … ähm … ich bin mit dem Mietwagen irgendwie von der Straße abgekommen, so anderthalb Kilometer weiter hinten. Ich hätte ja vorher angerufen, aber du stehst nicht im Telefonbuch.«

»Hier draußen benutzen wir das Handy. Das ist einfach beque… Ist ja auch egal …« Sie zog ihn ins Haus, machte ihm eine Tasse heiße Schokolade und gab ihm ein paar Klamotten von meinem Vater, die ihm viel zu groß waren.

Ich bin ins Bett gegangen, deshalb weiß ich nicht, was in dieser ersten Nacht passiert ist, aber in den nächsten Monaten kam er uns regelmäßig besuchen. Sooft es ging, ist er übers verlängerte Wochenende hergeflogen. Rolf brachte meine Mom zum Lachen und dafür mochte ich ihn, aber abgesehen davon hatten wir nicht allzu viel gemeinsam. Ich schätze, ich war ein bisschen sauer auf ihn, weil er sich in das einfache Leben drängte, das wir uns hier in der Wildnis eingerichtet hatten.

Er nahm uns mit nach New York, was sehr interessant war, aber auch laut und verwirrend im Vergleich zur Prärie. Am Ende unseres zweiwöchigen Aufenthaltes setzten die beiden sich mit mir in Rolfs Küche zusammen und sagten, dass sie heiraten wollten.

»Okay«, sagte ich, ohne zu wissen, was das eigentlich bedeutete.

Erst später wurde mir klar, dass es bedeutete, dass wir die Hütte in Wyoming verkaufen und in das Loft in New York ziehen würden. Es bedeutete, dass mein richtiger Dad nicht mehr länger zu Kurzbesuchen vorbeischaute. Es bedeutete die Greene Street School. Es bedeutete, dass ich in den kommenden Jahren keine einzige Felswand zu Gesicht bekommen würde, sondern bestenfalls die fünf Meter hohe Kletterwand beim YMCA ein Stück die Straße runter, und die hätte ich rückwärts und ohne Sicherung geschafft, wenn die Typen an den Sicherungsleinen mich gelassen hätten. Keines von diesen Dingen trug dazu bei, die Beziehung zwischen Rolf und mir zu verbessern.

Die Zwillinge waren meine Rettung. Und es half auch, dass meine Mom mir erlaubte ein halbes Dutzend Kletter-Zeitschriften zu abonnieren. Auf der Rückseite einer dieser Zeitschriften entdeckte ich die Kletter-Sommerfreizeiten. Ich musste erst sehr lange schmollen, bis Mom mir erlaubt hat an so einer Freizeit teilzunehmen. Was letztendlich den Ausschlag gab, war, dass sie den Kletterlehrer kannte. Ein ehemaliger »Berglöwe«, der doch noch einen ehrbaren Beruf ergriffen hatte.

Von da an hat sie mir auch die nächsten Kletter-Camps erlaubt, vorausgesetzt, ich war gut in der Schule.

Dann wurden die großen Zeitabstände zwischen meinen Klettertouren für mich zum Problem. Ich fing an, an Wolkenkratzern hochzublicken, und sagte mir immer wieder, dass ich mir die Route nur *anschauen*, aber auf keinen Fall wirklich da hochklettern wollte. Klar.

Um eine Felswand hochzuklettern, muss man die äußere Beschaffenheit der Wand genau studieren, nach den besten Griffen und Tritten für Hände und Füße suchen und sich überlegen, welchen Problemen man möglicherweise begegnen könnte, damit man die richtige Ausrüstung mitnehmen kann.

Um einen Wolkenkratzer hochzuklettern, muss man über das Innere genauso gut Bescheid wissen wie über das Äußere. (Genau da habe ich ja bei meiner letzten Besteigung Mist gebaut.) Man will schließlich nicht vor einem Fenster baumeln, hinter dem gerade jemand am Schreibtisch sitzt oder den Boden staubsaugt.

Außerdem muss man den Rückweg planen. Das war ziemlich einfach. Ich nahm den Fahrstuhl.

Auf jedem Dach gibt es eine Tür. Ich bin immer irgendwann am späten Nachmittag des Tages, an dem die Klettertour steigen sollte, auf das Dach gefahren und habe das Türschloss mit Klebeband abgeklebt. Sobald ich dann auf das Dach geklettert war, bin ich ins Treppenhaus geschlüpft und habe den Rest der Nacht dort verbracht. Morgens, nach dem Eintreffen der ersten Angestellten, bin ich über die Treppe ein paar Stockwerke tiefer gegangen, habe mich in den Fahrstuhl gestellt, bin ins Erdgeschoss gefahren und einfach rausgegangen, so, als hätte ich in aller Frühe einen Zahnarzttermin gehabt. Dann war ich wieder zu Hause, bevor Mom, Rolf oder die Zwillinge etwas von meinem nächtlichen Ausflug mitbekommen haben.

Ich schätze, im Woolworth Building hat das nicht ganz so gut geklappt.

Bangkok

Eine Stunde und dreiundvierzig Minuten.

Und immer noch kein Lebenszeichen von meinem Vater.

Ich hatte mit Rolf, Mom und den Zwillingen schon einmal eine Reise ins Ausland gemacht (London, Sommer vor zwei Jahren) und wusste, dass man bei internationalen Flügen rechtzeitig einchecken musste.

Wo steckte er denn? Was hatte er denn zu erledigen? Was, wenn er nicht auftauchte? (Und sämtliche anderen, langweiligen Fragen, die einem beim Warten durch den Kopf gehen.)

Ich stellte mich vor den Bildschirm mit den Fluginformationen. Vielleicht hatte unser Flug ja Verspätung. PLANMÄSSIG, stand da.

Über dem Bildschirm hing ein Fernseher. Ich warf einen Blick darauf und wollte mich gerade abwenden, da sagte der Nachrichtensprecher: »Der Bundesstaat New York hat einen außergerichtlichen Vergleich mit Peak Marcello, dem Jungen, der Anfang dieser Woche das Woolworth Building bestiegen hat, erzielt. Er wurde zu einer Gefängnisstrafe von drei Jahren auf Bewährung sowie einer beträchtlichen Geldstrafe in Höhe von einhundertfünfzigtausend Dollar verurteilt! Das ist die höchste Strafe, die in New York jemals wegen Hausfriedensbruchs verhängt wurde …«

Jetzt zeigte die Kamera den Bürgermeister, wie er auf die Rückbank einer schwarzen Limousine kletterte. Er drehte sich zu dem Reporter um und sagte: »Damit dürfte mit dieser Hochhauskletterei in New York Schluss sein. Wir werden solche illegalen Handlungen jedenfalls unter keinen Umständen länger hinnehmen.«

»Weder Peak Marcello noch seine Angehörigen standen für einen Kommentar zur Verfügung«, sagte der Reporter, »und es wird vermutet, dass der Junge sich an einem geheimen Ort außerhalb des Bundesstaates New York befindet.«

Noch nicht, dachte ich und wandte mich ab. Zum Glück hatten sie kein Foto von mir gezeigt.

»Peak!«

Endlich. Mein Vater schob einen riesigen Gepäckwagen, voll bepackt mit allen möglichen Sachen, vor sich her. Ich ging ihm entgegen.

»Hilf mir mal.«

Ich half ihm dabei, den Wagen bis zum Schalter zu schieben. »Was sind das denn für Sachen?«

»Ich komme ja nicht so oft nach New York und da dachte ich, ich könnte gleich ein paar Vorräte auffüllen. Gib mir mal deinen Pass.«

Er legte ihn zusammen mit seinem eigenen, zerfledderten Reisepass, der aussah, als ob er schon etliche Male in der Waschmaschine gelandet war, auf den Tresen.

»Sie sind ziemlich spät dran, Mr Wood«, sagte die Frau am Schalter.

»Ich weiß«, erwiderte mein Vater. »Ein familiärer Notfall.«

Die Frau deutete auf das Gepäck. »Damit liegen Sie über dem Limit.

Mein Vater holte eine Kreditkarte aus der Tasche. »Buchen Sie's dadrauf.«

Als wir schließlich alles eingecheckt hatten, waren es nur noch wenige Minuten bis zum Start. Wir gingen als Letzte über die Gangway.

»Ich habe keine nebeneinanderliegenden Plätze mehr bekommen«, sagte er, als wir das Flugzeug betraten. »Aber zumindest sitzen wir beide in der Business Class.« Er deutete auf meinen Platz, setzte sich dann auf seinen eigenen drei Reihen hinter mir und während der kommenden dreizehn Stunden sprachen wir kein einziges Wort mehr miteinander.

Auch während unserer dreistündigen Zwischenlandung auf dem Flughafen Narita bei Tokio hatte ich keine Gelegenheit, mit ihm zu sprechen, weil er die ganze Zeit auf seinem Handy telefonierte. Es hörte sich an wie Chinesisch, kann aber genauso gut auch Thai oder Nepalesisch gewesen sein. Als wir dann das Flugzeug nach Bangkok bestiegen, quasselte er immer noch und wieder saßen wir zu meiner großen Enttäuschung in verschiedenen Sitzreihen.

Weitere sechs Stunden vergingen.

In Bangkok, auf dem Weg zur Zollkontrolle, erwischte ich ihn schließlich zwischen zwei Telefonaten.

»Das alles tut mir wirklich sehr leid, Dad. Dass du den ganzen Weg bis in die Staaten kommen musstest, das Geld, und dass du mich jetzt an der Backe hast …«

»Oha, oha«, sagte er und hob seine schwielige Kletterhand. »Zunächst einmal solltest du mich nicht Dad nennen. Das wäre zu viel der Ehre. Lass uns einfach so tun, als wäre ich dein großer Bruder. Nenn mich Josh, so wie meine Freunde. Zweitens: Mach dir wegen des Geldes keine Sorgen. Rolf und deine Mom haben einen dicken Batzen beigesteuert. Und ich kriege meinen Anteil zurück. Und zu guter Letzt: Ich habe dich keineswegs an der Backe. Ich bin wahnsinnig froh darüber, dich bei mir zu haben. Ich habe bloß noch keine Zeit gehabt, es zu zeigen, weil ich nämlich gerade versuche etwas zu arrangieren.«

»Was denn?«, wollte ich wissen.

»Eine Überraschung, keine Sorge.«

Wir näherten uns der Passkontrolle, als ein weiteres Problem auftauchte. Ich hatte kein Einreisevisum für Thailand. ~~Mein Vater~~ Josh nahm meinen Reisepass und verschwand mit ein paar Zollbeamten in einem Zimmer. Zehn Minuten später kam er wieder raus.

»Alles im grünen Bereich«, sagte er und eilte quer durch den Flughafen am Gepäckband vorbei zum Ausgang.

»Was ist denn mit deinen Sachen?«

»Die holen wir morgen. Kein Problem.«

Draußen stiegen wir in ein Taxi.

»Wir fliegen nicht nach Chiang Mai?«

»Noch nicht. Aber irgendwann schon.«

Es war weit nach Mitternacht, aber Bangkok war hellwach. Der Taxifahrer kurvte zwanzig Minuten lang wie ein Wahnsinniger zwischen Fahrrädern, Motorrädern und Autos hindurch und hielt schließlich vor einem Hotel an.

Josh bezahlte und wir betraten das Foyer, wo der Portier uns mit einem strahlenden Lächeln begrüßte.

»Mr Wood, Ihre Zimmer sind bereits fertig.«

Er gab jedem von uns einen Schlüssel.

»Okay«, sagte Josh, während wir den Fahrstuhl bestiegen. »Morgen muss ich noch mehr Besorgungen machen. Auf dich wartet morgen früh ein Fahrer im Foyer. Neun Uhr. Er bringt dich in die Klinik, zur Untersuchung.«

»Untersuchung?«

»Ja, genau ... ähm ... eine Formalität der Einwanderungsbehörde und außerdem sollen die sich dein Ohr und deine Backe anschauen.« Er nahm meine Hände und besah sich meine kaputten Finger. »Die hier müssen wir auch wieder heil kriegen. Ich hole dich in der Klinik ab, wenn du fertig bist, und dann geht's los. Falls ich mich etwas verspäten sollte, dann warte einfach hier auf mich. Versuch zu schlafen. Nicht, dass du vor lauter Müdigkeit bei der Untersuchung durchfällst.«

Als ich aufwachte, wusste ich nicht mal, welcher Tag heute überhaupt war. Mir fiel nicht mehr ein, ob man in Thailand einen Tag verliert oder dazubekommt. Ich frühstückte, ging eine Runde spazieren und wartete dann im Hotel auf meinen Fahrer.

Die Klinik entpuppte sich als riesiges Krankenhaus und es dauerte eine ganze Weile, bis mein Fahrer und ich Dr. Woos Sprechzimmer gefunden hatten. Er wartete schon auf mich. Es stellte sich sogar heraus, dass ich sein einziger Patient am heutigen Tag war.

Ich hatte schon öfter eine ärztliche Untersuchung über mich ergehen lassen, aber so eine noch nie. Dr. Woo und seine Assistentin sprachen kein Englisch, also mussten sie mich mit Handzeichen durch eine endlose Reihe von Tests dirigieren. Ich wurde geröntgt, in einen Computer-Tomografen gesteckt und mit unzähligen Nadeln gepikst. Sie schickten mich auf ein Laufband und auf einen Heimtrainer und dabei hatte ich so viele Kabel am Körper und Schläuche im Mund, dass ich sie nicht einmal hätte fragen können, was sie da eigentlich machten, selbst wenn ich Thai gesprochen hätte. Sie haben mir im Lauf des Tages wahrscheinlich einen Liter Blut abgezapft. Sie haben sich meine Augen, Ohren, Mund und andere Körperöffnungen, an die ich nicht einmal denken möchte, angeschaut. Sie haben die Fäden aus meinem Ohr gezogen. Dann kam der nächste Arzt und untersuchte meine Füße, Knie, Schultern, Hüften, Ellbogen, Handgelenke und zum Schluss auch meine Finger. Er schmierte etwas Salbe drauf, verband sie und erklärte mir, wie ich das selbst erledigen konnte. Leider kapierte ich fast gar nichts. Als sie dann schließlich mit mir fertig waren, war es spät am Nachmittag und ich war so erledigt, dass ich am liebsten gleich im Krankenhaus geblieben wäre.

Die Krankenschwester brachte mich ins Wartezimmer, wo ich mich auf einen unbequemen Stuhl setzte und prompt einschlief. Dort wurde ich dann von Josh geweckt, als es draußen bereits dunkel war. Anscheinend hatte er schon eine ganze Weile mit Dr. Woo gesprochen, denn er hielt einen dicken Aktenordner in der Hand. Das waren vermutlich die Untersuchungsergebnisse.

»Und, werd ich's überleben?«, fragte ich benommen.

»Kein Problem«, erwiderte Josh. »Kein Wunder eigentlich, dass du so gut in Form bist. Du hast schließlich meine Gene und die deiner Mutter. Und jetzt los, wir müssen unser Flugzeug kriegen.«

Ich freute mich auf Chiang Mai, wo ich mich dann endlich ausruhen konnte.

Seine Sachen standen vor dem Flughafengebäude, bewacht von einem Gepäckträger mit der Statur eines Sumoringers. Er drückte dem Mann Geld in die Hand, schob den Gepäckwagen zum Schalter und sagte: »Wir fliegen jetzt nach Kathmandu.«

Ich musste mich wohl verhört haben.

»Hast du ›Kathmandu‹ gesagt?«

»Richtig.«

»Ich dachte, wir fliegen nach Chiang Mai?«

»Machen wir auch«, meinte er, während er seine Ausrüstung auf das Gepäckband stellte. »Aber vorher müssen wir noch einen Zwischenstopp einlegen.«

Er hatte die Ausrüstung wohl für irgendjemanden in Kathmandu gekauft.

»Um ehrlich zu sein, ein paar Zwischenstopps«, ergänzte er dann, während die letzte Kiste auf das Förderband wanderte.

»Und wo ist der zweite?«, wollte ich wissen.

»Am Everest«, sagte er.

Ich starrte ihn an. Einem Kletterer mitzuteilen, dass ihm ein Zwischenstopp am Everest bevorstand, ist so, als würde man ihm eine persönliche Begegnung mit Gott ankündigen.

Josh grinste mich an. »Ich wollte es dir nicht sagen, bis alles in trockenen Tüchern ist. Die ärztliche Untersuchung war die letzte Hürde, und das chinesische Visum.«

»Kathmandu liegt doch in Nepal«, sagte ich.

»Richtig«, meinte Josh. »Aber wir nehmen nicht die südliche Route durch Nepal. Wir steigen von Norden her auf, in Tibet. Um eine Genehmigung für die nepalesische Seite zu bekommen, muss man mindestens sechzehn Jahre alt sein. Die Chinesen sind da nicht ganz so pingelig. Denen ist es egal, wie alt du bist, Hauptsache, du bezahlst. Und dann wären da noch meine fünfundzwanzig Kunden, die auf mich wart…«

»Ich steige auf den Everest?«, sagte ich. Noch nie im Leben hatte mich etwas so sprachlos gemacht.

»Ich weiß nicht, ob du es bis zum Gipfel schaffst«, erwiderte er. »Aber wenn wir dich vor deinem fünfzehnten Geburtstag da hochschaffen, dann bist du der jüngste Mensch, der jemals höher als 8840 Meter gewesen ist.« Er schnappte sich die Tickets und ging auf das Gate zu.

Wie betäubt ging ich ihm hinterher. Er musste mich nicht fragen, ob ich mitkommen wollte. Jeder Kletterer will den Everest bezwingen oder es zumindest versuchen.

Im Flugzeug überließ Josh mir den Fensterplatz und setzte sich neben mich. Dann rollten wir los.

»Weiß Mom Bescheid?«, erkundigte ich mich.

»Ähm … nein, aber ich ruf sie an. Kein Problem.«

Das Summit Hotel

Josh hatte in Tibet von meiner Verhaftung erfahren. Er war gerade auf dem Weg zum Basislager an der Nordflanke des Everest gewesen, zusammen mit fünfundzwanzig Kunden, fünfzehn Sherpas und ungefähr fünfzig Trägern mit ihren Yaks.

Zwölf Kunden wollten versuchen den Gipfel zu erreichen, die restlichen dreizehn hatten lediglich eines der vier tiefer gelegenen Camps entlang der Nordroute gebucht. Je höher man wollte, desto mehr musste man bezahlen.

»Dann bin ich auf einen Lastwagen aufgesprungen, der zurück nach Kathmandu wollte, und habe die anderen ins Basislager geschickt«, erklärte er mir. »Darum habe ich mich so beeilt. Ich will auf keinen Fall meine Akklimatisierung verlieren und außerdem muss ich schnell wieder bei meinen Kunden sein. Die waren nicht besonders glücklich darüber, dass ich sie beim Aufstieg zum Berg plötzlich alleine gelassen habe.«

»Danke noch mal, dass du mich rausgeholt hast«, sagte ich.

»Vergiss es«, erwiderte er, klappte seine Rückenlehne zurück und zog die Mütze über die Augen. Eine Minute später schlief er bereits tief und fest.

Warum hatte er das gemacht? Das war die Frage, die in meinem vom Jetlag benebelten Hirn herumspukte. Er war mein Vater, aber mehr auf dem Papier als in Wirklichkeit.

Ich hatte ihm im Lauf der Jahre mindestens ein Dutzend Briefe geschrieben, ohne jemals einen Brief (oder wenigstens eine Postkarte) von ihm zurückzubekommen. Mom hat gesagt, dass Josh sowieso kein großer Briefeschreiber war und dass es gut sein könne, dass er meine Briefe nie bekommen hatte. Dort, wo er sich aufhielt, gab es nicht so viele Postämter.

Also warum war er nach all diesen Jahren so plötzlich aufgetaucht? Schlechtes Gewissen? Unwahrscheinlich. Solche Gefühlsregungen schienen nicht zu ihm zu passen. Meine Mutter hat einmal gesagt, dass Josh immer einen Schlaf wie ein Murmeltier hatte, weil er kein Gewissen besaß, das ihn wach halten konnte. Genau das demonstrierte er mir gerade mit leisem Schnarchen, während das Flugzeug uns nach Kathmandu brachte.

Kathmandu. Für mich bedeutete dieses Wort Geheimnisse, Abenteuer, ungeahnte Möglichkeiten, aber die Wirklichkeit sah ziemlich anders aus. Die Stadt ist laut, dreckig und stickig. Kaum hatten wir das Flughafengebäude verlassen, brannten meine Augen und ich bekam nur noch schlecht Luft.

»Man muss sich erst dran gewöhnen«, sagte Josh, während unser Taxi sich knatternd in einen endlosen Verkehrsstrom hineinschob. »Du wohnst im Summit Hotel.«

»Ich?«

»Bloß ein paar Tage«, meinte Josh. »Ich muss schnell hoch ins Basislager, bevor es einen Aufstand gibt. Ich kann nicht so lange bei dir bleiben, bis du dich akklimatisiert hast. Du musst dich langsam an die Höhenluft gewöhnen. Du weißt ja, wie es läuft.«

Ich wusste, wie es läuft. Ich hatte mindestens ein Dutzend Bücher über die Besteigung von Achttausendern gelesen, darunter auch die drei, die mein Vater geschrieben hatte. Es gibt genau vierzehn solcher Gipfel.

Der Everest ist 8848 Meter hoch und der Weg auf den Gipfel kann bis zu zwei Monate dauern. Nicht, weil es so weit ist, sondern weil der Weg in einer so großen Höhe zurückgelegt werden muss.

Die meiste Zeit verbringt man in einem der sechs Camps entlang der Aufstiegsroute, damit der Körper sich an die dünne Luft gewöhnen kann. Wenn man zu schnell aufsteigt, dann kann man ein Höhenlungenödem (abgekürzt: HAPE) bekommen. Ein Höhenlungenödem funktioniert so: Die Lungen füllen sich mit Flüssigkeit, man kann nicht mehr atmen, man fällt ins Koma und dann ist man tot.

Die einzige Möglichkeit, so ein HAPE zu bekämpfen, besteht darin, abzusteigen, um Luft mit einem größeren Sauerstoffanteil (mehr O_2, wie die Kletterer sagen) einzuatmen. Dabei spielt es keine Rolle, wie fit man ist. Wer schneller aufsteigt, als der Körper sich anpassen kann, bekommt HAPE und damit ist die Klettertour zu Ende … vielleicht sogar für immer. Man hat nur dann eine Chance, den Gipfel des Everest (oder jedes anderen Achttausenders) zu erreichen, wenn man sich an folgende Regel hält: »Hoch klettern, tief schlafen«, so lange, bis der Körper zum Angriff auf den Gipfel bereit ist. Anders ausgedrückt:

Man muss dafür sorgen, dass die Lungen mit den Beinen Schritt halten – es ist überhaupt nicht gut, die Lungen abzuhängen.

Die andere Schwierigkeit beim Everest besteht darin, dass es nur ein kleines Zeitfenster gibt, in dem das Wetter am Gipfel eine Besteigung zulässt. Zwei Wochen, vielleicht auch weniger. (In manchen Jahren sind es sogar nur zwei Tage.) Man muss zur richtigen Zeit am richtigen Ort und in der richtigen körperlichen Verfassung sein, sonst schafft man es nie bis ganz nach oben.

Josh hat einen großen Teil seines Lebens mit Klettertouren in großer Höhe zugebracht, deshalb hätte er zum Basislager (5500 m) fast joggen können. Na ja, nicht ganz, aber jedenfalls würde er nur halb so viel Zeit brauchen wie ich, da ich aus New York kam und noch auf null Meter über dem Meeresspiegel eingestellt war. Ohne mich war er in vier, fünf Tagen im Basislager. Wenn er aber wartete, bis meine Lungen mit seinen gleichgezogen hatten, dann würden zehn bis vierzehn Tage daraus werden.

Was er mir noch nicht erklärt hatte, war, wie ich ohne ihn nach Tibet kommen sollte. Dazu hatte er jetzt auch keine Gelegenheit mehr. Das Taxi war nämlich auf den Vorplatz des Summit Hotel gefahren und wurde sofort von einem Schwarm fröhlich lächelnder Nepalesen umzingelt.

»Hotelangestellte«, sagte er.

Sie hatten offensichtlich gewusst, dass er kommen würde, und waren ganz aus dem Häuschen. Wir stiegen aus und er stellte mich ihnen vor. Da ich kein Nepalesisch spreche, wusste ich nicht, ob er mich ihnen als seinen Sohn oder seinen kleinen Bruder vorstellte. Aber so oder so, nach ihren Mienen zu urteilen, waren sie sehr froh mich kennenzulernen.

Sie luden die ganzen Sachen aus und wir folgten ihnen ins Foyer, wo uns ein noch größeres Durcheinander erwartete – dieses Mal verursacht durch die Gäste. Frauen, Männer, Wanderer, Bergsteiger, alt und jung, alle scharten sie sich um Josh wie um einen Rockstar. Er gab Autogramme und beantwortete Fragen, bis der Portier den Menschenauflauf höflich, aber bestimmt auflöste.

»Bitte, bitte … Mr Wood hat eine lange Reise hinter sich und braucht Ruhe.«

Mr Wood hatte nicht vor zu ruhen. Sobald wir auf dem Zimmer waren, fing er an, die gesamte Ausrüstung durchzugehen und das, was er für sich haben wollte, in seinen Rucksack zu stopfen.

»Du gehst jetzt also weg?« Ich versuchte meine Frage nicht allzu weinerlich klingen zu lassen.

»Muss.« Als Letztes steckte er eine Schachtel mit Energie-Riegeln ein.

Ich sagte nicht: »Und was ist mit mir?«, weil dieser Satz sich immer bloß jämmerlich anhört. Ich starrte ihn einfach nur an.

»Zopa bringt dich rauf ins Basislager«, sagte er. »Abgesehen von mir ist er der einzige Mensch, dem ich das zutraue. Er weiß alles über dich.«

»Wer ist Zopa? Und wieso weiß er von mir?«

Er setzte sich auf die Bettkante. »Zopa war früher Sirdar. Weißt du, was das ist?«

»Ein Sherpa-Führer«, sagte ich.

Sherpas sind Angehörige eines Bergstammes, der an den

Steilhängen des Himalaja lebt. Ohne sie und ihre Kletterkünste würde kein Mensch auf den Gipfel des Everest kommen.

»Richtig«, sagte Josh. »Zopa hat mir am Tag deiner Geburt auf den Gipfel der Annapurna geholfen. Er war dabei, als Teri mich angerufen und es mir gesagt hat. Seit diesem Tag hat er sich jedes Mal, wenn wir uns gesehen haben, nach dir erkundigt. Eigentlich hat er mich eher genervt ... hat immer gesagt, es sei nicht gut, wenn ein Vater seinen Sohn vernachlässigt.«

Offensichtlich hatte Josh nicht auf ihn gehört.

»Zopa hat schon vor Jahren mit dem Klettern aufgehört«, fuhr er fort. »Er ist jetzt buddhistischer Mönch. Lebt im Indrayani-Tempel. Der Lama hat ihm die Erlaubnis erteilt, sein Mönchsgelübde für einige Wochen ruhenzulassen, damit er dich ins Basislager bringen kann.«

»Sein Mönchsgelübde ruhenlassen?«

»Hört sich schlimmer an, als es ist. Ich kenne nicht alle Einzelheiten, aber anscheinend wird es für Glück verheißend gehalten, wenn er dich ins Basislager bringt, also ist es auch das Richtige.« Josh lächelte. »Und meine Spende an den Tempel hat bestimmt auch nicht geschadet. Sie haben im Moment einen kleinen finanziellen Engpass.«

»Und Zopa ist damit einverstanden?«

»Auf jeden Fall. Er ist ganz neugierig auf dich. Und ich glaube, auch wenn er nichts davon gesagt hat, dass ihm das Leben als Mönch so langsam irgendwie langweilig wird.«

»Wie ist er denn so?«

»Geheimniskrämerisch«, sagte Josh lächelnd. »Wenn er

etwas zusagt, dann hält er seine Zusage auch ein, aber unter Umständen aus einem anderen Grund, als du denkst. Und er weiht dich niemals in die wahren Gründe ein.«

»Hä?« So langsam hörte sich Josh genauso an wie Paula und Patrice.

»Es ist schwer zu erklären«, sagte er. »Man weiß nie, was Zopas eigentliche Motivation ist. Ich habe ihn gebeten dich ins Basislager zu führen. Er hat zugesagt, aber nicht einfach nur, um mir einen Gefallen zu tun oder weil ich dem Tempel Geld gespendet habe. Es gibt noch einen anderen Grund dafür, wahrscheinlich sogar eher ein halbes Dutzend Gründe. Und weder du noch ich werden vermutlich je erfahren, welche das sind.

Es war ein trauriger Tag, als er sich vom Berg zurückgezogen hat, das kann ich dir sagen. Es geht das Gerücht, dass er öfter auf dem Gipfel des Everest war als jeder andere Mensch. Zopa behauptet, dass er gar nicht genau weiß, wie oft er schon oben war, aber ich glaube, das weiß er ganz genau. Er spricht perfekt Englisch, aber obwohl er nicht besonders viel redet, solltest du sehr genau zuhören, wenn er etwas sagt. Das machen die Sherpas alle. Viele gehen vor einer Expedition im Tempel vorbei und bitten ihn um eine Weissagung. Und wenn er sagt, sie sollen nicht gehen, dann kommen sie auch nicht mit, ganz egal, wie viel Geld wir ihnen bieten.«

»Wie nehme ich mit ihm Kontakt auf?«

»Er kommt in ein, zwei Tagen hier vorbei. In der Zwischenzeit musst du diese Sachen hier ausprobieren. Der Großteil der Ausrüstung ist für dich und du wirst alles brauchen, um den Berg hochzukommen. Ich war mir mit der Größe nicht so ganz sicher, aber falls irgendwas nicht richtig passt, dann sag Zopa Bescheid. Er tauscht es dann bei einem der Läden in der Innenstadt um.« Josh schaute auf seine Armbanduhr. »Ich muss los.«

Er ging zur Tür, drehte sich aber noch mal um. »Lass alles, was du im Restaurant isst, auf die Zimmerrechnung setzen. Hast du Geld?«

Ich schüttelte den Kopf.

Er zog ein dickes Bündel Geldscheine hervor und reichte mir ein paar davon.

»Es sieht nach mehr aus, als es ist. Siebentausend Rupien entsprechen ungefähr 150 US-Dollar.«

Ich nahm das Geld und legte es auf die Kommode.

»Wir sehen uns in ein paar Wochen«, sagte Josh. »Vielleicht auch früher, wenn Zopa den Eindruck hat, dass du schon so weit bist. Ach, und … bevor ich die Stadt verlasse, rufe ich noch deine Mom an und sage ihr, dass es dir so weit gut geht.«

Wenn ich das richtig verstanden hatte, dann hatte er vor, sie in Bezug auf unseren Aufenthaltsort und unser Vorhaben anzulügen. Besser er als ich.

»Viel Spaß bei der Tour«, sagte er und mit diesen Worten war er verschwunden.

Ein paar Sekunden lang stand ich nur da und starrte die Tür an. Mir war ein bisschen schwindelig und das kam nicht von der Höhe. Ich glaube, es lag an Joshs Energie.

Da klopfte es leise an die Tür, so schwach, dass ich es kaum hören konnte. Ich machte auf.

Es war der Portier. Er deutete eine Verbeugung an.

»Ich mache jetzt das Bett.«

Er schlängelte sich zwischen den ganzen Sachen hindurch, als wären sie gar nicht da, schlug das Federbett zurück und schüttelte die Kissen auf. Als er fertig war, fiel sein Blick auf das Fenster. Die Vorhänge waren zugezogen.

»Das ist nicht gut!«, sagte er. »Sie verpassen den Sonnenuntergang.«

Mit großer Geste zog er die Vorhänge beiseite.

Da lag der Himalaja, in orange- und pinkfarbenes Licht getaucht. Er war viel gewaltiger, als ich ihn mir jemals vorgestellt hatte.

Die Ausrüstung der Toten

Am nächsten Morgen kam ich nach einem ausgiebigen Frühstück im Speisesaal zurück in mein Zimmer und fing an, die Ausrüstung durchzusehen.

Das ganze Zeug war zwar keine Entschädigung für all die Geburtstage und Weihnachtsfeste, die Josh einfach vergessen hatte, aber es kam verdammt dicht dran. Alle Sachen waren vom Feinsten. Vieles davon kannte ich bisher nur aus Anzeigen in irgendwelchen Bergsteiger-Zeitschriften. Gaskocher, Seilrollen, Klemmkeile, Titan-Eispickel, Steigeisen, Thermo-Handschuhe, Digitalkamera, Sauerstoffflasche und -maske, Zelt, Polar-Schlafsack, Isomatte, Höhenmesser-Armbanduhr-Kombination, Karabiner, Batterien, Steigklemmen, Haken, Klettergurt, Helm, Stirnlampe … alles, was nötig war, um durch die Todeszone zu kommen.

Die meisten Sachen waren mir zu klein, vor allem die Stiefel. Wenn Josh meine Mutter nach der richtigen Größe gefragt hätte, dann hätte sie vermutlich Verdacht geschöpft. Und mich hatte er auch nicht fragen können, da er ja bis zu der Untersuchung gar nicht sicher war, ob ich überhaupt mitkommen konnte. Ich fragte mich, was er wohl gemacht hätte, wenn ich die medizinischen Tests nicht bestanden hätte.

Aber nur kurz.

Die Ausrüstung lockte mich, und wer bis zu den Knien

in nagelneuem, teurem Kletter-Equipment steckt, dem ist alles andere egal.

Ich brauchte zwei Stunden, um rauszukriegen, wie die Höhenmesser-Armbanduhr funktionierte. Eine Stunde, um das Zelt aufzubauen. Ich stellte es mit der Öffnung zum Fenster auf, damit ich den Himalaja sehen konnte. Dann machte ich mit der Digitalkamera ein paar Aufnahmen von meinem Panoramablick, bekam Hunger und beschloss, nicht in den Speisesaal zu gehen, sondern mir mit meinem nagelneuen Gaskocher ein Essen zuzubereiten. (Ich weiß, das klingt bescheuert, aber wenn es um meine Ausrüstung geht, gerate ich oft ein bisschen außer Kontrolle. Ich machte das Fenster auf, damit ich keine Kohlenmonoxidvergiftung bekam.)

Als das gefriergetrocknete Beef Stroganoff im Topf vor sich hin köchelte, klopfte es an die Tür. Ich dachte, es sei wieder der Zimmerdienst. Der war vorhin schon mal da gewesen und wollte das Zimmer aufräumen, aber ich hatte gesagt, dass ich vollkommen zufrieden war und dass sie morgen wiederkommen sollten. Also schlüpfte ich aus dem Zelt, stieg vorsichtig über den Gaskocher hinweg (damit ich ihn nicht umstieß und das ganze Hotel abfackelte) und machte die Tür einen Spalt weit auf. Hoffentlich rochen sie weder das Gas noch das kochende Essen.

Es war aber gar nicht das Zimmermädchen. Es war ein nepalesischer Junge, ungefähr so alt wie ich, aber fünf Zentimeter kleiner. Er lächelte mir ins Gesicht – mehr ließ sich durch den Türspalt nicht erkennen. Außer meinen Boxershorts hatte ich nichts an, weil ich den ganzen Tag lang Sachen anprobiert hatte und es im Zimmer durch den

Gaskocher und die Sonne, die durchs Fenster schien, ziemlich warm geworden war.

»Peak Wood?«, sagte er in fragendem Tonfall.

»Eigentlich Peak Marcello, aber ja, das bin ich.«

»Ich heiße Sun-jo. Zopa hat mich hergeschickt. Ich soll dich zu ihm bringen.«

»Oh, na klar … ähm …« Ich warf einen Blick auf das Durcheinander hinter mir. Ich wollte ihn nicht draußen auf dem Flur stehen lassen, solange ich mich fertig machte, denn das würde eine ganze Weile dauern.

Also beschloss ich, nicht unhöflich zu sein, sondern lieber wie ein kompletter Idiot auszusehen. Ich bat ihn herein.

Sun-jo wirkte ein bisschen geschockt, als er den ganzen Aufbau sah, aber er fing jedenfalls nicht laut an zu lachen. Das hätte ich womöglich gemacht, wenn ich unvermittelt in etwas ähnlich Lächerliches wie meinen Indoor-Campingplatz geraten wäre.

»Mein Dad … äh, ich meine, Josh hat mir ein paar neue Sachen besorgt und ich habe sie … äh … ausprobiert, damit ich weiß …« *Ach was, vergiss es,* dachte ich. »Ich mache mir gerade was zu Essen. Hast du Hunger?«

Sun-jo sagte ja.

Während ich mich anzog, sah ich, wie er das ganze Material begutachtete, und wusste sofort, dass er ein Kletterer war. Niemand sonst wäre so liebevoll mit der Ausrüstung umgegangen. Er hielt ein paar Sachen in der Hand, als wären sie wertvoller als Gold … und das waren sie ja *tatsächlich,* wenn sie das Einzige waren, was einen daran hinderte, von einer Felswand in eine schwarze, bodenlose Schlucht hinunterzufallen.

Ich machte ein bisschen Platz auf dem Bett und servierte ihm eine Schale Beef Stroganoff und zum Nachtisch einen Energieriegel. Es stellte sich heraus, dass Sun-jos Vater Sherpa gewesen war. Leider war er vor einem Jahr ums Leben gekommen, als er versucht hatte eine in Not geratene Bergsteigergruppe am K2 zu retten. Nur einer der Bergsteiger hatte überlebt.

Der K2 war 1856 von einem Landvermesser namens T.G. Montgomery entdeckt worden. Das K steht für »Karakorum«. Die 2 bedeutet, dass es der zweite Gipfel war, den Montgomery vermessen hatte. Mit 8611 m ist er nicht ganz so hoch wie der Everest, aber die meisten Bergsteiger sind der Meinung, dass er sehr viel schwieriger zu bezwingen ist.

Ich sagte, dass mir das mit Sun-jos Vater sehr leidtat, aber er zuckte mit den Schultern und meinte, dass er seinen Dad ohnehin kaum gekannt hatte, da er und seine beiden Schwestern die meiste Zeit in einem Privat-Internat in Nordindien verbracht hatten.

»Wir waren nur während der Ferien in Kathmandu«, sagte er. »Und dann war mein Vater normalerweise irgendwo auf einem Berg.«

Als er seine Schwestern erwähnte, spürte ich ein Ziehen in der Magengegend, wegen Paula und Patrice, aber dann sah ich, wie Sun-jo ganz nebenbei ein Polyethylen-Seil mit einem dreifachen Spierenstich an einem Klemmkeil befestigte, und das Ziehen ging wieder weg.

»Wo hast du Klettern gelernt?«, wollte ich wissen.

»Mein Großvater hat mich unterwiesen.«

Sein Englisch war besser als meines, mit einer Art britisch-indischem Akzent. Ich dagegen hatte so was wie einen Bronx-Wyoming Akzent, der sich nicht annähernd so cool oder gewählt anhörte wie seiner.

»Und, machst du hier Ferien?«

»Nein«, erwiderte Sun-jo. »Als mein Vater tot war, hatten wir nicht mehr genug Geld, um drei Kinder auf die Schule zu schicken. Das Internat ist sehr teuer. Meine Schwestern sind noch da und ich suche mir hier eine Arbeit, damit sie auf der Schule bleiben können. Mädchen haben ohne richtige Ausbildung in Kathmandu keine Zukunft. Ich würde auch sehr gerne wieder zur Schule gehen, aber das ist eher unwahrscheinlich. Und für meine Schwestern ist die Schule wichtiger als für mich.«

Sun-jo war nicht viel älter als ich und ich überlegte, mit was für einer Arbeit er die Internatsgebühren bezahlen konnte.

Er warf einen Blick auf meine Höhenmesser-Armbanduhr, mit der er während des Essens herumgespielt hatte. »Wir sollten uns bald auf den Weg machen. Zopa erwartet uns im Indrayani-Tempel.«

Ich drehte den Gasbrenner ab und stellte das Geschirr in das Waschbecken im Badezimmer.

»Hast du gewusst, dass es hier im Hotel einen Speisesaal gibt?«, sagte Sun-jo. »Ich habe da noch nie gegessen, aber es soll angeblich sehr gut sein.«

»Ja, ich habe heute Morgen da gefrühstückt. Es ist toll. Aber ich wollte selber kochen … weil, na ja … die neuen Sachen …«

Sun-jo lächelte. Er wusste genau, was ich meinte.

Die Fahrt zum Tempel fand auf dem schrottigsten Motorrad statt, das ich je gesehen hatte. Es bestand mehr aus silbernem Klebeband als aus Chromteilen.

Sun-jo musste sechs Mal kräftig treten, bevor der Kickstarter den Motor zum Laufen brachte, und als es dann endlich so weit war, stieß das Motorrad eine dicke, graue Rauchwolke aus. Ich dachte schon, es sei zusammen mit meinem neuen Freund in Brand geraten. Doch der Rauch verzog sich wieder und gab den Blick auf einen hustenden Sun-jo mit tränenden Augen und ein weitgehend intaktes Motorrad frei … abgesehen von der Schraube, die in einer Öllache unter dem Motorrad lag.

»Es geht sehr viel besser, wenn wir erst mal losgefahren sind.« Er rang nach Luft. »Dann haben wir den Rauch hinter uns.«

Ich überlegte kurz, ob ich noch mal schnell in mein Zimmer laufen und meinen Bergsteigerhelm holen sollte, aber dann wäre Sun-jo möglicherweise vorher erstickt und darum schwang ich mich hinter ihn auf die Sitzbank und wir schossen los und reihten uns in den Verkehrsstrom ein.

Sun-jo brüllte mir etwas zu, was sich anhörte wie: »Festhaltung, nur zwei Hände.« Aber ich glaube, er meinte »Fußschaltung, nur zwei Gänge«. Was die Abgase anging, hatte er Recht behalten. Unsere Rauchwolke befand sich jetzt hinter uns. Das Problem war nur, dass wir mitten durch die Rauchwolken aller anderen fuhren. Während der folgenden zwanzig Minuten drückte ich meine brennenden Augen zu, presste mein Gesicht an Sun-jos Rücken und verpasste so das meiste von Kathmandu.

»Wir sind da«, sagte Sun-jo plötzlich.

Ich löste meine verkrampften Schweißhände und schlug die Augen auf.

»Du musst die Schuhe ausziehen, bevor du in den Tempel gehst.«

Ich gehorchte und stellte sie neben ungefähr fünfzig Paar anderer Schuhe und Sandalen.

»Darf ich vielleicht fragen«, sagte Sun-jo, »was mit deinem Gesicht passiert ist?«

»Es ist an einer Hauswand festgefroren.«

Sun-jo lachte. »Ach nein, das glaube …«

»Kletterunfall«, sagte ich.

»Hab ich mir gedacht.«

Ich folgte ihm in den Indrayani-Tempel und kam mir vor wie in einer anderen Welt. Einer Welt, in der die Menschen flüsterten, anstatt zu brüllen. Es gab keine frei laufenden Kühe (während der Fahrt hätten wir drei Mal um ein Haar eine gerammt), keine trötenden Hupen, keine quietschenden Reifen. Blumen- und Weihrauchduft lag in der Luft. Vor den Schreinen knieten betende Menschen, drehten an den Gebetsmühlen, entzündeten Butterlampen. Geheimnisse, ungeahnte Möglichkeiten … das war das Kathmandu, das ich erwartet hatte.

Sun-jo brachte mich zu einer Teakholzbank im Schatten eines Banyanbaumes. Wir saßen eine Weile da und schauten zu, wie die Mönche in ihren orangefarbenen Roben mit Besuchern sprachen und ihren Segen erteilten.

»Welcher ist Zopa?«, flüsterte ich.

»Keiner von denen.«

»Sollten wir ihm nicht sagen, dass wir da sind?«

Sun-jo schüttelte den Kopf. »Er kommt zu uns, sobald er so weit ist.«

Wieder hieß es warten, aber das machte mir nichts aus. Ich vertrieb mir die Zeit mit der Suche nach einer möglichst glaubwürdigen Ausrede, um mir die Rückfahrt zum Hotel auf dem Motorrad des Todes zu ersparen.

»Da kommt er«, sagte Sun-jo.

In meiner Vorstellung war Zopa ein gebrechlicher, alter Mann. Der Mönch, der jetzt auf uns zu kam, war zwar alt, aber alles andere als gebrechlich. Seine Arm- und Wadenmuskeln (zumindest das, was ich unterhalb des Robensaums erkennen konnte) waren ausgeprägt und sehr kräftig. Eigentlich erwartet man von einem buddhistischen Mönch ja eine gewisse spirituelle Ausstrahlung, aber wenn Zopa so etwas wie Spiritualität ausstrahlte, dann wurde sie durch seine körperliche Erscheinung komplett überlagert. Als er vor uns stand, legte er die Handflächen zusammen und verbeugte sich. Ich machte es Sun-jo nach, stand auf und erwiderte die Verbeugung.

Zopa musterte mich von oben bis unten und verzog das Gesicht, als er die Schürfwunden am Ohr und an meiner Backe sah.

»Kletterunfall«, erläuterte Sun-jo.

Zopa deutete auf meine verbundenen Finger.

»Gerissene Fingernägel«, sagte ich nervös. »Sind aber fast verheilt.«

»Du siehst aus wie dein Vater.«

Ehrlich gesagt sehe ich eigentlich eher meiner Mutter ähnlich, aber ich hatte nicht vor, ihm zu widersprechen.

»Wie seid ihr hierhergekommen?«

»Motorrad«, sagte Sun-jo.

Zopa schüttelte angewidert den Kopf. »Auf dem Rückweg nehmt ihr ein Taxi.« Er griff in eine Falte seiner Robe und zog ein Bündel mit zusammengerollten Rupienscheinen hervor, das so groß war wie seine Faust.

Ich hatte eigentlich gedacht, dass ein buddhistischer Mönch Geld nicht mal anschauen darf.

Er nahm einen zentimeterdicken Packen Scheine und reichte ihn Sun-jo.

»Und was wird aus meinem Motorrad?«, sagte Sun-jo.

»Wenn du Glück hast, wird es gestohlen«, erwiderte Zopa. »Wartet im Hotel auf mich.«

Der Mönch drehte sich um und ging davon. Ich war erleichtert wegen des Taxis, aber ich hatte nicht die geringste Ahnung, wieso wir überhaupt den ganzen Weg bis zum Indrayani-Tempel gefahren waren. Als ich Sun-jo fragte, zuckte er nur mit den Schultern und meinte, dass Zopa die Dinge auf seine Weise zu erledigen pflegte.

Auf mysteriöse Weise, wie sich herausstellen sollte, denn als wir ins Hotel zurückkehrten, saß Zopa bereits im Foyer und wartete auf uns. Zuerst erkannte ich ihn gar nicht, weil er die orangefarbene Robe gegen normale Straßenkleidung und eine teuer wirkende Sonnenbrille eingetauscht hatte. Mit der Sonnenbrille sah er aus wie ein Promi, was er für die Bergwanderer und Kletterer, die ihn umringten, wohl auch war. Wir hatten allerhöchstens zehn Minuten gebraucht, um vor dem Tempel ein Taxi zu ergattern. Wir waren direkt zum Hotel gefahren und der Verkehr war auch nicht schlimmer gewesen als bei unserer Fahrt zum Tempel. Und trotzdem saß Zopa jetzt da und plauderte mit dem Hotelpersonal und den Gästen, als sei er schon den ganzen Nachmittag hier.

Ich warf Sun-jo einen Blick zu. Bestimmt war er darüber genauso verblüfft wie ich. War er aber nicht.

»Zopa macht so was eben«, sagte er.

»Wie?«

Noch ein Achselzucken. Später sollte ich erfahren, dass das die normale Reaktion auf eine Frage nach Zopa war.

»Du gewöhnst dich schon dran«, fügte Sun-jo hinzu und ging dann auf den Mönch in Zivil zu, um ihn zu begrüßen.

Jetzt wundert ihr euch wahrscheinlich, wieso ich Zopa nicht selbst gefragt habe. Es hätte mich schon gereizt, das könnt ihr mir glauben, aber ich schätze, er hätte es mir nicht gesagt. Oder, noch schlimmer, er hätte mir irgendeine total vernünftige Erklärung gegeben. Man bittet ja auch keinen Zauberkünstler, einem seine Tricks zu verraten. Oder fragt einen Sprayer danach, wie er es geschafft hat, in einer Nacht diese siebzehn Güterwaggons zu besprühen. Es geht immer um das Geheimnisvolle. Manchmal ist es besser, keine Fragen zu stellen.

Oben im Zimmer sahen Sun-jo und ich zu, wie Zopa die Ausrüstung durchging und in unterschiedliche Stapel sortierte. Ab und zu hielt er ein Teil in die Höhe, ließ es mich anprobieren und sagte »Passt« oder »Passt nicht«. Als er fertig war, gab es drei Stapel.

Er deutete auf den ersten und sagte: »Das hier tauschen wir gegen passende Sachen um.«

Auf einem zweiten Stapel waren unter anderem meine

Stiefel und der blaue Schneeanzug gelandet. Ich wies ihn darauf hin, dass alle diese Sachen ebenfalls nicht passten.

»Dafür habe ich eine andere Verwendung«, erwiderte Zopa.

Ich wusste zwar nicht, was das sein konnte, sagte aber nichts. Stattdessen deutete ich auf den Tauschstapel mit Haken, Klemmkeilen, Seilen und anderem Equipment im Wert von vielen Hundert Dollar.

»Die Sachen da sind alle nagelneu«, sagte ich.

»Die brauchst du nicht, um den Sagarmatha zu besteigen.«

So nennen die Nepalesen den Everest.

»Mein Dad hat das gekauft«, widersprach ich. »Vielleicht braucht er es ja.«

»Dein Vater hat gesagt, ich soll dafür sorgen, dass du alles hast, was du brauchst, um den Berg zu besteigen. Wie viel Geld hast du dabei?«

Ich sagte es ihm, ohne jedoch die Kreditkarte von Mom zu erwähnen. Sie wäre wahrscheinlich nicht besonders glücklich gewesen, wenn auf der Abrechnung eine riesige Summe für Ausrüstung zur Everest-Besteigung aufgetaucht wäre.

»Das reicht nicht für das, was du brauchst«, sagte Zopa. »Hoffentlich können wir das hier alles umtauschen.« Dann fing er an, den Tauschstapel einzusammeln.

»Am besten nicht widersprechen«, flüsterte Sun-jo mir zu und dann halfen wir Zopa, das Equipment nach unten zu schleppen, wo ein Toyota-Pick-up mitsamt Fahrer bereits auf uns wartete.

Es dauerte Stunden, bis wir die ganzen Sachen umgetauscht hatten. Im Verlauf dieser Aktion bekam ich eine Menge von Kathmandu zu sehen. Anscheinend lag die Mehrzahl der Geschäfte, in denen Zopa einkaufen wollte, in irgendwelchen düsteren, Furcht einflößenden Gassen. Überall, wo er auftauchte, wurde er freundlich begrüßt, bis die Verhandlungen begannen. Dann brüllten er und der Ladenbesitzer einander gegenseitig so lange an, bis sie sich geeinigt hatten.

Das Schwierigste waren meine Stiefel. Jedes Mal, wenn ich ein Paar anprobierte und zu Zopa sagte, dass sie gut passten, ließ er mich ein paar Schritte damit gehen und schüttelte dann den Kopf.

»Nicht gut«, sagte er jedes Mal.

»Wieso denn?«, hakte ich nach. »Die passen doch super.«

»Zu klein«, sagte er dann. »Aber wenn deine Zehen erst mal abgefallen sind, dann passen sie wunderbar.«

Schließlich einigten wir uns auf Stiefel, die zwar sehr gut passten, aber ziemlich mitgenommen aussahen. Eigentlich sah alles, was wir kauften, schon ziemlich mitgenommen aus.

»Ich hoffe, die Sachen stammen nicht von irgendwelchen toten Bergsteigern«, rutschte es mir heraus.

Zopa sah zu Tode erschrocken aus. »Es bringt Unglück, die Ausrüstung der Toten zu benutzen. Nein, das da hat früher alles Leuten gehört, die zum Klettern nach Kathmandu gekommen sind. Aber dann sind sie lieber in der Kneipe geblieben, um zu trinken.«

Ich musste selbst zu Tode erschrocken ausgesehen haben.

»Denke nicht schlecht von ihnen«, sagte er. »Immerhin leben sie.«

Zopa kaufte auch ein paar Sachen für sich und Sun-jo. So, wie es aussah, würde er wohl ebenfalls mit zum Basislager kommen. Im Gegensatz zu mir hörte er sich Zopas Meinung aufmerksam an und verbeugte sich jedes Mal, wenn der Mönch ihm etwas gab.

Es war schon spät, als wir zum Hotel zurückkamen. Wir gingen rauf in mein Zimmer, packten alles zusammen und luden es auf den Pick-up.

»Morgen früh um sechs Uhr fahren wir los, nach Tibet«, sagte Zopa.

Dann stieg er zusammen mit Sun-jo in den Wagen und sie fuhren davon.

Tibet

Am nächsten Morgen saßen Sun-jo, Zopa, der Fahrer und zwei Sherpas auf der Heckklappe und tranken Tee. Mit ihren zerzausten Haaren und der zerknitterten Kleidung sahen sie aus, als hätten sie im Pick-up geschlafen.

Sun-jo bestätigte meine Vermutung. »Aber nur zwei Stunden«, sagte er. »Bis dahin waren wir unterwegs, um alle möglichen Sachen zu besorgen.«

Das war nicht übertrieben. Die Ladefläche war übervoll, so dass ich keine Ahnung hatte, wo wir eigentlich sitzen sollten.

Wir zwängten uns zusammen mit zwei Sherpas (zwei Brüdern namens Yogi und Yash) zwischen die Ausrüstung und ließen die blauen Nebelschwaden von Kathmandu hinter uns.

Wir kamen nur langsam voran und machten auf dem Weg in buddhistischen Tempeln und Klöstern halt, wo Zopa noch mehr Kisten mit Nahrungsmitteln und Ausrüstung einsammelte. Wir hatten bereits jede Menge zu essen dabei und etliche der Sachen, die er bekam, würden sich am Berg nicht allzu lange halten. Aber als ich ihn darauf ansprach, erhielt ich als Antwort bloß das übliche Achselzucken.

Außerhalb der Stadt war Nepal genauso, wie ich es mir vorgestellt hatte. Wunderschöne Täler, einfache Dörfer,

Felder, die von Ochsen gepflügt wurden, und das alles vor dem Hintergrund des gewaltigen, funkelnden Himalaja. Ich war schon auf dem Mount McKinley und dem Mount Rainier gewesen, aber gegen diese schneebedeckten Gipfel kamen sie mir fast mickrig vor.

Außerhalb eines winzigen Dorfes schlugen wir unser Nachtlager auf. Sun-jo und ich wollten beim Aufbau behilflich sein, aber Zopa winkte ab.

»Ihr zwei geht klettern.« Er deutete auf eine Wand in ungefähr vierhundert Metern Entfernung. »Fallt nicht runter. Kommt zurück, bevor es dunkel wird.«

Das ließen wir uns nicht zweimal sagen. Wir liefen zu der Wand. Sie war nicht besonders anspruchsvoll, aber ungefähr bei der Hälfte musste ich mich ausruhen, um wieder zu Atem zu kommen. Sun-jo, der sich für eine schwierigere Route entschieden hatte, huschte wie eine Eidechse über den Fels und zog lächelnd an mir vorbei. Dadurch wurden mir ein paar Dinge über ihn klar. Seine Lungen arbeiteten besser als meine ... und er war ein Wettkämpfer.

Jeder Kletterer wird behaupten, dass es ihm beim Klettern vor allem um den einsamen Kampf gegen den Berg geht und so weiter, bla bla bla ... Das mag auch alles sein, solange er alleine unterwegs ist. Aber kaum taucht irgendwo ein zweiter Kletterer auf, ist das Rennen eröffnet.

Ich war geschockt, wie mühelos er an mir vorbeizog. Schließlich war ich es doch, der den Everest besteigen sollte. Sun-jo kam ja lediglich bis zum Basislager mit. Dann sagte ich mir, dass ich noch vor zehn Tagen wenige Meter über dem Meeresspiegel an einem Wolkenkratzer gehangen hatte – nicht gerade eine optimale Vorbereitung für den höchsten Berg der Welt. Wenn ich es wirklich bis zum Gipfel schaffen wollte, dann musste ich mehr bringen, als japsend in der Wand zu hängen und zuzusehen, wie Sunjos Hinterteil am oberen Rand aus meinem Blickfeld verschwand.

»Ich glaube, du hast eine schwierigere Route genommen«, sagte er, als ich schließlich neben ihm auf der Kante saß. Wir wussten beide, dass das nicht stimmte, aber seine Worte freuten mich trotzdem.

Dann saßen wir eine Weile einfach nur da und genossen die Aussicht. Es war zu spät, um vor Einbruch der Dunkelheit wieder abzusteigen, deshalb beschlossen wir uns abzuseilen. Sun-jo wollte mir den Vortritt lassen, aber ich schüttelte den Kopf. Als Erster oben, als Erster unten.

Als wir zurück ins Lager kamen, war das Essen fertig. Zopa erwähnte unsere Klettertour mit keinem Wort, aber dann entdeckte ich ein Stativ mit einem Fernglas, das direkt auf die Wand gerichtet war. Er musste uns beobachtet haben.

Am nächsten Morgen sagte Zopa, der Pick-up sei überladen und dass Sun-jo und ich mitsamt unseren schweren Rucksäcken zu Fuß gehen mussten.

»Was soll das denn?«, beklagte sich Sun-jo, während wir dem Wagen nachsahen. »Das wäre doch gar kein Problem gewesen. Wir haben doch höchstens fünfzig Kilo zugeladen.«

Ich zuckte mit den Schultern, aber ich war mir ziemlich sicher, dass ich die Antwort auf seine Frage kannte. Zopa dachte, dass eine Wanderung mit vollem Rucksack mir guttun würde, und er wollte nicht, dass ich alleine ging. Sorry, Sun-jo.

Der Fußmarsch war anstrengend, aber besser, als auf der Ladefläche eines Pick-ups hin und her geworfen zu werden, und so konnten Sun-jo und ich uns ein bisschen besser kennenlernen.

Sun-jos Vater hatte nicht gewollt, dass er Sherpa wurde.

»Ich gehe nur deshalb in die Berge«, hatte er ihm gesagt, »damit du das nicht musst.«

»Weiß deine Mutter, dass du auf dem Weg zum Basislager bist?«

»Nein. Und wenn, dann wäre sie sehr böse.«

Später erzählte ich ihm dann die Geschichte mit meiner Hochhaus-Besteigung, bereute es aber sofort. Als Sun-jo klar wurde, dass ich tatsächlich die Wahrheit sagte, blieb er einfach mitten auf dem Weg stehen und lachte mindestens fünf Minuten lang. So verrückt war meine Geschichte nun auch wieder nicht, aber ich schätze, für jemanden, der im Schatten des höchsten Berges der Welt lebt, ist die Besteigung eines Wolkenkratzers eine ziemlich läppische Angelegenheit.

»Weiß deine Mutter denn, dass du auf dem Weg zum Sagarmatha bist?«, wollte er wissen.

»Ich glaube nicht. Und wenn sie es wüsste, würde sie mich und meinen Vater umbringen.«

Am Abend hatten wir unseren Pick-up endlich wieder eingeholt. Zopa schlug vor, dass wir vor dem Essen noch einmal klettern gehen sollten, aber Sun-jo und ich gingen auf die Barrikaden und weigerten uns.

Am nächsten Tag ließ er uns wieder zu Fuß gehen.

Am vierten Tag gönnte er uns eine Pause, weil er wollte, dass wir gemeinsam die Grenze nach Tibet überquerten.

Gegen Mittag gelangten wir zur Brücke der Freundschaft. Ich schätze mal, wenn man in südlicher Richtung von Tibet nach Nepal reist, dann passt die Bezeichnung, aber in nördlicher Richtung, von Nepal nach Tibet, war keinerlei Freundschaft zu erkennen.

Die chinesischen Grenzsoldaten waren mürrisch, misstrauisch und grob. Mindestens eine Stunde lang kontrollierten sie unsere Papiere und bombardierten uns mit Fragen, die ich nicht verstand. Zopa beantwortete sie alle ruhig und gelassen, aber wir anderen waren sehr nervös – vor allem Sun-jo, der anfing zu schwitzen, obwohl es nur knapp über null Grad war.

»Was ist denn los mit dir?«, flüsterte ich ihm zu.

»Nichts«, erwiderte er. »Chinesen.«

Die Soldaten nahmen den Pick-up bei ihrer Suche nach Schmuggelware fast komplett auseinander. Sie fanden zwar nichts, aber immerhin gelang es ihnen, uns das eine oder andere zu stehlen. Überwiegend Lebensmittel. Niemand sagte etwas.

Auf unserer gestrigen Wanderung hatte Sun-jo mir eine kurze Geschichtsstunde zum Verhältnis zwischen Tibet und China erteilt. Das war alles andere als gut. Vor fünfzig Jahren war Tibet von der Volksrepublik China besetzt worden. Seither waren über sechstausend buddhistische Klöster und Heiligtümer zerstört und Hunderttausende Tibeter ermordet oder ins Gefängnis gesteckt worden.

Womit wir wieder bei diesem Felsblock mitten auf der Straße wären, der von den Häftlingen zu Schotter geklopft wurde. Etwa eine Stunde nachdem wir die Brücke der Freundschaft überquert hatten, kamen wir dort vorbei, und im Grunde genommen ist das ein gutes Bild dafür, wie mit den Tibetern umgegangen wird.

Oder, wie Zopa es später an diesem Abend formuliert hat: »Unsere Brüder in Tibet sind zu Sklaven in ihrem eigenen Land geworden.«

Wir hielten bei jedem Kloster an, das die Chinesen nicht niedergebrannt oder abgerissen hatten. Manche lagen weitab vom Weg. Die Mönche waren dankbar für das Essen, die Vorräte und den Klatsch, den Zopa und die Sherpas mitbrachten. Es war klar, dass das einer der vielen Gründe gewesen war, wieso Zopa sich bereit erklärt hatte mich ins Basislager zu bringen.

Sun-jo und ich wanderten jeden Tag und kletterten jeden Abend. Als wir nach zehn Tagen im Basislager ankamen, fühlte ich mich stark. Genau wie Sun-jo.

Peak Experience

Wir trafen gerade rechtzeitig im Basislager ein, um mitzubekommen, wie Josh sich mit einem anderen Mann stritt und es dabei zu Handgreiflichkeiten kam. In einer Höhe von 5500 Metern fielen die Handgreiflichkeiten allerdings ziemlich bescheiden aus.

Ein älterer Mann mit rotem Kopf schwang seine Faust, Josh wich problemlos aus und schubste ihn vor die Brust. Der Mann landete mit dem Hintern im Schnee. Danach war der Kampf eigentlich zu Ende, mal abgesehen vom Gebrüll.

»Ich will mein ganzes Geld zurückhaben!«, brüllte der Mann. »Wenn du glaubst, dass ich hier im Basislager herumhocke, während ihr anderen zu Ruhm und Ehre klettert, dann hast du dich geschnitten!« (Das war offensichtlich einer von Joshs Kunden, und zwar keiner von der zufriedenen Sorte.)

Wenn man außer Atem ist, dicke Daunensachen trägt und Steigeisen an den Stiefeln hat, ist es nicht gerade einfach, auf die Beine zu kommen. Josh wollte ihm aufhelfen, aber der Mann schlug ihm die Hand weg.

»George, du bist nicht in der körperlichen Verfassung, um weiter rauf zu gehen«, sagte Josh. »Du hast gehört, was Dr. Krieger gesagt hat. Du hast Herzprobleme und das hättest du mir sagen müssen, bevor du den Vertrag unterschrieben hast.«

»Mein Herz ist topfit! Diese Hexendoktorin, die du da

mitgenommen hast, hat doch keine Ahnung, wovon sie redet.«

Da stellte sich eine hübsche Frau neben Josh. »Ich habe ein Herzgeräusch festgestellt, George«, sagte sie mit leicht deutschem Akzent. »Arterienverschluss, würde ich sagen. Sobald du wieder unten bist, sollte sich das mal jemand ansehen.«

»Also gut, ich steige noch heute runter von diesem gottverdammten Berg«, japste George und kam nur mühsam auf die Füße. »Aber den ersten Termin mache ich nicht mit meinem Arzt, sondern mit meinem *Anwalt*! Ich verklag dich Josh, ich zieh dir das letzte Hemd aus!«

»Wenn du mich verklagen willst, weil ich dir das Leben gerettet hab«, erwiderte Josh. »Nur zu.« Er drehte sich um und wollte gerade weggehen, da bemerkte er uns und blieb stehen.

»Siehst ganz so aus, als hättest du eine Gipfelgenehmigung übrig«, sagte Zopa.

»Zwei sogar. Vor zwei Tagen ist schon eine Frau abgereist, die sich fast die Lunge aus dem Hals gehustet hat. War anscheinend meine Schuld. Sie will mich nämlich auch verklagen.«

Josh schaute mich an. Der Bart, den er sich wegen meiner Anhörung abrasiert hatte, war schon wieder gut nachgewachsen. »Und? Wie war's?«, fragte er.

»Gut.«

Er wandte den Blick wieder zu Zopa. »Schafft er es bis nach oben?«

Zopa zuckte mit den Schultern.

Josh schaute rüber zu dem Pick-up, wo Sun-jo, Yogi

und Yash standen. »Habt ihr genügend Platz, um George mit nach unten zu nehmen?«

Zopa nickte. »Diese drei bleiben hier. Falls du Arbeit für sie hast.«

»Mal sehen«, erwiderte Josh ohne große Begeisterung. »Kann sein, dass wir etwas Hilfe im Basislager brauchen, aber mit zwei Kletterern weniger reichen die Sherpas, die wir haben.«

Er warf einen Blick auf den kleinen Pick-up und schaute dann wieder Zopa an. »Es wird ziemlich eng werden. Ihr müsst auch Georges Frau und ihre ganze Ausrüstung mitnehmen. Sie liegt im Zelt und kotzt pausenlos. Wenn ihr in Kathmandu seid, musst du die beiden so schnell wie möglich ins Krankenhaus schaffen.«

»Platz ist genug da«, sagte Zopa. »Ich bleibe auch hier. Zumindest für ein paar Tage. Ich spreche mit dem Fahrer. Er bringt sie sicher nach Kathmandu.«

Zopa machte sich auf den Weg zum Pick-up, doch er kam nicht weit. Ein Jeep raste heran, bremste mit blockierenden Reifen und versperrte ihm den Weg.

Josh fluchte, dann sagte er mit unterdrückter Stimme: »Captain Shek. Cool bleiben. Überlasst das Reden mir.«

Ein groß gewachsener chinesischer Soldat mit einer zackigen grünen Uniform stieg aus dem Jeep und kam mit gerunzelter Stirn auf uns zu. »Papiere!«

»Guten Tag«, erwiderte Josh lächelnd.

»Niemand gehen, ich erst sehen Papiere!«

»Selbstverständlich«, sagte Josh.

Doch der Captain war zu spät gekommen. Sun-jo, Yogi und Yash waren bereits verschwunden. (Puff!)

»Zeig ihm dein Visum und deinen Pass«, sagte Josh.

Ich holte sie aus meinem Rucksack und reichte sie ihm.

Captain Shek untersuchte sie gewissenhaft und schaute immer wieder zwischen mir und dem Foto hin und her.

»Du klettern?«

»Das ist mein Sohn«, sagte Josh. »Er steht auf meiner Gipfelgenehmigung.«

»Nachname nicht gleich.«

»Er trägt den Namen seiner Mutter. Wir sind geschieden.«

(Ich schätze, es wäre zu kompliziert gewesen, ihm zu erklären, dass sie nie verheiratet waren.)

Der Captain gab mir meinen Reisepass zurück. Als Nächstes prüfte er Zopas Papiere, dann die des Fahrers. Als er schließlich fertig war, fixierte er jeden von uns mit seinen dunklen Augen und sagte: »Wir euch alle sehen.« Dann stieg er zurück in seinen Jeep und fuhr davon.

»Das war absolut ernst gemeint«, sagte Josh. »Captain Shek und seine Männer beobachten uns die ganze Zeit.« Er deutete auf eine kleine Erhebung mit einer ziemlich verfallenen Baracke. »Da oben haben sie ein Teleskop aufgebaut und es gibt Gerüchte, dass er sogar Nachtsichtgeräte hat. Sie überwachen den gesamten Funkverkehr und lauern auf irgendwelche Gesetzesverstöße. In diesem Jahr hat Shek schon zwei Expeditionen aus dem Verkehr gezogen. Haltet euch möglichst von ihm fern.«

»Und er hat auch nicht jedes Mal eine Uniform an«, fügte Dr. Krieger warnend hinzu. »Manchmal kleidet er sich wie ein normaler Bergsteiger, schnüffelt im Lager herum und versucht die Leute zu überrumpeln. Ich bin ab jetzt wieder im Sanitätszelt.« Dann ging sie.

»Wie findest du das Basislager bis jetzt?«, fragte Josh.

Wegen des Streits und Captain Shek hatte ich noch gar keinen richtigen Blick auf das Lager geworfen, aber jetzt sah ich, dass es riesengroß war. Überall standen rote, blaue, grüne und gelbe Zelte, kilometerweit verteilt, so wie es aussah.

»Wie viele Menschen sind hier denn?«

»Dreihundertfünfzig oder so«, erwiderte Josh. »Und vielleicht noch mal fünfzig, die sich ein Stück weiter oben akklimatisieren.«

Die meisten waren wohl in ihren Zelten und versuchten sich warm zu halten, weil nämlich gar nicht so viele Leute draußen unterwegs waren. Ich schaute auf die Temperaturanzeige meiner Armbanduhr: minus zehn Grad. Die Windgeschwindigkeit betrug sechzehn km/h (die Uhr, die Josh mir geschenkt hatte, zeigte wirklich alles an), so dass die gefühlte Temperatur bei etwa minus sechzehn Grad lag.

Josh musterte mich von Kopf bis Fuß. »Kannst du gut atmen? Gab es irgendwelche Probleme auf dem Weg hier rauf?«

Beides sehr gute Fragen, da ich mich erst zum zweiten Mal überhaupt in so großer Höhe aufhielt. Im letzten Sommer hatte ich es fast bis auf den Gipfel des Mount McKinley geschafft. Wir waren schon auf 5500 Metern gewesen, also nur noch knapp 700 Meter vom Gipfel entfernt, da hat unser Bergführer uns wegen des Wetters umkehren lassen.

»Seit zwei Tagen habe ich Kopfschmerzen«, sagte ich, »aber sie gehen langsam weg.«

Josh deutete auf George, der mittlerweile zu seinem Zelt zurückgekehrt war und wütend seine Sachen zusammenpackte. »Meine Kopfschmerzen gehen auch weg«, meinte er. »Zumindest einer davon.«

Dann schaute er zum Pick-up rüber. Sun-jo und die beiden Brüder waren wieder aufgetaucht und halfen Zopa beim Entladen. »Wer ist denn der Junge?«

»Er heißt Sun-jo.«

»Gehört er zu Zopa?«

»Ja.«

»Interessant«, meinte Josh. »Hat Zopa dir gesagt, dass er für ein paar Tage im Basislager bleiben will?«

Ich schüttelte den Kopf. »Wie du gesagt hast: Zopa redet nicht viel.«

»Ja … na ja, er hat jedenfalls irgendwas vor.«

»Was denn?«

Josh lächelte. »Das wird er uns erst verraten, wenn er dazu bereit ist. Gehen wir mal rüber ins Hauptquartier von Peak Experience. Ich stelle dich der Basislager-Besatzung vor.«

»Peak Experience?«

»Ich hab sie, ehrlich gesagt, nicht nach dir benannt«, gab Josh zu. »Obwohl ich das wohl hätte tun sollen.«

»Wie meinst du das?«

»Peak Experience ist meine Firma, spezialisiert auf Abenteuerreisen. Wir haben sie im letzten Jahr gegründet, aber mittlerweile denke ich, dass das vielleicht keine so gute Idee war.«

Ich folgte ihm zu einem riesigen, orangefarbenen Zelt mit der Aufschrift PEAK EXPERIENCE auf den Seitenwänden. Das *A* in *PEAK* sah aus wie ein Berggipfel. Josh zog eine Zeltbahn beiseite und winkte mich hindurch.

Im Inneren befanden sich etliche Menschen und mehr Elektronik, als ich jemals in einem Zelt auf 5500 Metern Höhe gesehen hatte (oder überhaupt jemals in einem Zelt): Laptops, Satellitentelefone, Funkgeräte, Faxgeräte, Fernsehmonitore und so weiter. Die Besatzung war so mit ihren Telefonen, Funkgeräten und Computertastaturen beschäftigt, dass sie uns gar nicht wahrzunehmen schienen. Und niemand sah aus wie ein Kletterer.

»Was ist denn das?«, fragte ich.

»Das ist das, was passiert, wenn du alt wirst und anfängst dir Sorgen um deine Zukunft zu machen.« Er deutete auf einen pummeligen Mann mit einem Satellitentelefon. »Der Typ da ist mein Geschäftspartner, Thaddeus Bowen. Die anderen sind Betreuungs-Personal. In der Zentrale in Chiang Mai sitzen noch mehr von der Sorte und dann noch ein paar auf dem K2 und der Annapurna.«

»Du führst drei Expeditionen gleichzeitig durch?«

Er lächelte. »Stell dir vor: Die meisten unserer Kunden sind totale Amateure, manche waren noch nie höher als 4000 Meter. Bescheuert, oder? Aber ich bin nicht der Einzige. Hier im Basislager halten sich momentan mindestens zehn kommerzielle Unternehmen auf. Manche haben bis zu vier Expeditionen gleichzeitig laufen. Es hat sich vieles geändert seit damals, als deine Mom und ich einfach nur unseren rostigen alten Bus vor den El Cap gestellt haben.«

Als er unterwegs von seinen Kunden gesprochen hatte,

da war ich davon ausgegangen, dass er damit erfahrene Kletterer meinte und nicht so was wie das hier.

»Leute!«, sagte Josh laut. »Das hier ist mein Sohn Peak.«

Ich merkte, wie ich rot wurde vor Stolz. Ein paar Leute nickten, andere lächelten, aber keiner unterbrach seine Tätigkeit. Thaddeus kam zu uns und legte die Hand über die Sprechmuschel des Satellitentelefons.

»Wie hat George die Nachricht aufgenommen?«

»Er hat nach mir geschlagen«, sagte Josh. »Und er will uns verklagen.«

Thaddeus verdrehte die Augen. »Na toll. Ich rufe unseren Anwalt an und sage ihm, dass er sich darauf einstellen soll.« Dann entfernte er sich wieder und setzte dabei sein Telefonat fort.

Eine Frau kam zu uns und reichte Josh ein Blatt Papier. »Das Filmteam müsste eigentlich heute Nachmittag ankommen. Und ich habe endlich rausgefunden, wo sich Holly Angelo herumtreibt.«

Der Name kam mir irgendwie bekannt vor, aber ich wusste nicht genau, wieso.

»Wo ist sie?«, wollte Josh wissen.

»Bei den Filmleuten«, erwiderte die Frau. »Anscheinend ist sie mit demselben Flugzeug gekommen. Das Filmteam würde sie am liebsten auf der Stelle umbringen. Sie hat ihren persönlichen Koch und einen Masseur mit dabei und außerdem so viel Gepäck, dass sie einen zweiten Pick-up mieten mussten.«

»Ich habe ihr doch gesagt, dass sie niemanden mitbringen darf«, sagte Josh. »Und dass sie möglichst wenig Gepäck mitnehmen soll.«

»Sie hat sich nicht daran gehalten«, sagte die Frau. »Und außerdem hat sie mitbekommen, dass eine Gipfelgenehmigung frei geworden ist. Sie will mit nach oben.«

Josh fluchte. »Wie hat sie das denn rausgekriegt?«

»Je höher der Berg, desto schneller die Gerüchte.«

»Sie ist doch hier, um über Peak zu berichten und nicht über sich selbst.«

»Wie meinst du das?«, fragte ich.

»Erzähl ich dir später«, erwiderte Josh geistesabwesend. »Kannst du sie per Satellitentelefon erreichen?«

»Falls sie sich nicht gerade massieren lässt«, entgegnete die Frau und tippte dann die Nummer ein.

Josh wandte sich zu mir. »Ich muss mich jetzt darum kümmern. Neben meinem Zelt ist ein freier Platz für dein Zelt. Das blaue da, ganz hinten. Warum gehst du nicht raus und baust schon mal auf?«

Sun-jo half mir, meine Sachen zusammenzusuchen und das Zelt aufzubauen. Als wir fertig waren, machten wir einen kleinen Rundgang.

Tja, ihr denkt vielleicht, dass das Basislager auf dem Everest so ungefähr einer der unberührtesten Orte auf der Welt sein müsste. In Wirklichkeit aber muss man genau aufpassen, wohin man tritt. Hier mal ein Tipp: Sammelt niemals gelben Schnee ein, um ihn zu Trinkwasser zu schmelzen. Bei minus zwanzig Grad erledigt niemand sein Geschäft allzu weit von seinem Zelt entfernt. Das Everest-Basislager ist eine vereiste Plumpsklo-Müllhalde, auf der sich seit Jahrzehnten Abfall, weggeworfene Essensverpackungen und kaputte Ausrüstung ansammelt. Ich habe mal gelesen, dass ein paar Kletterer und Sherpas versucht haben ein bisschen aufzuräumen, aber allem Anschein nach ohne allzu großen Erfolg. Sardinenbüchsen, Chipstüten, Kartons, Klopapier und anderer Müll wehten wie lose Blätter zwischen den Zelten hin und her.

Bergsteiger aus der ganzen Welt waren hier. Japan, Bolivien, Mexiko, Italien, Kanada, Luxemburg … Es gab Frauen-Teams, Soldaten-Teams, ja, sogar ein Team, das komplett aus Leuten über fünfzig bestand. Am Eingang zu ihrem Lager hing ein Schild mit der Aufschrift: DIE ALTEN SÄCKE. VORSICHT, GRANTIGE GREISE!

Die kommerziellen Expeditionen waren in der Regel daran zu erkennen, dass sie die größten Zelte auf den besten Plätzen hatten. Ich zählte insgesamt elf Stück und da dämmerte es mir, dass Josh womöglich genauso geheimniskrämerisch war wie der gute, alte Zopa.

In diesen großen Zelten hoch oben auf dem Berg hockten eine Menge Konkurrenten. Wer ein Dutzend Kunden auf den Gipfel schaffen konnte, der konnte damit bis zu einer Million Dollar einnehmen, und wenn man gleichzeitig mehrere Expeditionen auf verschiedenen Achttausendern durchführte, dann waren es mehrere Millionen Dollar.

Ein Everest-Kandidat, der hundert Riesen abdrücken musste (oder zumindest viele Riesen, um in eines der tiefer gelegenen Lager zu kommen), zu wem würde der wohl am ehesten gehen? Dem Unternehmen mit der höchsten Erfolgsquote? Dem Unternehmen mit der besten Sicherheitsbilanz? Oder vielleicht dem Unternehmen, das den jüngsten Kletterer aller Zeiten auf den höchsten Berg der Welt geschafft hatte und das zufälligerweise auch noch den gleichen Namen trug wie dieser Kletterer? Und hast du schon gehört, wie er an diesen Wolkenkratzern in New York hochgeklettert ist?

Mach dir wegen des Geldes keine Sorgen. Ich kriege meinen Anteil zurück.

Das Filmteam müsste eigentlich heute Nachmittag ankommen.

Sie ist doch hier, um über Peak zu berichten und nicht über sich selbst.

Plötzlich fiel mir wieder ein, woher ich den Namen Holly Angelo kannte. So hieß die Autorin eines Artikels, in dem es um mich und meine Besteigung des Woolworth Building gegangen war. Sie war es auch gewesen, die herausgefunden hatte, wer mein leiblicher Vater war. War sie selbst dahintergekommen? Oder hatte Josh sie angerufen und alles ausgeplaudert?

Der jüngste Mensch auf dem Gipfel des Everest war bis jetzt ein fünfzehn Jahre altes nepalesisches Mädchen namens Ming Kipa Sherpa.

Wenn ich nur ein Jahr älter wäre, dann würde ich vielleicht immer noch im … Ich erstarrte und blieb plötzlich stehen.

»Was ist denn los?«, fragte Sun-jo.

»Nichts«, gab ich zur Antwort.

Hätte Josh mich auch dann vor dem Gefängnis gerettet, wenn ich schon fünfzehn gewesen wäre? Eher nicht. Benutzte er mich für seine eigenen Zwecke? Wahrscheinlich. Machte mir das etwas aus? Da war ich mir nicht so sicher. Ich bekam von ihm im Moment mehr Aufmerksamkeit als während meines ganzen bisherigen Lebens.

»Ich gehe wieder zurück«, sagte ich.

»Ich auch«, meinte Sun-jo. »Zopa hat gesagt, ich soll

mich mal beim Koch erkundigen, ob ich ihm im Speisezelt helfen kann.«

»Als Job?«, wollte ich wissen.

»Gegen Unterkunft und Verpflegung.« Sun-jo lächelte. »Beziehungsweise Zelt und Essen. Vielleicht ist das ja ein Einstieg.«

Allein von Zelt und Essen konnte er keine Schulgebühren bezahlen. »Ich könnte mal mit meinem Vater sprechen«, bot ich an. »Wenn ich ihn frage, bekommst du wahrscheinlich sogar mehr als einfach nur Zelt und Essen.«

Sun-jo schüttelte den Kopf. »Es ist besser, wenn wir das Zopa überlassen. Er hat mich auf den Berg gebracht. Er soll entscheiden.«

Bergkätzchen

Anstatt Josh zur Rede zu stellen, verkroch ich mich lieber in mein Zelt, kuschelte mich in meinen Schlafsack und schlief ein.

Ich weiß, was ihr jetzt denkt: FEIGLING! Vielleicht habt ihr ja Recht. Aber was hätte ich zu ihm sagen sollen? »Ich lasse mich nicht benutzen, Vater!« Oder wie wär's damit: »Schick mich zurück nach New York, damit ich meine Gefängnisstrafe absitzen kann. Das hast du jetzt davon, Dad!«

Außerdem musste ich unbedingt ein bisschen schlafen, bevor ich mit ihm reden konnte. Fußmärsche in 5500 Metern Höhe machen einen ganz schön fertig. Und dann stellte sich heraus, dass ich ihn gar nicht zu suchen brauchte, weil er nämlich zu mir kam.

»Bist du wach?«, fragte er.

»Ja«, sagte ich, obwohl ich geschlafen hatte, bis er seinen Kopf zum Zelt hereingestreckt hatte.

Er kam hereingekrabbelt und machte den Zeltreißverschluss wieder zu. »Und, hast du dir das Lager schon angeschaut?«

»Ein bisschen. Hier oben hat deine Firma ja eine Menge Konkurrenz.«

»Das ist dir aufgefallen, hm? Im nächsten Jahr werden es weniger kommerzielle Expeditionen sein. Die Zahl der Menschen, die das Geld, die Zeit und den Drang haben, diesen Berg zu besteigen, ist begrenzt. Dieses Jahr wird für viele Unternehmen das letzte sein.«

»Auch für Peak Experience?«, wollte ich wissen.

Er grinste. »Deine Mom hat mir schon erzählt, dass du ein schlaues Köpfchen bist«, sagte er. »Ich schätze, das hast du von ihr.«

Schleimerei hat bei mir noch nie was genützt. »Also, wie tief steckst du in Schwierigkeiten?«

»Es ist so, wie der Richter gesagt hat: Auf dem Papier sieht alles gut aus. Aber in Wirklichkeit stecke ich in einem Schuldenberg so hoch wie der Himalaja.«

Humor hingegen hat bei immer schon immer etwas genützt. Ich lachte.

»Wenn wir dieses Jahr gute Geschäfte machen«, fuhr er fort, »dann können wir vielleicht einen Teil unserer Verluste im nächsten Jahr auffangen. Es hängt alles davon ab, wie viele Leute wir im Lauf der kommenden Wochen auf den Gipfel schaffen können und wie viel Publicity wir kriegen.«

»Und darum bin ich hier«, sagte ich.

Er warf mir einen verlegenen Blick zu. »Nicht nur darum«, sagte er dann. »Aber ja, du hast Recht. Das ist einer der Gründe.«

Das ist der Hauptgrund, dachte ich. Also gut, bringen wir's hinter uns. »Wärst du auch nach New York gekommen, wenn ich schon fünfzehn wäre?«

Er zögerte und sagte dann: »Wahrscheinlich nicht. Schließlich war ich gerade dabei, eine Gruppe Amateur-Bergsteiger auf den Everest zu führen.«

Ich hätte mich sehr viel besser gefühlt, wenn er nach

New York gekommen wäre, um *mir* zu helfen und nicht um *sich* zu helfen.

»Die bisher jüngsten Amerikaner auf dem Gipfel des Everest waren zwanzig Jahre alt«, erläuterte er. »Also würde es wahrscheinlich auch ganz gut funktionieren, wenn du schon fünfzehn wärst, aber ehrlich gesagt: Einen Vierzehnjährigen da hochzukriegen ist sehr viel attraktiver, vor allem nach deiner Kletter-Nummer in New York.

In diesem Jahr wollen eine Menge Promis auf den Berg: Ein paar Rockmusiker, ein Schauspieler, ein Football-Spieler. Allein auf unserer Seite sind sieben Dokumentarfilm- und Fernseh-Teams unterwegs und auf der Südseite noch mal so viele, wenn nicht mehr. Als wir dann versucht haben die Medien für unsere Expedition zu interessieren, war die Reaktion gleich null. Und ohne Publicity baumeln wir direkt über dem Abgrund.

Deine Wolkenkratzer-Nummer ist auf der ganzen Welt im Fernsehen gelaufen. Ich habe schon davon gewusst, bevor deine Mom mich angerufen und gefragt hat, ob ich dir vielleicht helfen könnte. Irgendjemand in unserem Büro in Chiang Mai hat es im Fernsehen gesehen, hat den Zusammenhang zu mir erkannt und hier oben angerufen und vorgeschlagen, dass wir versuchen sollten dich auf den Gipfel zu kriegen. Zuerst habe ich abgelehnt, aber dann hat deine Mom mich angerufen. Da dachte ich, ich könnte vielleicht deine und meine Probleme gleichzeitig lösen.«

»Hast du Mom erzählt, was wir vorhaben?«

»Ja, bevor ich aus Kathmandu abgefahren bin.«

»Was hast du ihr erzählt?«

»Dass ich dich zu einer Klettertour mitnehme, aber ich habe ihr nicht gesagt, wohin.«

»Sie wird ziemlich sauer sein, wenn sie's rauskriegt.«

»Nicht unbedingt. Sie klettert zwar selber nicht mehr, aber sie kann doch sehr gut nachvollziehen, wie es ist. Darum hat sie dich auch zu diesen Kletter-Freizeiten fahren lassen. Sie weiß auch, dass ich für den Gipfel vielleicht mein *eigenes* Leben aufs Spiel setzen würde, aber niemals das eines anderen Menschen, schon gar nicht das meines Sohnes.«

»Sie wird aber wahnsinnig wütend sein, weil du ihr vorher nichts davon gesagt hast«, erwiderte ich.

»Da hast du vermutlich Recht, aber ich kann es ihr deshalb nicht sagen, weil niemand etwas davon erfahren darf, bevor du wieder heil unten angekommen bist.«

»Und dieses Filmteam?«

»Die werden nichts verraten. Wir bezahlen sie. Sie arbeiten in unserem Auftrag.«

»Was ist mit Holly Angelo?«

Er stieß einen tiefen, nebeligen Seufzer aus. (Es war kalt im Zelt.)

»Erpressung«, sagte er. »Zumindest so was Ähnliches. Irgendwie hat sie die ganze Geschichte rausgekriegt. Kann sein, dass sie einen Draht zu Dr. Woo hat.

Ach, und übrigens: Wenn du die medizinische Untersuchung nicht bestanden hättest, dann hätte ich dich gar nicht erst mit hier hoch genommen. Punkt. Ich hätte dich nach Chiang Mai geschickt. Und ich habe dich auch tatsächlich an der Internationalen Schule dort angemeldet.

Jedenfalls ... Holly hat mich letzte Woche hier angerufen und hat gesagt, dass sie einen Artikel über deinen Everest-Versuch bringen will, falls ich ihr nicht die Exklusivrechte daran überlasse.«

»Und jetzt will sie selber auf den Berg«, sagte ich.

»Ja, genau, und es sieht ganz danach aus, als müsste ich ihr eine Chance geben. Sonst schreibt sie einen Bericht nach dem anderen, sobald sie hier ist.«

»Warum müssen wir das denn überhaupt geheim halten?«

»Wegen der Chinesen«, sagte er. »Auf dieser Seite des Berges gibt es keine Altersbeschränkung, aber wenn sie dahinterkommen, dass wir eine Besteigung mit einem Vierzehnjährigen versuchen wollen, dann kassieren sie womöglich unsere Gipfelgenehmigung ein. Sie versuchen selbst schon seit Jahren, einen Teenager da hochzubekommen. Und da wären sie nicht besonders erfreut, wenn ihnen ein amerikanischer Jugendlicher zuvorkäme.«

Er stieß ein bitteres Lachen aus. »Politik, Öffentlichkeitsarbeit, Werbung, Sponsoren, Exklusiv-Verträge: Mit der Kletterei geht es immer weiter bergab. Ich kann dir gar nicht sagen, wie sehr ich die Zeit vermisse, als wir noch richtige Berglöwen waren, als wir nur mit einer Tüte Studentenfutter, einer Flasche Wasser und einem alten Seil eine Felswand in Angriff genommen haben. Jetzt sind wir bloß noch Bergkätzchen und es wird nie wieder so sein wie früher.«

»Josh!« Ein schriller Schrei schnitt durch die kalte Bergluft.

»Das müsste Holly sein«, sagte Josh.

»Du erkennst ihre Stimme?«

»Ich habe sie fünfzehn Jahre lang nicht gehört, aber ich

würde sie überall wiedererkennen. Wie Fingernägel, die über eine Tafel kratzen.«

»Josh!«

Wir verzogen beide das Gesicht.

»Als deine Mom und ich noch gemeinsam geklettert sind, da hat Holly als freie Journalistin gearbeitet und uns und andere Kletterer oft begleitet. Sie hat sogar ein paar wirklich gute Artikel über uns geschrieben. Und sie ist selbst auch geklettert … irgendwie.« Er schüttelte den Kopf. »Sah aber immer ganz schön gruselig aus.«

»Josh!«

»Also, ich bringe dich auf den Gipfel«, sagte Josh. »Aber nur, wenn es geht, ohne dich dabei umzubringen. Wenn du das schaffst, dann bist du berühmt … und du verhilfst deinem alten Herrn zu einem angenehmen Leben bis ans Ende seiner Tage. Ich habe vor, die Firma in ein paar Jahren zu verkaufen und mich mit dem Erlös zur Ruhe zu setzen. Ist damit alles klar zwischen uns?«

Was die Berühmtheit anging, war ich mir nicht so sicher, und was mir gar nicht passte, war der Grund, wieso er mich überhaupt auf den Everest geholt hatte. Aber ich wollte auf den Gipfel.

»Alles klar«, sagte ich. »Aber ab sofort keine Heimlichkeiten mehr. Ich will genau wissen, was Sache ist.«

»Einverstanden.« Er reichte mir seine behandschuhte Hand und ich schlug ein.

»Josh!«

Er zog den Zelt-Reißverschluss auf und riskierte einen Blick nach draußen. »Wir sollten ihr lieber Hallo sagen, bevor sie noch eine Lawine auslöst.«

Keuch

Holly Angelo sah aus wie eine rothaarige Vogelscheuche in einem pinkfarbenen Daunenanzug.

Sie war deutlich über eins achtzig groß und ihre Arme und Beine waren so dünn wie die Beine eines Weberknechts. Sobald sie Josh erblickt hatte, umschlang sie ihn und stieß ein Quieken aus, so dass sämtliche Leute im Umkreis von vierhundert Metern die Köpfe aus den Zelten streckten wie Schildkröten aus ihrem Panzer.

Direkt neben ihr standen ein paar neugierige Sherpas, drei Kameramänner, ihr Privatkoch und ein Masseur. Der Koch und der Masseur zitterten und würden noch vor dem nächsten Morgen tot sein, wenn ihnen nicht jemand was Wärmeres zum Anziehen besorgte.

Josh wand sich aus ihren Tentakeln und hielt sie auf Armeslänge von sich weg, damit sie ihn nicht noch einmal umschlingen konnte. »Du hast dich kein bisschen verändert«, sagte er mit seinem typischen Grinsen. (Das hieß, glaube ich: »Holly, du bist ja immer noch genau die gleiche Nervensäge wie früher.«)

Ihre habichtartigen, braunen Augen suchten bereits das nächste Opfer, und das war zufälligerweise ich. »Peeeeeak!«

Zum Glück löste die lang gedehnte Version meines Namens bei ihr einen Hustenanfall aus, der sie daran hinderte, zu mir zu kommen. Eigentlich hätten ihr Koch oder ihr Masseur ihr irgendwie helfen müssen, aber sie standen einfach nur weiter zitternd rum und sahen zu, wie ihre Arbeitgeberin sich nach vorne beugte und die Hände auf die Knie stützte.

»Schlimmer Husten«, sagte Josh, als sie endlich wieder aufrecht stehen konnte.

»Es ist … *keuch* … nichts weiter. Du weißt ja … *keuch* … die Höhe und … *keuch* … die trockene Luft … *keuch* …«

»Wir bringen dich mal zu Dr. Krieger.« Er lächelte immer noch, aber jetzt sah es ein kleines bisschen ehrlicher aus. Er wollte Holly Angelo auf keinen Fall weiter mit nach oben nehmen als unbedingt nötig. Und es hatte nicht den Anschein, als würde sie allzu weit kommen.

Ich ging ihm nach, um das Filmteam kennenzulernen: JR, Will und Jack. Sie sahen alle fit aus. Er bedankte sich bei ihnen für ihr Kommen.

»Keine Ursache«, sagte JR und fügte dann im Flüsterton hinzu: »Tu uns einen Gefallen, Josh. Bring uns so weit wie möglich von Holly entfernt unter.«

»Kein Problem.«

Josh warf einen Blick rüber zu der japsenden Reporterin.

Holly gab den Sherpas bereits Anweisungen, wo sie ihr pinkfarbenes Zelt aufbauen sollten, das nur unwesentlich kleiner war als das Hauptquartier.

Josh runzelte die Stirn als er sah, dass sie das Monstrum direkt neben meinem und seinem Zelt aufbauten, sagte aber nichts. Er blickte wieder zu JR und deutete auf eine rund fünfundzwanzig Meter entfernte Stelle.

»Besser geht's nicht.«

»Super«, meinte JR und steuerte zusammen mit den anderen und der Ausrüstung die bezeichnete Stelle an.

Josh rieb sich die Schläfen. »Wahrscheinlich brauche ich dir das nicht extra zu sagen, aber du musst sehr gut aufpassen, was du in Hollys Gegenwart sagst. Sie ist Journalistin und wird alles, was du sagst, auch verwenden. Denk immer daran, dass sie mehr an sich selbst und ihrer Karriere interessiert ist als an dir.«

»Und das Filmteam?«, wollte ich wissen.

»Die sind kein Problem. Das Material gehört uns. Wenn wir den Film dann schneiden, lassen wir dich auf jeden Fall gut aussehen, auch wenn du noch so viel Mist baust.« Er grinste. »War nur Spaß. Gehen wir mal rüber ins Speisezelt, damit ich dich den anderen vorstellen kann. Aber nicht vergessen: Sie wissen zwar, dass du mein Sohn bist, aber wir haben ihnen nicht verraten, dass wir versuchen wollen dich bis ganz nach oben zu schaffen.«

»Wieso denn nicht?«

»Weil sie alle hundert Riesen oder mehr für den Gipfel bezahlt haben. In gewisser Weise ist es ihr Geld, mit dem wir dich da raufschaffen. Könnte sein, dass ihnen das nicht in den Kram passt.«

»Und, was soll ich ihnen sagen?«

»Dass du mich begleitest und dass du nicht glaubst, dass du weiter als bis Camp Vier oder Fünf kommst.« Er drehte sich um und schaute in Hollys Richtung. »Ich schätze, das sollte ich ihr auch noch mal sagen, damit sie ihre große Klappe hält. Wir treffen uns drüben im Speisezelt.« Er seufzte, setzte sein charmantes Grinsen wieder auf und ging zu Holly, die den Sherpas mit kreischender Stimme Anweisungen erteilte. Die Sherpas ignorierten aber praktisch jeden ihrer Befehle.

Das Speisezelt war ebenfalls fast so groß wie das Hauptquartier, aber voll mit Menschen. Außerdem war es wegen der Kerosinlampen und -öfen und der Zigaretten völlig verraucht. Von den Kunden rauchte keiner, aber die Sherpas, die mit einem Teller in der Hand ein wenig abseits standen, hatten fast alle eine Zigarette im Mundwinkel hängen.

Sun-jo stand hinter dem Nudeltopf. Ich ging zu ihm und begrüßte ihn.

»Wie läuft's?«

»Was waren denn das für grässliche Geräusche da draußen?«, wollte er wissen.

»Eine Journalistin.«

»Verletzt?«

»Noch nicht.«

Ich schaute mich um und stellte fest, dass Zopa nicht da war. »Wo ist Zopa?«

Sun-jo zuckte mit den Schultern.

Ein Bergsteiger kam herüber und hielt ihm seinen Teller hin. Sun-jo gab ihm mit breitem Grinsen eine Ladung Nudeln. Der Mann roch an dem Nudelberg, grunzte mürrisch und ging weg.

»Was hältst du so von deinen Bergkameraden?«, wollte Sun-jo wissen.

»Den eben fand ich eher unsympathisch«, sagte ich, drehte mich um und zählte die im Zelt Anwesenden. Sieben Frauen, sechzehn Männer (den unhöflichen Grunzer mitgerechnet). Zehn davon hatten einen Gipfelversuch gebucht. Ich versuchte zu erraten, wer alles dazugehörte, aber es war schwierig. Körperliche Fitness war natürlich hilfreich, aber bei einem Aufenthalt in der Todeszone waren der Sauerstoffgehalt des Blutes und das Glück von größerer Bedeutung … lauter Dinge, die auch der fitteste Kletterer nicht beeinflussen konnte. Die meisten schienen zwischen dreißig und Anfang vierzig zu sein und von denen sahen nur fünf oder sechs so durchtrainiert aus, als könnten sie es bis ganz nach oben schaffen. Mir wurde klar, wieso Josh der Klettersaison mit Sorge entgegenblickte.

Ich sagte Sun-jo, dass es mich überraschte, die Sherpas rauchen zu sehen.

»Die meisten glauben, dass sie sowieso am Berg sterben werden«, erwiderte Sun-jo. »Also warum die Wartezeit nicht ein bisschen angenehmer gestalten?«

»Aber macht das Rauchen das Klettern nicht schwerer?«

»Nur, wenn der Tabak alle ist«, erwiderte Sun-jo. »Aber Zopa hat etliche Kartons mit Zigaretten mitgebracht und an sie verkauft.«

Ein Mönch durfte keinerlei stimulierende Mittel zu sich nehmen. Aber anscheinend durfte er sie verkaufen.

»Du brauchst gar nicht so verwundert zu gucken«, fuhr Sun-jo fort. »Den Erlös gibt Zopa an die tibetischen Mönche weiter. Sie sind sehr arm. Auf der Fahrt hast du ja gesehen, dass die Chinesen sie schlecht behandeln.«

»Der zweite Grund des geheimniskrämerischen Mönchs«, sagte ich.

»Was?«

»Nicht so wichtig. Ich schätze, ich mische mich mal ein bisschen unter die anderen Bergsteiger.«

»Möchtest du ein paar Nudeln? Sie sind sehr gut.«

»Na klar.«

Sie waren gut.

Ich bin nicht besonders gut, wenn es darum geht, mich unter die Leute zu mischen. Das hat Rolf fast wahnsinnig gemacht, da er wahrscheinlich der größte Unter-die-Leute-Mischer des gesamten Planeten ist. Ich habe mal erlebt, wie er einen vollkommen Fremden angesprochen und sich nach der Uhrzeit erkundigt hat (obwohl Rolf immer eine hervorragend funktionierende Armbanduhr am Handgelenk trägt), nur um ein Gespräch anzufangen. Aber ich glaube, nicht einmal Rolf hätte diese Typen hier knacken können.

Sie waren jetzt bereits seit ein paar Wochen im Basislager und hatten feste Gruppen gebildet. So was erlebte ich nicht zum ersten Mal. An der GSS fingen die Sommerferien immer erst relativ spät an. Wenn ich dann im Kletter-Camp ankam, hatten sich die anderen Kids alle schon einen Kletterpartner ausgesucht. Für mich blieben dann immer diejenigen übrig, die praktisch keine Klettererfahrung hatten, oder aber, wenn ich Glück hatte, der Kletterlehrer.

Vincent hat einmal gesagt, dass gute Schriftsteller miserable Unter-die-Leute-Mischer sind. Sie sind viel zu sehr damit beschäftigt, die Gespräche der anderen zu belauschen oder, wie er es ausdrückt: *das Mahlgut für ihre literarischen Mühlen zu sammeln.*

Und da niemand auch nur eine Spur Interesse an mir zeigte, spazierte ich eben herum und sammelte Mahlgut ein …

»Wir müssten eigentlich schon längst im ABC sein.«

(ABC ist die Abkürzung für Advance Base Camp, das vorgerückte Basislager. Es ist das nächste permanente Lager an der Nordflanke des Berges.)

»Wären wir auch, wenn Josh uns nicht wegen seines sogenannten Sohnes im Stich gelassen hätte.«

(Der sogenannte Sohn stand anderthalb Meter von den beiden Typen entfernt.)

»Ich hab nicht mal gewusst, dass er überhaupt einen Sohn hat.«

»Ich auch nicht … und dabei habe ich alles gelesen, was jemals über ihn geschrieben worden ist, bevor ich meine Lebensversicherung aufgelöst habe.«

»Ich habe gehört, dass wir deshalb hier unten festhängen, weil er noch auf ein Filmteam und eine Journalistin aus New York wartet.«

»Die sind heute angekommen. Kein Film, kein Ruhm, schätze ich. Josh ist total scharf auf Publicity.«

»Diese Ärztin, diese Leah Krieger, ist der kälteste Fisch, den ich je kennengelernt habe.«

»Direkt aus Nazideutschland, wenn du mich fragst. Ich glaube ja, dass sie gar nicht für die medizinische Versorgung da ist, sondern irgendwelche Experimente mit uns machen soll.«

»Der arme George. Ob er wirklich Herzprobleme hatte?«

»Ich weiß es nicht, aber ich habe gehört, dass Georges Frau die Krieger angefleht hat, ihm ein negatives Attest auszustellen. Sie wollte von Anfang an nicht, dass er diese Expedition macht, und ihr gehört das ganze Geld. Bevor George sie geheiratet hat, hatte er nichts auf der hohen Kante.«

»Ich war heute Morgen mal im Camp von William Blade. Ich bin mir nicht sicher, ob ich ihn gesehen habe, aber ich glaube, ich war ganz in seiner Nähe, weil mir nämlich einer der Leibwächter gleich den Weg versperrt hat, als ich an seinem Zelt vorbeiwollte.«

»Meinst du, dass er bis ganz nach oben kommt?«

»So, wie ich das sehe, ist er schon da.«

»Du weißt, was ich meine: den Gipfel.«

»Wenn er es nicht auf eigenen Beinen hinkriegt, dann sind seine Leibwächter kräftig genug, um ihn da hochzutragen.«

(William Blade war ein berühmter Schauspieler. Ich hatte die meisten seiner Filme gesehen und fand ihn super.)

»Ich hab gehört, dass drei Leute mit HAPE im ABC sein sollen. Sie kommen morgen runter.«

»Na, da haben sie mehr Glück als der Typ, der gestern auf der Südseite ums Leben gekommen ist. Ist mitten in der Nacht zum Pinkeln aus dem Zelt gekommen. Der Idiot hatte nur die Innenschuhe an. Er ist einen zweihundert Meter langen Abhang runtergerutscht und dann in eine Gletscherspalte gestürzt, die so tief war, dass die Sherpas sagen, er fällt wahrscheinlich immer noch.«

»Hätte mal lieber die Steigeisen angezogen.«

»Oder wenigstens seinen Eispickel mitgenommen, um den Sturz zu bremsen.«

(Das Abbremsen eines Sturzes mit Hilfe eines Eispickels ist eines der ersten Dinge, die man bei einer Bergsteigerausbildung lernt. Wenn man anfängt einen vereisten Hang hinunterzurutschen und man sich nirgends festhalten kann, dann sollte man genau wissen, wie man den Sturz abbremsen kann – zum Beispiel mit Hilfe der Steigeisen oder indem man einen Eispickel ins Eis rammt und sich verzweifelt daran festklammert. Jeder steile Hang nimmt irgendwo ein schlimmes Ende, sei es an einem Baum, einer Wand oder in einem tiefen Loch. »Wie am Spieß zu schreien, macht dich kein bisschen langsamer«, hat einer meiner Kletterlehrer mal gesagt. »Wenn du überleben willst, dann solltest du dich vor Rutschpartien hüten.« Das Abbremsen eines Sturzes gehörte nicht gerade zu meinen Stärken. Und dass ein Mann in den Tod gestürzt war, weil er zum Pinkeln nach draußen gegangen war, machte mir Gänsehaut.)

»Josh ist so süß. Was meinst du, was würde er machen, wenn ich einfach mal nachts zu ihm ins Zelt schlüpfen würde?«

»Ich glaube kaum, dass das in der Teilnahmegebühr enthalten ist.«

»Wenn du wartest, bis du über 6000 Meter bist, passiert gar nichts. Außer, dass deine Lungen zusammenklappen, wenn du …«

Der interessanteste Teil meiner Mahlgutsammelei wurde durch Holly Angelos Auftritt unterbrochen.

»Hallo alle miteinander! … *keuch* … Ich heiße Holly Angelo. Ich bin Journalistin, komme aus New York und werde euch … *keuch* … auf das Dach der Welt begleiten!«

Holly mischte sich nicht *unter* die Leute, sie mischte die Leute *auf*. Ein paar anderen verschlug es ebenso den Atem wie ihr selbst, aber nicht wegen der dünnen Luft, auch wenn eine Menge Sauerstoff aus dem Speisezelt gesogen wurde, als sie hereinkam.

Alle Gespräche verstummten.

Ein Teller mit Essen fiel zu Boden.

Ein Sherpa hätte um ein Haar seine brennende Zigarette verschluckt, dann stürzte er zusammen mit fünf, sechs anderen Sherpas zum Hinterausgang hinaus. Ich wäre gerne mitgegangen, aber ich war zu langsam. Leuchtend rot lackierte Krallen bohrten sich in meinen Parka.

»Wo … *keuch* … willst du … *keuch* … denn hin?«

Mit einer erstaunlichen Kraft wirbelte Holly mich herum, so dass ich nicht anders konnte, als sie anzusehen.

»Ääh …«, stammelte ich.

»Ich muss mit dir reden.«

»Ääh … okay.«

»Also … *keuch* … ich habe dein lächerliches … *keuch* … Zelt gesehen und ich glaube, du hättest es … *keuch* … in meinem Zelt sehr viel … *keuch, keuch* … bequemer.«

Ich dachte, ich falle gleich in Ohnmacht.

»Ich habe viel … *keuch* … Platz … *keuch* … und ein zweites Feldbett …«

Kein Mensch schleppte ein Feldbett ganz hoch bis ins Basislager, aber sie hatte sogar eines *übrig*.

»… und mein Essen ist viel besser als … *keuch* … dieser Fraß hier. Pierre kreiert gerade etwas … *keuch* … und

Ralph hat seinen Massagetisch aufgebaut, falls du ein bisschen ... *keuch* ... durchgeknetet werden willst.«

»Ääh ...«

»Dein Vater hat gesagt, du kannst frei ... *keuch* ... entscheiden.«

Danke, Dad.

Hustenanfall ...

Ich überlegte, ob ich mich davonschleichen sollte, während sie hustete. Danach würde sie sich wieder aufrichten und der gute Peak wäre einfach verschwunden. Puff! Dann fiel mir Joshs Ratschlag ein: *Pass gut auf, was du in Hollys Gegenwart sagst ...* und ich dachte mir, dass das wohl auch dafür galt, was ich tat. Es ist unhöflich, einfach zu verschwinden, während sich jemand die Lunge aus dem Leib hustet.

»Wir haben so viel zu besprechen«, sagte sie, als der Anfall vorüber war. Anscheinend konnte sie jetzt auch wieder leichter atmen. »Deine Mom und ich, wir kennen uns schon ewig. Wir sind seit Jahren befreundet.«

Wenn das wirklich der Fall gewesen wäre, dann hätte ich sofort gewusst, wer sie ist, als ich ihren Namen über dem Zeitungsartikel gelesen hatte.

»Sie würde mir niemals verzeihen, wenn ich hier oben nicht auf dich aufpassen würde.«

»Ich weiß dieses Angebot zu schätzen«, sagte ich und probierte meine persönliche Version von Joshs charmantem Lächeln aus (das wahrscheinlich eher nach grimmiger Miene aussah), »aber ich glaube, ich bleibe lieber in meinem eigenen Zelt.«

Ihre Reaktion bestand in einer *wirklich* grimmigen Miene.

Mir war das egal. Ich würde niemals mit ihr in einem Zelt schlafen.

»Aber du isst bei mir«, sagte sie, als wäre das nicht mal eine Frage.

Ich hielt meinen Teller mit Nudeln in der Hand, die mittlerweile kalt und verklebt und nicht gerade in Hochform waren.

»Nicht jedes Mal«, erwiderte ich ausweichend. »Aber okay, ab und zu esse ich bei dir.«

Ihre Miene wurde noch düsterer und ich glaube, sie wollte gerade etwas Fieses sagen, da betrat Josh das Zelt und ich war gerettet.

»Okay, Leute«, sagte er. »Morgen machen wir uns auf den Weg ins ABC.«

Allgemeiner Jubel brach aus.

»Wenn alles gut geht, brauchen wir dafür drei Tage und zwei Nächte. Dann bleiben wir zwei Nächte im ABC und steigen wieder ab. Ihr wisst ja, wie es läuft.«

»Hoch klettern, tief schlafen«, brüllte das Team im Chor.

»Leah checkt euch heute Abend alle noch einmal durch, misst die Blutwerte und so weiter, und wenn wir oben im ABC sind, noch mal. So wissen wir genau, in welchem Zustand ihr seid.«

Diese Neuigkeit wurde mit sehr viel weniger Begeisterung aufgenommen.

»Sie erwartet euch im Sanitätszelt.« Er pinnte ein Blatt Papier an eine Zeltstange. »Hier stehen eure Untersuchungszeiten. Seid pünktlich.«

»Zu Befehl, mein Führer«, murmelte ein Kletterer mit unterdrückter Stimme.

Josh warf ihm einen strengen Blick zu und er lief knallrot an. Ohne Zustimmung des Expeditionsleiters kam niemand auf den Gipfel, also war es besser, ihn nicht gegen sich zu haben.

»Was wird aus der *Puja*-Zeremonie?«, wollte jemand wissen.

Ein *Puja* ist ein buddhistisches Segnungsritual, das die meisten Expeditionen vor der Besteigung des Everest vollzogen.

»Wir werden im Lauf der kommenden Wochen noch zwei weitere Male zum ABC hochsteigen«, erwiderte Josh. »Wir halten das *Puja* vor einer der nächsten Touren ab. Ich möchte morgen früh zeitig loskommen.«

Ein paar Sherpas machten angesichts der Verschiebung des *Puja* keinen allzu glücklichen Eindruck.

»Packt nur so viel Verpflegung ein, wie ihr für den Weg braucht«, fuhr Josh fort. »Es wird ein harter Aufstieg werden und da solltet ihr kein unnötiges Gewicht mitschleppen.«

Seine Ansprache war zu Ende und die Kletterer sammelten sich um den Zettel. Josh kam zu Holly und mir.

»Ihr beiden geht nicht mit«, sagte er. »Und JR, Jack und Will bleiben ebenfalls hier. Ihr seid noch nicht ausreichend akklimatisiert.«

»Warum wartet ihr dann nicht noch ein paar Tage?«, erkundigte sich Holly. »Dann könnten wir … *keuch* … alle zusammen aufsteigen.«

Das war eine gute Frage. Hauptsächlich deshalb, weil ich mir nicht vorstellen konnte, ein paar Tage lang alleine mit Holly im Lager festzustecken.

Josh senkte die Stimme. »Nichts lieber als das, aber die meisten Leute sind jetzt schon mehrere Wochen lang hier. Wenn ich sie nicht endlich ein Stück höher bringe, fangen sie an zu meutern. Ein Drittel hat sowieso bloß das ABC gebucht. Die hauen ab, sobald wir wieder unten sind, und dann wird das Ganze hier sehr viel einfacher. Sobald ich wieder hier bin, bringe ich euch hoch. Aber ich kann die anderen nicht wegen ein paar Nachzüglern hier festhalten.«

Nachzügler

Joshs Abwesenheit war gar nicht so schlimm, wie ich gedacht hatte, obwohl Zopa Sun-jo und mich wie bekloppt schuften ließ.

Am Morgen, als Josh sich auf den Weg bergauf gemacht hatte, ließ er uns rund um einen zentralen Fahnenmast einen zwei Meter hohen Steinhaufen für das *Puja*-Segnungsritual errichten. Dann steckten wir rund um den Zentralmast kleinere Stangen in den Boden und spannten dazwischen Seile mit Dutzenden von Gebetsfahnen. Diese Fahnen haben fünf unterschiedliche Farben – Rot, Grün, Gelb, Blau und Weiß – und stehen für die fünf Elemente der Erde: Feuer, Holz, Erde, Wasser und Eisen. Während die Fahnen im Wind flattern, lassen sie die Gebete, die darauf geschrieben wurden, frei und stimmen die Götter gnädig.

Als wir fertig waren, gab Zopa Sun-jo und mir den Auftrag, Ausrüstungsgegenstände aus den Zelten unseres Teams zu sammeln und an den Steinhaufen zu lehnen, um sie zu segnen.

Am Abend hielt Zopa die Zeremonie für eine deutsche und eine italienische Gruppe ab, die beide am nächsten Morgen losgehen wollten. Auch unsere Gruppe wurde in Abwesenheit in das Ritual mit eingeschlossen. Zopa meinte zwar, das sei nicht gerade ideal, würde aber manchmal auch funktionieren. Er sprach etliche buddhistische Gebete und bat dann den Berg um Erlaubnis, dass wir ihn besteigen durften – auf Deutsch, Englisch und Italienisch, was ich sehr beeindruckend fand.

Die Zeremonie dauerte ungefähr drei Stunden, und gerade als sie zu Ende ging, landete ein schwarzer Vogel auf dem zentralen Fahnenmast. Das war nach Zopas Worten ein sehr gutes Zeichen.

»Was war das für ein Vogel?«, wollte ich auf dem Rückweg ins Lager wissen. Er hatte ausgesehen wie eine Krähe oder ein Rabe.

Sun-jo zuckte mit den Schultern.

Es zeigte sich, dass ich Holly Angelo ziemlich leicht aus dem Weg gehen konnte, obwohl sie direkt nebenan wohnte.

Sie kam nie vor zehn aus ihrem Zelt. Ich war dagegen immer schon morgens um sieben unterwegs. Das Lager war so groß, dass man wunderbar zwischen den Zelten untertauchen konnte, es sei denn, man war Holly, die immer die mit Abstand grellsten Schneeanzüge trug. Ich konnte sie kilometerweit erkennen und mich von ihr fernhalten.

Am vierten Abend von Joshs Abwesenheit schaffte sie es, mich zum Abendessen abzugreifen. Ich hatte den Fehler begangen, vor dem Essen noch einmal zu meinem Zelt zu gehen, um meinen Eispickel zurückzubringen (Zopa hatte Sun-jo und mir Nachhilfeunterricht im Sturz-Abbremsen gegeben), und sie hatte mir wie ein Wachhund aufgelauert.

Das Essen war besser als das, was im Speisezelt angeboten wurde, aber die Atmosphäre war grässlich. Ralph saß die ganze Zeit mit beleidigter Miene auf seiner Massagebank, als ob er auf Kundschaft wartete, obwohl er ganz genau wusste, dass die niemals eintreffen würde.

Pierre, der Koch, beobachtete jeden einzelnen meiner Bissen und murrte über seine barbarischen Arbeitsbedingungen auf 5500 Metern Höhe.

Und Holly ... Tja, meine Kopfschmerzen meldeten sich wieder zurück, aber das lag nicht an der großen Höhe. Im Inneren des Zeltes klang ihre Stimme so schrill, dass sogar Yak-Butter sauer geworden wäre. Sie keuchte nicht mehr und das fehlte mir sehr, weil meine Ohren sich in den Pausen immer ein wenig erholen konnten.

Ich hatte eigentlich gedacht, dass sie mich interviewen würde, aber dann stellte sich heraus, dass meine Aufgabe darin bestand, ihr dabei zuzuhören, wie sie sich selbst interviewte. Während ihres zweistündigen Nonstop-Monologs erzählte sie mir ihre ganze Lebensgeschichte, Jahr für Jahr, eines langweiliger als das andere. Ich hörte eigentlich erst zu, als sie achtzehn geworden war, aber selbst dann war es nicht besonders interessant.

Sie war schon zum dritten Mal verheiratet. Ihr derzeitiger Mann lebte in Rom und sie sahen sich nur selten. Sie stammte aus einer reichen Familie und musste eigentlich gar nicht arbeiten, um ihren Lebensunterhalt zu verdienen. Sie war gegen den Willen ihres Vaters »Publizistin« (wie sie es nannte) geworden, weil sie es als ihre »moralische Verpflichtung betrachtete, die Wahrheit auszusprechen«. (Ich erwähnte nicht, dass in dem Artikel, den sie über uns geschrieben hatte, etliche Dinge standen, die ganz und gar nicht der Wahrheit entsprachen.) Außerdem glaube ich, dass sie, was ihre Klettererfahrung angeht, stark übertrieben hat. Als ich sie gefragt habe, welche Berge sie schon bestiegen hatte, da sagte sie: »Du weißt schon, alle großen eben.« Danach wechselte sie schnell zum Thema Träume und fragte mich, ob ich gelegentlich auch welche hätte.

»Ja.«

»Also, dann will ich dir mal erzählen, was ich gestern Nacht geträumt habe«, sagte sie.

Ich hasse es, wenn andere Leute mir ihre Träume erzählen, aber dann traten William Blade und drei Leibwächter so groß wie Yetis ein und ich wurde verschont.

In seinen Filmen war William Blade beschossen und mit Messern angegriffen worden, er war dem Hungertod nahe gewesen, war geschlagen und gefoltert worden, aber nie hatte er schlimmer ausgesehen als jetzt, als er in Hollys Zelt gehumpelt kam.

»Er hat einen Hexenschuss«, sagte einer der Leibwächter erklärend. »Vielleicht kann Ihr Masseur ihn ja wieder einrenken?«

»Aber selbstverständlich!«, sagte Holly und schob alles Mögliche (einschließlich mir) beiseite, um Platz zu schaffen.

Ralph lächelte zum ersten Mal seit seiner Ankunft auf dem Berg und begann fröhlich Massageöl und Lotionen bereitzustellen und seine Muskeln (die nicht besonders beeindruckend waren) zu dehnen.

Ich schaute noch zu, wie sie Blade aus seinen Kleidern schälten und auf den Tisch legten, wo er dann anfing zu brüllen und alle im Zelt verfluchte, als wären wir persönlich für seine Rückenschmerzen verantwortlich.

Was am nächsten Tag passiert ist, habe ich nicht selbst gesehen (Zopa hatte Sun-jo und mich zum Klettern an einen tückischen Wasserfall außerhalb des Lagers geschickt), aber wir erfuhren die ganze Geschichte, als wir am Nachmittag zurückkamen.

Ralph hatte den Rücken des Filmstars mit seinen magischen Händen behandelt. Danach hatte Blade ihm angeboten in sein Lager zu ziehen und sein bisheriges Gehalt zu verdoppeln. Anscheinend hatte Ralph seine Sachen gar nicht schnell genug zusammenpacken können. Als Pierre das sah, bettelte er, dass Blade auch ihn mitnehmen sollte, was dieser auch tat, so dass Holly vollkommen alleine und vor Wut kreischend in ihrem riesigen pinkfarbenen Zelt zurückgeblieben war.

Die meisten wetteten darauf, dass sie die Bergtour abbrechen würde. Nur Zopa tippte als Einziger auf ihr Bleiben. Er setzte das ganze Geld darauf, das er beim Zigarettenverkauf eingenommen hatte.

Erst Stunden nach dem Vorfall ließ Holly sich außerhalb ihres Zeltes sehen. Es stellte sich heraus, dass sie vorerst nicht daran dachte, in ihre Penthouse-Wohnung an der Upper East Side zurückzukehren.

Wir saßen im Speisezelt und warteten auf Nachricht von Josh und der Gruppe im ABC. Sie hätten sich eigentlich am Morgen schon auf den Rückweg ins Basislager machen sollen, aber ein Schneesturm hatte sie daran gehindert. Wir hatten gehört, dass etliche der Leute da oben unter einem HAPE litten, aber der Sturm hatte jeden weiteren

Funkkontakt verhindert, so dass wir nicht wussten, wen es wie schlimm erwischt hatte. Falls die Gruppe morgen immer noch nicht loskonnte, wurde es langsam kritisch. Sie hatten nur Verpflegung für zwei Tage im ABC mitgenommen.

Ein paar Sherpas überlegten bereits, ob sie Nachschub nach oben bringen sollten.

»Nicht heute«, sagte Zopa. »Der Sturm kommt bergab auf uns zu.«

Die Sherpas und eine kleine Gruppe von Kletterern stritten sich gerade mit Zopa über seine Wetterprognose, da kam Holly ins Speisezelt geschlendert.

»Ich steige auf den Gipfel«, gab sie mit ruhiger Stimme bekannt und nahm sich einen Teller mit Essen.

Der Einzige, der lächelte, war Zopa. Wieso auch nicht? Er hatte soeben einen großen Topf mit Geld gewonnen – und das im wörtlichen Sinn. Der Koch hatte die Wetteinsätze in einem Vierzig-Liter-Reiskocher aufbewahrt, der jetzt bis zum Rand mit Rupien gefüllt war.

Sun-jo hatte mir gesagt, dass Zopa das Geld im Falle eines Gewinns den tibetischen Mönchen geben wollte.

Sie würden sich noch ein bisschen gedulden müssen. Ich wusste es zwar noch nicht, aber genau wie Holly hatte auch Zopa nicht vor, in nächster Zeit nach Hause zu gehen.

»Der Schnee ist da«, sagte einer der Sherpas.

»Das ist unmöglich«, sagte ich. Ich war noch keine zwanzig Minuten im Speisezelt. Als ich vom Hauptquartier hierhergegangen war, war noch keine Wolke am Himmel zu sehen gewesen.

Der Koch zog die Plane beiseite und wir starrten ungläubig nach draußen. Die Schneeschicht war so dick, dass ich nicht einmal wusste, ob ich mein Zelt wiederfinden würde.

Gamow-Sack

An diesem Abend kam ich gerade noch bis ins Hauptquartier, aber weiter nicht. Der Sturm begrub das Basislager unter einer einen Meter zwanzig dicken Schneeschicht. Im ABC war es noch viel schlimmer.

In dieser Nacht kam Josh mit dem Funkgerät nur ein einziges Mal durch. Seine Stimme klang kratzig und zerhackt, aber wir glaubten zu hören, dass sie anhaltende Winde von 120 und Böen mit über 160 Stundenkilometern hatten. Die einzelnen Mitglieder der Gruppe kauerten alle in ihren Zelten, aber auf Grund des Wetters konnte Josh nicht nach ihnen sehen.

Beim ersten Anzeichen von Tageslicht buddelte er sich wieder aus und meldete sich erneut. »Basis, wir sind vollzählig, haben aber zwei HAPE-Fälle. Francis und Bill. Einer schwer, einer leicht. Wie ist das Wetter da unten?«

»Klar«, erwiderte Sparky, der Funker. »Ich habe mir gerade die Vorhersagen angeschaut und bis heute Abend scheint es ruhig zu bleiben.«

»Bis wann?«

»Geschätzte Ankunftszeit des Sturmes circa 19 Uhr, vielleicht ein paar Stunden früher oder später.«

Josh stieß ein raues Lachen aus, gefolgt von einem Hustenanfall. Als er sich schließlich wieder erholt hatte, sagte er: »Das mit dem Wetterfenster habe ich mitgekriegt. Ich schicke die ganze Gruppe los, sobald alle rehydriert sind.

Bill bekommt zusätzlich O_2 und sein Körper spricht gut darauf an. Ich schätze, er schafft es alleine bis nach unten. Leah und ich kommen mit Francis und ein paar Sherpas nach. Wir helfen Bill, falls es notwendig ist. Und wir versuchen Francis in einen Gamow-Sack zu stecken.«

Francis war der Typ, der die Nudeln angegrunzt hatte. Der Gamow-Sack (auch Drucksack oder Überdrucksack genannt) wurde Ende der 1980er Jahre von Igor Gamow erfunden und hat schon vielen Bergsteigern mit einem Höhenlungenödem das Leben gerettet. Dabei handelt es sich um einen luftdichten Sack mit Sichtfenster. In großer Höhe ist der Luftdruck extrem niedrig. Man steckt den Kranken also in diesen Gamow-Sack und pumpt den Sack auf. Dadurch steigt der Luftdruck im Inneren, was praktisch den gleichen Effekt hat, als würde man den Berg wieder hinabsteigen. Und zack kann der Bergsteiger wieder atmen … hoffentlich.

»Dann halten wir also in ungefähr acht Stunden nach den Ersten Ausschau«, sagte Sparky. »Seid vorsichtig beim Abstieg. Es besteht große Lawinengefahr.«

»Haltet uns wegen dem Wetter auf dem Laufenden.«

»Verstanden.«

Ich grub mein Zelt aus dem Schnee, dann bat Zopa Sun-jo und mich, Hollys Zelt auszubuddeln, was Stunden dauerte. Sie war uns zwar fast gar nicht dabei behilflich, versorgte uns aber mit heißem Tee und Keksen.

Am späten Nachmittag kamen die ersten Mitglieder unserer Gruppe ins Lager getorkelt. Sie sahen aus wie Zombies aus *Die Nacht der lebenden Toten*. Erst nachdem jeder im

Speisezelt drei Becher mit dampfend heißem, süßem Tee getrunken hatte, waren sie in der Lage, einen zusammenhängenden Satz hervorzubringen.

»Es war die Hölle … Gut 300 Meter unterhalb des ABC schneite es so heftig, dass wir uns mit einem Seil zusammengebunden haben, um niemanden zu verlieren.«

»Man konnte nicht mal die Hand vor Augen sehen, verdammt. Und dann hat es *richtig* angefangen zu schneien.«

»Minus dreißig Grad im ABC, ohne Wind. Wir wären beinahe erfroren, als wir versucht haben die Zelte aufzubauen.«

Der Typ, der das gesagt hatte, zog behutsam seinen rechten Handschuh aus. Drei Finger waren verfärbt und mit Blasen übersät. »Die Krieger sagt, dass die Finger dranbleiben, bloß mein linker kleiner Zeh wird ungefähr in einer Woche abfallen. Aber den konnte ich eh noch nie leiden.« Er lachte, aber es klang nicht fröhlich. »Ich würde ihn euch ja zeigen, aber euch würde bloß schlecht werden davon.«

»Der Schneesturm war noch gar nicht das Schlimmste«, sagte der Nächste. »Noch lange nicht.« Er war ein Cowboy aus Abilene, Texas. »So gegen zwei Uhr nachts hat uns eine Lawine erwischt. Hat sich angehört, als würde eine Herde Rinder über uns hinwegstampfen. Hat sieben Zelte mitgenommen. Haben zum Glück niemanden verloren, Gott sei Dank, aber dann mussten wir uns zu zweit und zu dritt in die übrig gebliebenen Zelte quetschen wie die Ölsardinen.«

»Dann ist uns das Essen ausgegangen«, sagte der Mann mit den erfrorenen Fingern. »Josh hat ja gesagt, wir sollen nur so viel mitnehmen, wie wir für Auf- und Abstieg brauchen. Heute Morgen hatten wir nicht mal mehr eine Rosine zu essen. Wir haben Glück gehabt, dass es aufgeklart hat. Noch ein paar Tage und wir wären alle verhungert.«

»Da liegst du absolut richtig, Partner«, pflichtete der Texaner ihm bei. »Als ich heute Morgen aus dem Zelt gekrochen bin, da hab ich schon ziemlich gierig einen von diesen Yaks ins Visier genommen. Schätze mal, wir hätten diese verdammte *Puja*-Zeremonie abhalten sollen, bevor wir raufgegangen sind.«

»Wo ist mein … wo ist Josh?«, wollte ich wissen.

»Er und die Krieger schleppen immer noch Francis runter«, knödelte der Texaner. »Sind erst spät weggekommen, wie ich gehört hab. Francis hat anscheinend Platzangst. Hätte man sich fast denken können. Beim Schlafen lässt er immer den halben Kopf zum Zelt raushängen. Er ist völlig durchgedreht, als sie ihn in diesen Sack eingesperrt haben. Irgendwann ist er dann ohnmächtig geworden. Hat ihm das Leben gerettet.«

Vielleicht kommt euch dieses Gespräch ein bisschen gefühlskalt vor. Da habt ihr sicherlich Recht. Draußen herrschten über zwanzig Grad minus und im Speisezelt war es auch nicht viel wärmer. Wenn man erschöpft ist, kaum Luft bekommt, friert, Hunger hat und darauf wartet, dass einem der kleine Zeh abfällt, dann hat man andere Dinge im Kopf als das Wohlergehen von Mitkletterern.

Zopa winkte Sun-jo und mich zu sich und sagte, wir sollten unsere Ausrüstung holen. Wir würden den Berg hinaufsteigen und Josh und Leah helfen.

JR, Will und Jack kamen mit. Sie hatten in den letzten Tagen unseren Kletterunterricht bei Zopa gefilmt und ich war mir nicht sicher, ob sie uns helfen oder den Gamow-Sack im Einsatz filmen wollten.

Ich hatte eigentlich gedacht, dass dreihundert Meter keinen allzu großen Unterschied ausmachen, aber in dieser Höhe spürt man selbst dreißig Meter. Und dass wir uns durch Neuschnee kämpfen mussten, war auch keine Erleichterung. Ungefähr alle zwanzig Schritte blieb ich stehen und sog in unregelmäßigen Zügen eiskalte Luft ein. Der Gipfel lag noch über drei Kilometer höher als die Stelle, an der ich gerade zu ersticken drohte. In diesem Augenblick kam mir meine Hoffnung, ihn zu erreichen, so realistisch vor wie ein Flug zum Jupiter auf einem Gamow-Sack. Mein einziger Trost bestand darin, dass Sun-jo und das Filmteam genau die gleichen Probleme hatten wie ich.

Der Einzige, der diese Probleme nicht hatte, war Zopa. Er wartete immer wieder auf uns, bis wir ungefähr fünfzig Meter hinter ihm waren, und stieg dann weiter den Rongpu-Gletscher hinauf wie eine Bergziege, die uns den Weg bahnte.

Am späten Nachmittag war immer noch kein Anzeichen von Josh und den anderen zu erkennen. Wenn wir sie nicht bald zu sehen bekamen, mussten wir in der Dunkelheit weitersuchen, aber was noch schlimmer war: Wolken zogen auf.

Als sich die Sonne langsam hinter das Bergmassiv zu schieben begann, wartete Zopa, bis wir ganz zu ihm aufgeschlossen hatten.

»Vielleicht bleiben sie ja über Nacht im Camp Zwei oder im Zwischencamp«, stieß JR zwischen zwei keuchenden Atemzügen hervor.

Auf dem Weg zum ABC gibt es zwei Camps: ein provisorisches Zwischencamp und das Camp Zwei, ungefähr auf drei Viertel der Strecke bis zum ABC gelegen. Das Zwischencamp war nirgendwo zu sehen und das hieß, dass wir noch nicht annähernd so hoch gekommen waren, wie es sich anfühlte.

»Und wenn sie gar nicht im Zwischencamp oder im Camp Zwei sind?«, fragte Zopa. (Damit wollte er sagen, dass Josh und Dr. Krieger, falls sie an den Camps schon vorbeigegangen waren oder sie noch gar nicht erreicht hatten, womöglich erfrieren konnten.)

»Da ist was dran«, gab JR zu. »Was sollen wir jetzt machen?«

Zopa blickte erst auf den Gletscher hinab und dann mit zusammengekniffenen Augen an den düster werdenden Himmel.

»Ein Sturm zieht auf«, sagte er. »Ihr könnt in eineinhalb, vielleicht in zwei Stunden wieder zurück im Basislager sein. Wenn ihr euch jetzt gleich auf den Weg macht, könnt ihr es noch rechtzeitig schaffen.«

JR blickte ihn skeptisch an. Wir waren jetzt schon vier Stunden unterwegs.

»Bergab«, fügte Zopa erklärend hinzu. »Der Weg ist gebahnt. Weicht nicht davon ab.«

»Und was ist mit dir?«, sagte ich.

Er holte eine Stirnlampe aus seinem Rucksack und zog sie über die Kapuze seines Parkas, dann setzte er sich den

Rucksack wieder auf. »Ich kenne deinen Vater. Er wird nicht zusehen, wie dieser Mann stirbt. Er wird versuchen ihn nach unten zu bringen.«

Ich glaube, wir wollten alle zurück ins Basislager (ich weiß, dass ich das wollte), aber keiner von uns wollte ohne Zopa gehen, schon gar nicht jetzt, wo das Wetter schlechter wurde.

Wir setzten die Stirnlampen auf und folgten Zopas Licht.

Zwei Stunden später – es war dunkel geworden und hatte zu schneien begonnen – entdeckten wir ein paar Hundert Meter vor uns zwei unruhige Stirnlampen.

Josh und Leah sahen vollkommen fertig aus. Ich glaube nicht, dass sie ohne Hilfe sehr viel weiter gekommen wären. Und ich weiß nicht, wer sich über diese Begegnung mehr freute. Sie waren froh, dass wir ihnen helfen konnten Francis nach unten zu schaffen, und wir waren froh, dass wir sie gefunden hatten, weil das bedeutete, dass wir wieder zurückdurften.

»Habt ihr O_2 mitgebracht?«, erkundigte sich Josh ein wenig lallend.

Zopa holte eine Sauerstoffflasche und eine Atemmaske aus seinem Rucksack. Josh drehte den Regler auf und reichte das Gerät an Leah, die ein paar tiefe Züge nahm. Dann war Josh an der Reihe. Als er fertig war, bot er auch uns etwas davon an, aber wir schüttelten alle tapfer die Köpfe. Wir waren nicht so hoch und nicht so lange unterwegs gewesen wie er und Leah und sie nahmen den Sauerstoff auch nur, weil sie so erschöpft waren. Normalerweise fängt man erst ab Camp Fünf an, O_2 zu nehmen.

Zopa deutete auf den Gamow-Sack. »Wie geht es ihm?«

»Er lebt … zumindest als wir das letzte Mal nachgeschaut haben. Aber er hat sehr schwer HAPE.«

JR ließ den Strahl seiner Stirnlampe auf das durchsichtige Plastikfenster am Kopfende des Gamow-Sacks scheinen, aber es war so beschlagen, dass man nichts erkennen konnte.

»Bist du noch da, Francis?«, rief Josh.

Es kam mir so vor, als hätte ich eine dumpfe Antwort gehört, aber der Wind heulte so sehr, dass es schwer zu sagen war.

»Er schreibt uns eine Nachricht«, sagte Leah.

Wir starrten auf das beschlagene Fenster, wo jetzt ein zittriges, verkehrt herum geschriebenes ɒႱ auftauchte.

Josh brachte ein Lachen zu Stande und schaute Leah an. »Sollen wir ihn rauslassen?«

Sie schüttelte den Kopf.

»Du bist die Ärztin.« Er kniete sich neben den Gamow-Sack. »Wir haben Hilfe bekommen, Francis! Es dauert nicht mehr lange, bis wir im Basislager sind!«

Es stellte sich heraus, dass »nicht mehr lange« noch einmal vier Stunden waren. Der Gletscher war steil und vereist. Ein paar Mal mussten wir den Gamow-Sack mit Hilfe von Eisschrauben ein Stück abseilen, damit er nicht wie ein Schlitten in die Tiefe sauste.

Weit nach Mitternacht kamen wir ins Basislager gestolpert. Normalerweise strahlte das Lager durch die blauen, roten und grünen Zeltleuchten hell wie ein Weihnachtsbaum, aber um diese Uhrzeit schliefen die meisten. Wir schleppten Francis im Gamow-Sack in das Sanitätszelt und legten ihn auf ein Feldbett. Mit den Zähnen zog Leah ihre zweilagigen Thermo-Handschuhe aus und öffnete dann langsam den Reißverschluss des Sacks.

»Wie fühlst du dich?«, erkundigte sie sich.

Francis war leichenblass. Er schlug blinzelnd die Augen auf und brachte ein schwaches Lächeln zu Stande. Dann flüsterte er: »Jetzt hab ich keine Platzangst mehr.«

Leah lächelte und hörte mit dem Stethoskop seine Brust ab. »Aber du hast immer noch HAPE.«

»Ich gehe also nicht auf den Gipfel?«

»In diesem Jahr nicht«, sagte Josh und sah dabei genauso enttäuscht aus wie Francis. Jetzt hatte er noch eine Gipfelgenehmigung übrig.

Wir ließen Francis und Leah im Sanitätszelt und gingen ins Speisezelt. Ein paar Mitglieder des Teams, der Camp-Besatzung und etliche Sherpas waren immer noch wach, tranken Tee und spielten Karten. Josh berichtete, wie es Francis ging. Anschließend erkundigte er sich nach Bill.

»Dem geht's nicht besonders gut«, antwortete der Texaner. »Er will nicht noch mal rauf.«

Josh fluchte. Noch einer weniger – und dabei war noch keiner höher gekommen als bis zum ABC.

Danach leerte sich das Speisezelt ziemlich schnell, bis nur noch ich, Sun-jo, Josh, Zopa und Sparky übrig waren. Es tat mir gut, Tee zu trinken und zu atmen und tatsächlich Luft in meine Lungen zu bekommen. Ich fühlte mich wie in einem Sauerstoffzelt und nicht wie im Speisezelt.

»Peak und Miss Angelo müssen rauf ins ABC«, sagte Zopa.

»Ich weiß«, meinte Josh. »Eigentlich wollte ich sie ja gleich morgen zusammen mit dem Filmteam mit nach oben nehmen, aber jetzt muss ich mich erst mal ein paar Tage erholen. Ich bin total fertig.«

»Ich bringe sie morgen rauf«, bot Zopa an.

Ich konnte mir beim besten Willen nicht vorstellen, in ein paar Stunden schon wieder den Gletscher hinaufzukraxeln, aber vor Josh und Zopa konnte ich auch nicht dagegen protestieren. Wenn JR, Will und Jack doch bloß nicht gleich in ihren Zelten verschwunden wären, nachdem sie Francis' Befreiung aus dem Gamow-Sack gefilmt hatten. Wenn sie Zopas Vorschlag mit angehört hätten, hätten sie sich bestimmt auf meine Seite geschlagen.

»Das kann ich nicht von dir verlangen«, sagte Josh.

»Du hast es nicht verlangt«, sagte Zopa. »Ich habe es angeboten. Sie müssen nach oben. In ein paar Stunden klart es auf.«

»Nicht, wenn man den Satellitenbildern trauen kann, die ich mir gerade eben angeschaut habe«, meinte Sparky.

Zopa zuckte mit den Schultern. »Die Bilder haben Unrecht.«

»Wie sieht es bei Holly aus?«, wollte Josh wissen.

»Ich habe sie heute von einem Arzt aus einem anderen Camp untersuchen lassen«, erwiderte Zopa. »Sie kann gehen.«

Josh grinste. »Dann hast du dir das Ganze also schon überlegt, bevor du mich da oben abgeholt hast.«

Zopa ignorierte diese Bemerkung. »Wir nehmen ein paar Träger und Yaks mit«, sagte er. »Füllen die Vorräte auf, die im Sturm verloren gegangen sind. Im ABC gibt es ein paar

Sherpas, die ich gerne noch besuchen möchte, bevor ich den Berg wieder verlasse.«

»Hast du mit Pa-sang gesprochen?«

Pa-sang war Joshs »Sirdar«, sein Sherpa-Führer. Ich hatte ihn schon gelegentlich im Lager gesehen, war ihm aber noch nicht offiziell vorgestellt worden. Er war ständig in Eile, brüllte die Träger an, stritt sich mit den Sherpas oder sprach im Hauptquartier mit der Besatzung des Basislagers.

»Er hat die Träger am Nachmittag angewiesen alles zu packen, was benötigt wird«, antwortete Zopa.

Josh schaute mich an. »Bist du bereit, auf 6400 Meter zu gehen?«

Ich sagte Ja, aber ich hatte große Zweifel. Hoffentlich behielt Zopa mit dem Wetter Unrecht.

ABC

Am nächsten Morgen streckte ich den Kopf zum Zelteingang hinaus.

Kristallklar, minus zwei Grad, windstill – mit Abstand das beste Wetter seit unserer Ankunft im Basislager – und ich war maßlos enttäuscht.

Ich hatte Halsschmerzen und das Gefühl, als ob die Muskeln und Gelenke unter meiner Haut durch Glassplitter ersetzt worden waren.

Sun-jo saß draußen und wartete auf mich. Er hatte die Sachen an, die früher mir gehört hatten, sogar meine ach-so-schlechten Stiefel. Aber eine Kleinigkeit war neu: Sowohl auf seinen Parka als auch auf seine Wollmütze war das Logo von PEAK EXPERIENCE aufgenäht worden. Ich war davon ausgegangen, dass Zopa diese Sachen eingetauscht hatte. Warum trug Sun-jo meine Kleidung?

»Du siehst nicht gut aus«, sagte er.

»Ich fühle mich auch nicht gut«, krächzte ich zurück. »Wo hast du denn die Klamotten her?«

»Dir haben sie nicht gepasst«, erwiderte er. »Zopa hat sie mir gegeben.«

Ich war zu kaputt, um noch einmal nachzufragen. Stattdessen holte ich die Wasserflasche aus meinem Zelt und stellte fest, dass der Inhalt gefroren war. In der letzten Nacht war ich so müde gewesen, dass ich vergessen hatte sie mit in den Schlafsack zu nehmen. Ich hatte Stunden gebraucht, um meine Sachen für den Aufstieg ins ABC ein- und umzupacken.

Sun-jo holte seine Wasserflasche aus dem Rucksack. Ich nahm einen tiefen Schluck und gab sie ihm zurück. Warum hatte er einen Rucksack dabei?

»Gehst du mit rauf ins ABC?«

»Ja«, erwiderte er. »Und ich würde gerne vor den Viehtreibern losgehen. Ich trete nicht so gerne in Yakfladen.«

»Ich auch nicht«, sagte ich, obwohl ich noch nie einen Yakfladen gesehen hatte. Die Träger hatten die Yaks am hinteren Ende des Lagers eingepfercht. Ich war noch nie dort gewesen, aber wenn der Wind aus der Richtung kam, konnte man die zotteligen Rinder sehr wohl riechen.

Ich fragte mich, warum Zopa gestern Abend nicht erwähnt hatte, dass Sun-jo uns ins ABC begleiten würde, aber ich war zu müde, zu hungrig und zu nervös wegen der bevorstehenden Klettertour, um Sun-jo jetzt gleich danach zu fragen. »Schätze mal, wir sollten versuchen Holly aufzuwecken.«

»Sie und Zopa sind schon weg«, sagte Sun-jo.

Voller Panik schaute ich auf meine Armbanduhr, aber es war erst neun Uhr. »Wann sind sie losgegangen?«

»Vor zwei Stunden.«

»Warum hat Zopa mich nicht geweckt?«, fragte ich (obwohl ich über den zusätzlichen Schlaf sehr froh war).

»Miss Holly kommt nur langsam voran. Wir werden sie später wieder einholen.«

Ich schnappte mir meine Sachen und überprüfte alles ein letztes Mal. Dann gingen wir rüber ins Speisezelt zum Frühstücken. Außer dem Koch war kein Mensch zu sehen. Ich war enttäuscht, weil Josh nicht da war, um sich von mir zu verabschieden, aber nach allem, was er in den letzten Tagen durchgemacht hatte, konnte ich ihm nicht übel nehmen, dass er ausschlafen wollte.

Ich hatte mein Frühstück schon halb aufgegessen, da schleppten sich JR, Will und Jack herein, übernächtigt und gereizt. Aber nachdem sie sich eine halbe Stunde lang mit Kaffee und Kohlehydraten versorgt hatten, wurden sie langsam wieder lebendig.

»Bringen wir's hinter uns«, sagte Will und schmierte sich Gletschercreme ins Gesicht, damit er keinen Sonnenbrand bekam.

Zunächst hatte es den Anschein, dass Holly besser klettern konnte, als Sun-jo gedacht hatte, aber als wir sie ein paar Stunden später neben einem Schmelzwasserbach schließlich eingeholt hatten, wurde uns klar, warum sie so schnell gewesen war: Zopa hatte sowohl seinen als auch Hollys schweren Rucksack den steilen Gletscher hinaufgetragen.

Auch ohne Gepäck fiel ihr das Atmen sehr schwer. Als sie uns sah, versuchte sie uns zuzulächeln, schaffte es aber nicht ganz. Auch Zopa machte einen etwas kraftlosen Eindruck, was kein Wunder war. Schließlich hatte er genauso viel Gewicht auf dem Buckel wie ein Yak.

Apropos. Die Yakherde war im Verlauf des Tages immer näher und näher gekommen und befand sich jetzt keine hundert Meter mehr hinter uns. Jeder Yak hatte über fünfzig Kilogramm Nachschub und *dazu noch* sein eigenes Futter auf dem Buckel – hier oben gab es für sie nämlich sonst nichts, was sie fressen konnten.

Mit grimmigem Gesicht betrachtete Zopa die lange Kette der Tiere. Ich schätze, er wollte genauso wenig in ihre Dungfladen treten wie wir.

»Diese Kühe machen uns die ganzen Aufnahmen kaputt«, sagte JR.

»Das sind keine Kühe, das sind Yaks«, sagte ich. »Und wieso machen sie eure Aufnahmen kaputt?«

»Wir wollen *dich* filmen und nicht einen Haufen Kuhtreiber mit ihren Yaks.«

Eigentlich hatte ich gedacht, dass es in 5800 Metern Höhe nichts gab, was mich zum Explodieren bringen könnte, aber JR hatte gerade eben etwas gefunden. Ich hasste diese Fernsehdokumentationen, wo der unerschrockene Wissenschaftler, Kletterer oder Entdecker in irgendeiner schrecklich lebensfeindlichen Umgebung immer *ganz alleine* zu sehen war. Ach ja? Und wer bedient dann die Kamera, während diese Typen so *ganz alleine* gegen die Elemente kämpfen?

Unten im Basislager hatte ich gehört, wie sich andere Bergsteiger über die »verlausten« Träger und Viehtreiber und ihre »stinkenden« Yaks beklagt hatten. Wenn irgendjemand im Camp etwas vermisste, dann wurden immer die Träger und Treiber zuerst verdächtigt.

Natürlich, auch ich wollte nicht in einen Yakfladen treten, aber man wurde doch immer wieder auf den Boden der Tatsachen zurückgeholt, wenn man mitbekam, wie eben diese Treiber und Träger mit ihren billigen Stiefeln, zerrissenen Kleidern und schweren Rucksäcken zu uns aufschlossen und, während sie *unser* Gepäck den Berg hinaufschleppten, auch noch genügend Kraft und Puste übrig hatten, um zu pfeifen und zu singen. Von uns sang oder pfiff niemand und wir trugen nur ein Zehntel des Gewichts, das sie auf dem Rücken hatten.

»Ohne diese Treiber, die Yaks und die Träger wären wir gar nicht hier«, sagte ich zu JR. »Wenn du sie aus dem Film rausschneidest, dann kannst du auch gleich den Everest rausschneiden. Für einen Kletterer, der zum Gipfel will, sind sie wichtiger als alles andere.«

Ich hatte nicht genügend Puste, um weiterzusprechen, aber ich glaube, ich habe meinen Standpunkt deutlich gemacht, denn Zopa lachte lang und heftig (was in dieser Höhe wirklich schwierig ist). Und als die Yaks und Hirten und Träger an uns vorbeizogen, filmte JR die ganze Prozession beim Überqueren des Wasserlaufs, einschließlich der Blutflecken im Schnee, die von den Yaks stammten, die sich an den scharfkantigen Felsen die Hufe verletzt hatten.

Nur zu gern folgten wir ihrem Fladenpfad bis hinauf ins Zwischencamp, das dann doch etwas anders aussah, als ich erwartet hatte.

Es lag am äußersten Rand eines wackeligen Felsvorsprungs oberhalb eines brausenden Gletscherflusses. Hinter uns befand sich ein Steilhang, der so aussah, als würde er gleich auf uns herabstürzen. Ich machte Zopa auf diese beiden möglichen Katastrophen aufmerksam – und wie um das Gesagte zu unterstreichen, löste sich in diesem Augenblick ein Felsblock und kam den Abhang heruntergekullert. Gut fünfzehn Meter von unserem Standort entfernt kam er zum Stillstand.

»Hier gibt es eine ebene Fläche«, sagte Zopa, als ob ein

behaglicher Schlaf das einzig Wichtige war, bevor wir zermalmt wurden.

Ich drehte mich zu den anderen um. Niemand schien sich daran zu stören, aber das konnte auch daran liegen, dass sie sich vor lauter Erschöpfung kaum noch bewegen konnten. Ich wusste genau, wie es ihnen ging. Jeder Handgriff schien ewig zu dauern und wir waren noch nicht mal im ABC. Und danach kamen noch einmal drei höher gelegene Camps.

Nachdem wir unser Zelt aufgebaut hatten (Sun-jo und ich hatten beschlossen uns eines zu teilen, dann brauchten wir auch nur eines zu tragen), stellten wir Hollys auf. Sie hatte noch kein einziges Wort gesagt, seit wir sie eingeholt hatten. Zusammengesunken wie eine Marionette, der man die Fäden durchgeschnitten hatte, saß sie auf einem flachen Stein und betrachtete uns aus stumpfen, leblosen Augen.

Dann half Sun-jo Zopa und den anderen Sherpas das Abendessen zu machen und ich ging zu Holly und fragte sie, wie es ihr ging.

Sie holte ein paar Mal tief Luft und presste mit dem letzten Ausatmen ein pfeifendes »Gut« hervor.

Auf Höhe des Meeresspiegels wäre jeder, der so aussah wie sie, mit dem Krankenwagen in die Notaufnahme befördert worden, aber auf 5800 Metern lag auch die Schwelle für die Notaufnahme entsprechend höher. Trotzdem, Hollys Aussichten, es in dieser Verfassung noch weiter den Berg hinauf zu schaffen, waren nicht besonders rosig.

Eine Dosis O_2 würde ihr auf der Stelle neues Leben einhauchen, würde aber auch der Akklimatisierung entgegenwirken. Ihr Körper stieg tatsächlich immer höher, während sie auf diesem kalten Stein saß, und das war der ganze Sinn von »Hoch klettern, tief schlafen« …

»Die roten Blutkörperchen vermehren sich millionenfach, damit sie unseren Körper trotz der dünnen Luft mit Sauerstoff versorgen können. Diese neuen Zellen bleiben während der Erholungsphasen in tiefer liegenden Regionen noch eine Weile erhalten, so dass dir der Aufstieg beim nächsten Mal leichter fällt. Das heißt also, dass du trotz …«

»Halt die Klappe, Peak«, brachte Holly mit einem kleinen Lächeln hervor.

»Was?«

»Ich weiß … *keuch* … wie … *keuch* … rote Blutkörperchen … *keuch* … funktionieren.«

Ich starrte sie vollkommen entgeistert an, bis mir klar wurde, dass ich irgendwann angefangen haben musste, laut zu sprechen, ohne es selbst zu merken. Jetzt habt ihr vielleicht eine Ahnung davon, in welchem Zustand *ich* mich befand.

»'tschuldigung.«

Holly nickte. »Hilf mir in mein Zelt.«

Als ich ihr aufhalf, schwankte sie, aber nach ein paar flachen Atemzügen stand sie sicherer. Wir brauchten gut fünf Minuten, um die fünf Meter bis zu ihrem Zelt zurückzulegen, und als wir schließlich da waren, keuchten wir alle beide. Ich fühlte mich, als hätte jemand alle *meine* Fäden durchgeschnitten. Was war bloß los mit mir?

Ich legte Holly in ihr Zelt und schleppte mich dann langsam rüber zu Sun-jo und Zopa, wobei ich mich fragte, ob ich es wohl ohne Zusammenbruch schaffen würde. Zopa reichte mir eine Tasse. Ich nahm sie in die Hand, wusste aber nicht genau, was ich damit anfangen sollte.

»Trink«, sagte er.

Ach so, ja, dachte ich träge. *Eine Tasse. Man trinkt daraus.*

Der erste Schluck floss meine Speiseröhre hinunter und hatte in meinem Magen eine Wirkung wie eine Art Zaubertrank. »Was ist das denn?«

Zopa starrte mich an. »Tee«, sagte er. »Mit Zucker.«

»Was für Tee?«

»Ganz normaler grüner Tee.«

Er griff in die Innentasche meiner Goretex-Jacke, holte meine Wasserflasche hervor und schüttelte sie. Sie war noch beinahe ganz voll.

»Dehydrierung«, sagte er. »Du trinkst nicht genug. Das bringt dich schneller um als die dünne Luft.« Er nickte in Richtung Sun-jo, der seine Hände ebenfalls um eine Teetasse gelegt hatte. »Sun-jo ist auch schuldig.«

Ich hatte den ganzen Tag über keinen Durst gespürt, aber ich wusste, dass Zopa Recht hatte. Wenn man in dieser Höhe erst dann etwas trinkt, wenn man Durst hat, dann ist es vielleicht schon zu spät.

»Holly!«, sagte ich plötzlich erschrocken, weil ich dachte, dass sie auch unter Dehydrierung litt.

Zopa schüttelte den Kopf. »Miss Holly hat genügend Flüssigkeit bekommen«, sagte er. »Dafür habe ich gesorgt.«

»Es geht ihr nicht gut«, sagte ich.

»Ich habe schon Leute erlebt, denen es noch schlechter ging«, sagte Zopa. »Und ein paar davon haben es bis zum Gipfel geschafft. Man weiß nie, wen der Berg zulässt und wen nicht.«

Die Nacht war miserabel.

Da ich es mit der Flüssigkeit ein bisschen übertrieben hatte, musste ich in dieser Nacht dreimal raus zum Pinkeln. Außerdem kam es mir so vor, als ob jedes Mal, wenn ich gerade am Wegdämmern war, ein Felsblock den Steilhang runterkullerte, so dass ich panisch hochfuhr und darauf wartete, dass er uns erschlug. Aber das Schlimmste war mein Hals. Am Morgen hatte ich das Gefühl, als würde ein hart gekochtes Gänseei darin feststecken.

Ich kann mir nicht vorstellen, dass Sun-jo angesichts meiner ständigen Unruhe und meiner Pinkeltouren allzu viel Schlaf bekam, aber er beklagte sich nicht.

Immerhin war es am nächsten Morgen genauso mild wie am Tag zuvor und auch Holly ging es sehr viel besser. Sie kam selbstständig ins Speisezelt, um mit uns zu frühstücken. (Am Abend vorher hatte Sun-jo ihr das Essen ins Zelt gebracht.)

Die Treiber und ihre Yaks brachen schon eine Stunde vor uns auf. Sie wollten direkt zum ABC hochgehen, ohne Zwischenstopp im Camp Zwei. Das müsste euch eine Vorstellung davon geben, wie gut sie im Vergleich zu uns in Form waren.

Als ich das Zelt zusammenpackte, kam JR zu mir und sagte, er würde gerne ein Interview mit mir machen, bevor wir losgingen. Sun-jo und Zopa packten Hollys Sachen ein.

Ich hatte schon unten im Basislager ein paar von diesen Interviews hinter mich gebracht und mir graute richtig davor. Ich hatte festgestellt, dass ich mich jedes Mal, wenn eine Kamera vor mir stand und ein Mikrofongalgen über meinem Kopf baumelte, in einen stammelnden Idioten verwandelte.

»Benimm dich ganz natürlich«, sagte JR jedes Mal. »Sei einfach du selbst.«

Ja, genau.

Dann gab er mir kleine Stichworte wie: »Wie fühlt es sich an, zusammen mit deinem Dad auf dem höchsten Berg der Welt zu sein?« Oder: »Was ist der Unterschied zwischen der Besteigung des Everest und der eines Wolkenkratzers?«

Ich versuchte jedes Mal, diese Fragen direkt und ehrlich zu beantworten, und brachte am Ende immer nur unglaublichen Schwachsinn zu Stande.

Ich hörte auf zu packen, ging zum Filmteam und versuchte nicht allzu mürrisch dreinzublicken. Sie hatten die Kamera direkt vor dem bröckelnden Steilhang aufgebaut und ich hatte die ganze Nacht wach gelegen und zugehört, wie der Hang Felsbrocken gerülpst hatte. Will ließ mich in die Hocke gehen, zog mir die Kapuze vom Kopf, damit mein Gesicht zu erkennen war, und wischte die Gletschercreme ab, die ich gerade so sorgfältig aufgetragen hatte.

»Mann, wär das nicht toll, wenn einer von diesen großen Felsbrocken runterkäme, solange wir das hier machen?«, sagte Jack. (Er war für den Ton zuständig und hoffte jedes Mal, dass während der Filmaufnahmen irgendetwas Grässliches passierte.)

»Okay«, sagte JR. »Heute machen wir es ganz unkompliziert. Ich will, dass du einfach wiederholst, was du gestern über die Yaks und die Träger gesagt hast. Das war echt ergreifend. Und du hast vollkommen Recht. Ich weiß nicht, ob sie es dann in der endgültigen Version verwenden, aber ich finde, das müssten sie unbedingt.«

Ich war begeistert. Als ich nachts wach gelegen hatte, hatte ich mir ehrlich gesagt diese Sätze noch einmal durch den Kopf gehen lassen und bedauert, dass sie das nicht aufgenommen hatten.

JR gab mir das Startsignal. »Drei … zwei … eins … Kamera läuft …«

Ich machte den Mund auf, aber es kam nichts heraus.

»Kamera läuft«, sagte JR ungeduldig. (Die Kamera-Akkus hielten bei der Kälte nicht lange durch.)

Ich versuchte es noch einmal, brachte aber keinen Ton heraus.

»Fang an, Peak.«

»Da löst sich ein Felsbrocken«, sagte Jack aufgeregt.

»Komm schon, Peak!«

Ich deutete auf meinen Mund und schüttelte den Kopf. Meine Stimme war weg.

JR fluchte.

»Dieser Felsbrocken kann wirklich jeden Augenblick runterkommen«, sagte Jack. »Ich glaube nicht, dass er uns trifft, aber er wird definitiv im Bild sein.«

»Zopa!«, brüllte JR. »Kannst du mal kurz herkommen und was sagen?«

Zopa schüttelte den Kopf und zeigte auf Sun-jo. »Lasst das Sun-jo machen.«

»Geh aus dem Bild, Peak!«, rief JR.

Ich trat beiseite und Sun-jo nahm auf die Schnelle meinen Platz ein.

»Kamera läuft immer noch«, sagte JR. »Sag was über

deine Gefühle für den Berg, Sun-jo. Vielleicht irgendwas zu deinem Vater. Bei drei … zwei … eins …«

»Mein Vater war ungefähr so alt wie ich, als er zum ersten Mal auf den Sagarmatha kam«, sagte Sun-jo mit seinem coolen Akzent. »Er hat als Träger angefangen und hat sich zum Sherpa und dann zum stellvertretenden Sirdar hochgearbeitet. Er hat mir erzählt, dass er in die Berge geht, damit ich das einmal nicht tun muss, aber ich glaube, es steckte noch mehr dahinter …«

Der Felsbrocken, auf den Jack so gehofft hatte, kam jetzt heruntergerollt, dazu tonnenweise Schotter und Steine. Sun-jo zuckte nicht einmal und warf auch keinen Blick auf die Minilawine in seinem Rücken. Er redete einfach weiter und JR filmte weiter.

»Mein Vater war für mich immer ein Fremder, aber hier auf dem Berg lerne ich ihn durch die Erzählungen der Sherpas, der Kletterer und der Träger kennen. Ich bin hierhergekommen, um den Berg zu sehen, aber jetzt entdecke ich hier meinen Vater.«

»Wunderschön!«, sagte JR.

Es war *tatsächlich* wunderschön. Ich gebe es zwar nur sehr ungern zu, aber ich war ein bisschen neidisch auf Sun-jos geschmeidige Darbietung. Im Gegensatz zu mir fühlte er sich vor der Kamera pudelwohl. JR hatte mich nach einer Aufnahme noch nie gelobt. Sicher, ich war auch ziemlich schlecht, aber trotzdem …

Jack und Will klopften Sun-jo auf den Rücken und sagten, was für ein Naturtalent er sei. Ich ging zurück in unser Zelt und packte weiter. Ich glaube, sie haben überhaupt nicht gemerkt, dass ich weggegangen bin.

Mitten am Vormittag schlug das Wetter um. Graue Wolken zogen von Westen herein und ein eiskalter Wind wehte den Berg herab. Wir mussten anhalten und zusätzliche Kleiderschichten überziehen. Ich schützte mein Gesicht mit einem Seidentuch und einem Wollschal. Mein Hals war immer noch nicht besser geworden, aber ich trottete weiter, Schritt für Schritt, blieb alle halbe Stunde stehen, wickelte mich aus meiner Hülle, um etwas zu trinken, und würgte bei jedem Schluck.

Zopa ging hinter uns. Er trug immer noch Hollys Gepäck und redete ihr mit sanfter Stimme ununterbrochen gut zu, damit sie weiterging, als wäre er ihr persönlicher Sherpa oder so was. Ich wusste nicht, ob sie ihn angestellt oder ihm eine Spende für die tibetischen Mönche versprochen hatte oder was es sonst war. Aber ohne ihn wäre sie garantiert nicht mehr auf dem Weg nach oben, sondern nach unten gewesen.

Wir brauchten acht Stunden (weniger als ein Kilometer pro Stunde) um Camp Zwei zu erreichen. Dort waren so viele Kletterer, dass wir kaum einen Platz für unsere Zelte fanden. Etliche waren auf dem Rückweg aus dem oberhalb des ABC gelegenen Camp Vier, manche waren auf dem Weg hinauf ins ABC und andere nutzten das Camp als Basislager, was schwer vorstellbar war, weil ich hier fast keine Luft mehr bekam. Das Filmteam musste seine Zelte weit entfernt von uns am anderen Ende des Camps aufschlagen.

Das Camp befand sich an der Schnittstelle zweier Gletscher, des Östlichen Rongpu und des Beifeng. Von hier aus konnte man den Gipfel des Everest nicht sehen, aber dafür hatte man einen spektakulären Blick auf drei andere Himalajaberge: den Changtse, den Changzheng und den Lixin Peak.

Für das Speisezelt war nicht mehr genügend Platz, also mussten wir uns selbst mit Essen versorgen.

Ich machte den Gaskocher an, während Sun-jo zu einem Gletscherteich hinunterging, um Wasser zu holen. Als er wieder zurückkam, hatte es angefangen zu schneien. Wir stellten das Wasser auf die Flamme und warteten, bis es kochte. Je höher wir kamen, desto länger mussten wir warten.

Ich hatte keinen Hunger und ich glaube, Sun-jo auch nicht, aber wir wussten, dass wir etwas essen mussten.

Sun-jo fragte mich, wie es mir geht. Ich wollte ihm antworten, brachte aber nichts als ein pfeifendes Krächzen hervor. Dass ich nicht sprechen konnte, machte mir nichts aus. Sehr viel schlimmer war die Vorstellung, dass die Halsschmerzen womöglich nur die Vorboten von etwas viel Schlimmerem waren. Im Basislager ging gerade ein übler Virus um, der alle in Angst und Schrecken versetzte. Wenn man sich da etwas einfängt, kann es gut sein, dass man die ganze Tour beenden muss. Daher hatten die Teams sich in ihren Camps eingeigelt und beäugten alle Neuankömmlinge misstrauisch, als würden sie die Seuche einschleppen. Und natürlich wurde einer der Träger beschuldigt den Virus verbreitet zu haben, als wäre es ausgeschlossen, dass es einer der Bergsteiger gewesen sein könnte.

Während wir warteten, dass das Wasser anfing zu kochen, sahen wir Zopa beim Aufbau von Hollys Zelt zu. Sobald es stand, kroch sie hinein. Dann stellte er sein eigenes Zelt auf und fing an, für sie beide das Abendessen zuzubereiten.

»Ich habe mit einem der anderen Bergsteiger gesprochen«, sagte Sun-jo. »Er hat gesagt, dass morgen ein entscheidender Tag ist. Er war schon oben im ABC und hat einmal im Camp Vier übernachtet. Er hat gesagt, wenn wir es bis dahin schaffen, dann müssten wir auch bis auf den Gipfel kommen ...«

Ich hätte Sun-jo aufmerksamer zuhören sollen, aber ich machte gerade eine kleine Krise durch und die hatte nichts mit meinen Halsschmerzen zu tun, sondern mit der Tatsache, dass es ein relativ leichter Tag gewesen war und ich trotzdem vollkommen am Ende war.

Man weiß nie, wen der Berg zulässt und wen nicht. Den ganzen Tag schon hatten Zopas Worte in meinem Kopf gedröhnt – und ich hätte wetten können, dass Peak Marcello zu den nicht Zugelassenen gehörte, gleich neben George mit dem Herzfehler und Francis aus dem Gamow-Sack.

Dr. Woo hatte sich in Bezug auf meine körperliche Verfassung getäuscht oder ich hatte es mit der Dehydrierung selbst vermasselt. Aber wenn das der Fall war, wieso hatte Sun-jo dann gar keine Probleme? Ich warf ihm einen Blick zu. Er rührte im Essen und plapperte munter vor sich hin, als würden wir irgendwo an einem Strand sitzen.

Am nächsten Morgen holte Zopa uns schon vor Anbruch der Dämmerung aus den Zelten. Es lagen etwa dreißig Zentimeter Neuschnee, aber es hatte aufgehört zu schneien.

»Eine schwere Etappe heute«, sagte er. »Und wir müssen schnell sein, sonst finden wir keinen Platz mehr für unsere Zelte. Was macht dein Hals?«

Ich schüttelte den Kopf. Meine Stimme war immer noch weg, aber es ging mir nicht schlechter als gestern Abend und das betrachtete ich als Erfolg.

Wir verließen das Camp und gingen zunächst einmal durch den sogenannten »Trog«, eine Senke, die zu beiden Seiten von zerklüfteten Eissäulen gesäumt wird, die aussehen wie riesige Hundezähne. Der Weg war ausgetreten und die Yaks hatten ihre deutlich sichtbaren Spuren hinterlassen. Zopa ermahnte uns, auf dem Pfad zu bleiben.

»Wenn ihr vom Weg abweicht, und sei es nur, um zu pinkeln, dann kommt ihr vielleicht nie wieder aus diesem Eislabyrinth heraus.

(Ich verspreche, dass ich jetzt zum letzten Mal etwas über Körperfunktionen in großer Höhe sagen werde. Auf dem Berg dem Ruf der Natur zu folgen ist eine echte Qual, weil in dieser Höhe alles sehr langsam geht und man wahnsinnig viele Kleiderschichten ausziehen muss. Man kann sich leicht eine halbe Stunde Verzögerung einhandeln und das wiederum kann alle Chancen, höher zu kommen, zunichtemachen, weil das Wetter so schnell umschlägt. Deshalb versucht man das alles vor dem Verlassen des Camps zu erledigen.)

Gegen Mittag begegneten uns die Träger, Yaks und Treiber, die auf dem Weg zurück ins Basislager waren. Sie sangen und pfiffen immer noch und ich spürte eine große Versuchung, mich ihnen anzuschließen. Ich glaube, das Einzige, was mich daran hinderte, war, dass Holly schon den ganzen Tag vor mir war und dass ich nicht zulassen wollte, dass sie höher kam als ich.

Zwei Stunden später bekamen wir das ABC zum ersten Mal zu Gesicht. Sun-jo deutete auf die winzigen, farbigen Zelte in der Ferne, aber das Camp war bei weitem nicht so nahe, wie es den Anschein hatte. Es war noch drei weitere, qualvolle Stunden entfernt. Das einzig Positive war, dass Sun-jo und ich ungefähr hundert Meter vor dem Lager an Holly und Zopa vorbeiziehen konnten.

ABC: 6450 Meter. Höher als der Kilimandscharo und der Mount McKinley. Und das spürte ich. Das schmucklose Camp ließ jedes andere Lager, in dem wir bisher gewesen waren, wie das Paradies erscheinen. Es befand sich auf einem Geröllhaufen zwischen einem Gletscher (der aussah, als bestünde er aus gefrorenem Abwasser) und einer brüchigen Felswand. Der Boden war übersät mit knöchelbrechenden Steinen und lebensgefährlichen Gletscherspalten.

JR filmte unsere triumphale Ankunft. Ich hatte kaum noch die Kraft, um im Vorbeischlurfen in die Kamera zu gucken.

Es standen nur ungefähr sechs Zelte da, so dass wir genügend Platz für das ganze Team hatten. Im Gegensatz zum Basislager lief hier niemand durch die Gegend, um mit den anderen zu plaudern oder sonst wie Kontakt aufzunehmen. Sie waren entweder zu erschöpft, um überhaupt etwas zu machen, oder hatten eine Heidenangst davor, sich in dieser Höhe bei einem falschen Schritt zu verletzen.

Als Zopa und Holly eintrafen, hatten wir unsere Zelte

schon aufgebaut und mit dem Holz, das die Träger hiergelassen hatten, ein Feuer gemacht.

»Was macht denn dein Hals?«, erkundigte sich Holly.

Sun-jo und ich wären beinahe von den Steinen gefallen, auf die wir uns gesetzt hatten. Das war ihr erster vollständiger Satz, seitdem wir das Basislager verlassen hatten, und ihre Stimme klang fast normal. Wir hatten sie überholt, aber sie schien fitter zu sein als wir.

»Tut … immer noch … weh«, brachte ich mühsam hervor.

»Ich glaube, da oben gibt es einen Arzt«, sagte sie. »Ich geh ihn mal suchen.«

Als wir ihr Zelt aufgebaut hatten, kam sie mit dem Arzt im Schlepptau zurück. Er sah zwar so aus, als hätte er selbst einen Arzt nötig, aber er untersuchte meinen Hals und funkte dann Leah Krieger unten im Basislager an. Sie beschlossen mir Antibiotika zu verpassen.

Anschließend meldete sich Josh zu Wort und erkundigte sich ebenfalls, wie es mir ging. Ich brachte keinen Ton hervor und reichte das Mikrofon an Holly weiter, die ihm begeistert Bericht erstattete. Josh sagte, sie wollten sich demnächst auf den Weg ins ABC machen und dann für eine Nacht bis ins Camp Vier aufsteigen und dass wir einander bestimmt begegnen würden, wenn wir auf dem Rückweg waren.

(Ich sollte an dieser Stelle mal etwas zum Funkverkehr hier oben sagen. Es gab keinerlei Verschlüsselung, so dass die Leute nichts Besseres zu tun hatten als in ihren Zelten zu sitzen und alles mitzuhören, was gesprochen wurde. Das galt auch für Captain Shek und seine Soldaten. Daher waren alle sehr vorsichtig, was den Funkverkehr anging, ganz besonders Expeditionsleiter wie Josh.)

Den nächsten Tag verbrachten wir mehr oder weniger damit, in unseren Zelten zu liegen und darauf zu hoffen, dass unsere roten Blutkörperchen das machten, was sie machen sollten. Wenn wir uns bewegten, dann wie in Zeitlupe, als wären wir auf dem Mond. Man holte sich einen Teller mit Essen und starrte darauf. Dann dachte man, dass jetzt schon ein paar Minuten rum waren, und sagte sich, dass man versuchen sollte zu essen, bevor es kalt wurde …

Gabel zum Mund.

Eiskalt.

Häh?

Auf die Uhr schauen.

Halbe Stunde?

Wie denn das?

An dem Morgen, als wir das ABC wieder verließen, hatte die Wirkung der Antibiotika eingesetzt und meinem Hals ging es besser. Ich schaffte es sogar, den einen oder anderen verständlichen Satz hervorzukrächzen.

Allerdings ging es Sun-jo jetzt nicht mehr so gut. Er hatte einen Großteil der Nacht damit verbracht, sich vor unserem Zelteingang zu übergeben. Jedes Mal, wenn er kotzte, war Zopa herübergekommen und hatte ihm etwas zu trinken gegeben, damit Sun-jo nicht dehydrierte. Ich hatte Mitleid mit ihm, aber um ehrlich zu sein: Seine Erkrankung gab mir auch ein bisschen Auftrieb. (Schrecklich, ich weiß.) Es tat mir gut, zu wissen, dass ich nicht als Einziger Probleme hatte.

Mit einem neunstündigen Rückmarsch wurde unser Drei-Tages-Trip beendet. Zwischen dem ersten und dem zweiten Camp begegneten wir Josh. Er erkundigte sich nach meinem Hals und setzte seinen Weg in Richtung ABC fort. Ein Stück weiter oben drehte er sich noch mal um und rief uns zu, dass wir uns in ein paar Tagen wiedersehen würden.

Holly trug beim Abstieg nicht nur ihr Gepäck selbst, sie war auch eine halbe Stunde vor uns im Basislager. *Man weiß nie, wen der Berg zulässt und wen nicht.*

Briefe von daheim

In der ersten Nacht nach unserer Rückkehr ins Basislager schlief ich vierzehn Stunden lang.

Als ich schließlich aufwachte, fühlte ich mich besser als jemals zuvor. Ich hätte locker einen Dauerlauf auf 5500 Metern Höhe geschafft, aber stattdessen ging ich ins Speisezelt und vertilgte ungefähr vier Kilo Essen.

Dr. Krieger kam herein und sah zu, wie ich den letzten Teller hinunterschlang, dann nahm sie mich mit ins Sanitätszelt, um einen Blick in meinen Hals zu werfen. Sie sagte, es sei schon besser geworden, aber um sicherzugehen, musste ich auch noch in der nächsten Woche Antibiotika nehmen.

Den nächsten Zwischenstopp legte ich im Hauptquartier ein, wo sie mich zum Erreichen des ABC beglückwünschten und mir einen Packen mit Briefen von daheim in die Hand drückten. Er enthielt eine Postkarte von Rolf, zwei Briefe von Mom und fünf dicke Briefe von Paula und Patrice. Die Umschläge waren dreckig und verschmiert. Ich schaute mir die Poststempel an. Die Post war an Joshs Büro in Chiang Mai geschickt und von dort nach Kathmandu weitergeleitet worden. Dort hatte man sie bestimmt auf einen Lastwagen geworfen, der zum Berg fuhr.

Dünne-Luft-Post.

Die Briefe machten meiner guten Stimmung schlagartig ein Ende. Seit meiner Ankunft im Basislager hatte ich keine Minute an meine Familie gedacht und ich hatte ein schlechtes Gewissen. Aber was mir wirklich zu schaffen machte, war die Tatsache, dass die Briefe überhaupt im Basislager angekommen waren. Dann mussten doch ein paar der Briefe, die ich als Kind an meinen Vater geschickt hatte, auch angekommen sein.

Er musste irgendwo in einem Höhenlager so wie diesem hier in ein Zelt gegangen sein, um mit einem Packen Briefe wieder herauszukommen. Darunter war auch ein Brief von seinem Sohn gewesen.

Ich war so wütend, dass ich am liebsten rauf ins ABC gerannt wäre und ihm einen Schlag auf seine Gletscherbrille verpasst hätte. Stattdessen entschloss ich mich, das *Moleskine Nr. 1* (das ihr jetzt gerade lest) zu beenden und es an Mom zu schicken. Praktisch so was wie ein langer Brief. Ich hatte nicht vor, meine Familie genauso zu ignorieren, wie Josh mich ignoriert hatte. Und ich würde damit meine Verpflichtung gegenüber Vincent an der GSS erfüllen.

Am nächsten Morgen ging ich ins Speisezelt, um mir etwas zu essen zu besorgen, bevor ich mich wieder dem Moleskine widmen wollte. Sun-jo war nicht da.

»Junge sehr krank«, sagte der Koch.

Ich brachte eine Thermoskanne mit heißem Tee zu Sun-jo ins Zelt. Zusammengerollt wie eine Larve lag er in seinem Schlafsack, so dass nur der mit einer Wollmütze bedeckte Kopf hervorlugte.

»Du solltest gar nicht hier sein«, krächzte er, aber ich merkte, dass er sich freute mich zu sehen.

Seine blutunterlaufenen Augen waren tief in die Höhlen gesunken. Vielleicht lag es auch an dem fahlen Licht, das durch den blauen Nylonstoff der Zelthülle hereindrang, aber er sah aus, als hätte er fünf Kilo abgenommen, seitdem ich ihn das letzte Mal gesehen hatte.

Ich schenkte ihm eine Tasse Tee ein.

»Du solltest gar nicht hier sein«, wiederholte er.

»Vergiss es«, sagte ich. »Wir haben wochenlang unsere Bazillen ausgetauscht. Ich bin immun.« Ich setzte ihm die Tasse an die Lippen und hoffte, dass ich Recht hatte.

»In ein paar Tagen geht es mir wieder besser.«

Das war kaum zu glauben, so wie er im Augenblick aussah, aber ich sagte, dass er ganz bestimmt Recht hatte. Dann schaute ich auf einen Sprung im Sanitätszelt vorbei. Ich war mir nicht sicher, ob auch die Behandlung von Küchenhilfen zu Dr. Kriegers Aufgaben gehörte, aber wenn nicht, dann würde ich sie dazu überreden.

Sie saß vor ihrem Laptop und tippte, aber als ich eintrat, hörte sie auf.

»Wie fühlst du dich heute?«

»Super, aber ich mache mir Sorgen um Sun-jo.«

Ich musste den Mund weit aufmachen und sie leuchtete in meinen Hals.

»Die Entzündung ist so gut wie abgeklungen«, sagte sie und knipste die Lampe aus. »Aber du musst auch weiterhin die Antibiotika nehmen, vor allem, wenn du unbedingt zu den Kranken ins Zelt gehen willst.«

»Dann waren Sie also bei ihm?«, sagte ich.

»Gestern Abend und heute Morgen.«

»Und?«

»Und er ist krank, aber er wird's überleben.«

Die nächsten beiden Tage verbrachte ich mit Schreiben

und so wurde ich mit dem ersten Moleskine an dem Tag fertig, an dem Josh von seiner Tour ins ABC und ins Camp Vier zurückerwartet wurde. Als das Notizbuch voll war, schrieb ich Briefe an Paula und Patrice, bedankte mich für ihre Kunstwerke und erzählte ihnen, dass ich sie in meinem Zelt aufgehängt hatte, damit sie am Morgen das Erste und am Abend das Letzte waren, was ich sah. Ich schrieb, dass sie mir ganz schrecklich fehlten und dass ich mir schon überlegt hatte, ob ich vielleicht ein Yak stibitzen und damit zurück nach New York reiten sollte.

Als Letztes schrieb ich an Rolf. Er hatte mir eine Grußkarte mit einem Foto geschickt, auf dem King Kong sich an das Empire State Building klammerte. Außerdem hatte er drei Hundert-Dollar-Scheine und einen Zettel beigelegt, auf dem handschriftlich stand:

Halte durch, Peak.
Du fehlst mir.
Ich wünschte, Du wärst zu Hause.
In Liebe, Rolf

Nicht »uns« oder »wir«. Du fehlst *mir*. *Ich* wünschte, Du wärst zu Hause. Mit diesen beiden Sätzen hatte er mehr für mich getan, als Josh jemals für mich getan hatte oder tun konnte.

Ich ging rüber ins Hauptquartier und schrieb die Adressen auf die Briefumschläge. Sparky sagte, dass die Post morgen früh abgeholt würde.

Als Josh am späten Nachmittag eintraf, erwähnte ich weder das Moleskine noch die Briefe. Er hatte es nicht verdient.

Moleskine Nr. 2

Geheimnisse

Das Treffen war geheim und fand im Hauptquartier statt, nachdem alle anderen Kletterer schlafen gegangen waren.

Eingeladen waren nur: Josh, das Filmteam, Sparky, Dr. Krieger, Thaddeus Bowen und Zopa, der Sun-jo mitgebracht hatte. (Sun-jo sah etwas besser aus, aber nicht viel.) Josh starrte ihn durchdringend an und einen Augenblick lang dachte ich, dass er ihn wieder wegschicken würde, aber dann ließ er es dabei bewenden.

»Wo ist Holly?«

Das wusste anscheinend niemand.

»Wir warten nicht auf sie«, sagte Josh. Er wandte sich an Dr. Krieger. »Wie geht es Peak?«

»Ich glaube, mit den Antibiotika haben wir die Infektion in den Griff bekommen. Solange sie nicht auf seine Lungen übergreift, dürfte alles in Ordnung sein. Heute sind im Lager drei neue Fälle mit Lungenentzündung aufgetreten. Ich habe den Verdacht, dass es sich um eine sekundäre Infektion durch den Virus handelt. Einer der Patienten ist William Blade. Sein gesamtes Team ist krank geworden. Sie sind heute Nachmittag abgereist und wir haben alles, was sie hier zurückgelassen haben, unter Quarantäne gestellt.«

Diese Neuigkeiten von William Blade und ihrem ehemaligen Gefolge würden Holly unendliche Freude bereiten.

Josh wandte sich an Zopa. »Kann Peak es bis auf den Gipfel schaffen?«

Ich war wegen der Sache mit den Briefen immer noch stinksauer auf Josh, und das, was jetzt passierte, machte es auch nicht besser. Ich hasse es, wenn Leute über mich reden, als wäre ich gar nicht da.

Zopa zuckte mit den Schultern. »Wir müssen abwarten, wie er sich im Camp Vier schlägt. Im ABC war alles gut.«

Im ABC war keineswegs alles »gut« gewesen, aber ich war dankbar für seine Worte.

»Danke, dass du ihn da raufgebracht hast«, sagte Josh. »Ich nehme an, du kehrst jetzt nach Kathmandu zurück?«

Zopas Erwiderung bestand in einem Schulterzucken.

»Was ist mit Holly?«, wollte Josh wissen.

»Sie ist stark«, erwiderte Zopa.

Josh sah ziemlich verdutzt aus. Ich war es auch. Als sie schließlich im ABC angekommen war und dann später auf dem Rückweg war es ihr gut gegangen, aber ihren Aufstieg hätte ich nicht unbedingt als »stark« bezeichnet. Was hatte Zopa denn vor?

»Es würde nicht schaden, wenn wir Holly bis auf den Gipfel schaffen könnten«, sagte Thaddeus. »Sie wird für den Rest ihres Lebens darüber reden und schreiben. Gute PR für Peak Experience.«

»Da hast du vermutlich Recht«, gab Josh zögerlich zu. Er holte ein Notizbuch aus der Tasche und blätterte es durch.

»Okay. Wir haben zehn Leute, die auf den Gipfel wollen, einschließlich Holly und Peak. Von denen haben sechs oder sieben eine realistische Chance, wenn sie zum richtigen Zeitpunkt das Schönwetterfenster erwischen.« Er wandte sich an Sparky. »Kannst du mir vielleicht schon ein Datum sagen?«

»Ich habe die Woche vom 25. Mai bis 4. Juni ins Auge gefasst.« Sparky schaute zu Zopa hinüber. »Aber vielleicht kann die Astrologie uns hier eher weiterhelfen als die Meteorologie.«

»Kannst du was dazu sagen, Zopa?«, sagte Josh.

Zopa schüttelte den Kopf. »Ich fasse einfach nur den Himmel ins Auge.«

Alle lachten, aber ich glaube nicht, dass Zopa das als Witz gemeint hatte.

»Falls deine Wettervorhersage zutrifft«, sagte Josh, »dann haben wir nicht mehr viel Zeit.« Er trat vor den Kalender an der Wand. »Peak hat heute in sechs Wochen Geburtstag. Das heißt, uns bleiben fünf Wochen, um ihn für einen Gipfelversuch in Position zu bringen. Und eigentlich wäre es mir lieber, wenn es etwas früher wäre.«

»Sehe ich auch so«, pflichtete Thaddeus ihm bei. »Falls irgendetwas passiert und es nicht klappt, dann könnten wir noch einen zweiten Versuch starten.«

»Einen zweiten Versuch wird es nicht geben, Thaddeus«, sagte Josh. »Entweder Peak schafft es beim ersten Mal, oder eben nicht.«

Josh hatte Recht. Von einem zweiten Versuch am Everest hörte man eigentlich nie etwas. Wer es nicht schafft, muss zurück ins Basislager. In den anderen Camps gibt es nicht genügend Sauerstoff, um wieder zu Kräften zu kommen. Der Rückmarsch zum Basislager dauert drei Tage mit einer Übernachtung im Camp Sechs und einer im ABC. Fünf Tage im Basislager (falls man total kaputt ist, auch länger), dann wieder hoch, was acht oder neun Tage dauern kann – also alles in allem drei Wochen. Es würde Mitte Juni werden, bevor ich einen zweiten Anlauf nehmen konnte, und mein fünfzehnter Geburtstag wäre schon längst vorbei. Es gibt etliche Bergsteiger, die hundert Meter vor dem Gipfel (wegen des Wetters, der Erschöpfung oder der Zeit) zum Umkehren gezwungen worden waren und die ihr ganzes Leben lang keinen zweiten Versuch unternommen hatten.

»Ich könnte mir Folgendes vorstellen«, fuhr Josh fort. »Wir haben ein Pärchen dabei, das nur bis Camp Vier gebucht hat. Aber sie sind beide so stark, dass sie leicht höher kommen können. Sie haben, ehrlich gesagt, mehr Chancen auf den Gipfel als die meisten in der Gruppe. Wenn wir den beiden die freien Gipfelgenehmigungen geben, dann würde das unsere Erfolgsquote um mindestens zwanzig Prozent steigern.«

»Hast du schon mit ihnen gesprochen?«, erkundigte sich Thaddeus.

»Ja, aber nichts versprochen. Ich wollte, dass wir zuerst die verschiedenen Möglichkeiten diskutieren.«

»Ich finde, ihr solltet Sun-jo auf den Gipfel schicken«, sagte Holly. Wir zuckten alle zusammen. Sie hatte sich, ganz untypisch für sie, still und leise ins Zelt geschlichen.

»Wen?«, wollte Josh verärgert wissen.

»Zopas Enkel«, erwiderte Holly.

Damit gehörte ihr die Aufmerksamkeit aller Anwesenden. Mit offenen Mündern starrten wir Sun-jo und Zopa an. Ich glaube, mein Mund stand noch ein bisschen weiter offen als die anderen. Josh sah aus, als hätte ihm jemand eine Ohrfeige verpasst. Warum hatte Sun-jo mir nicht erzählt, dass Zopa sein Großvater war?

Sun-jo saß da, hatte das Kinn auf die Hand gestützt und schien vollkommen unbeeindruckt von unserem Schock.

»Wie heißt dein Vater?«, wollte Josh wissen.

»Sein Name war Ki-tar Sherpa«, erwiderte Sun-jo.

»Ich habe ihn gekannt«, sagte Josh leise. »Ich wusste nicht, dass er einen Sohn hatte.« Dann blickte er mit seinem typischen Grinsen zu Zopa rüber. »Was hast du vor?«

Zopa antwortete mit einem Achselzucken. Das nahm ihm keiner ab. Es steckte sehr viel mehr dahinter, als Josh, Sun-jo und Zopa ahnen ließen.

Joshs Blick wanderte zu Sun-jo. »Wie alt bist du?«

»Ich bin vierzehn Jahre alt«, lautete seine Antwort.

Ich glaube, jetzt waren wir beim wichtigsten Grund angelangt, warum Zopa sich bereit erklärt hatte, den Indrayani-Tempel zu verlassen und mich ins Basislager zu bringen.

Josh hatte aufgehört zu grinsen, genau wie alle anderen auch, ganz besonders ich. Ich hatte gedacht, Sun-jo sei mein Freund. Er musste schon in Kathmandu von diesem Gipfelversuch gewusst haben. Und ganz bestimmt hatte er gewusst, dass Zopa sein Großvater war. Eigentlich hätte ich mir so was denken können, als Zopa ihm meine Kletterausrüstung vermacht hatte. Und Holly war eindeutig eingeweiht gewesen. Dadurch ließ sich möglicherweise auch erklären, wieso Zopa sie praktisch ins ABC getragen hatte.

»Wann hast du Geburtstag?«, wollte Josh wissen.

Sun-jo schaute Zopa an und dieser nickte ihm zu.

»Am 31. Mai.«

Sechs Tage vor mir.

Josh war sichtbar erleichtert, aber nur für einen kurzen Augenblick.

»Wie können wir uns da sicher sein?«, meldete sich Thaddeus zu Wort.

Sun-jo griff in die Tasche seines (meines) Parkas und holte ein zerknittertes Blatt Papier hervor, das in einer verschließbaren Plastiktüte steckte. Er holte das Papier hervor und reichte es Thaddeus.

»Das ist ja Nepalesisch«, sagte dieser.

Josh griff danach und las es durch. »Nein, das ist Tibetisch«, korrigierte er und schaute dann wieder Sun-jo an. »Du bist in Tibet geboren?«

»Ja, Sir«, sagte Sun-jo. »Ich war fünf, als mein Vater mich und meine Mutter über die Grenze nach Nepal bringen konnte. Ich bin ein freier Tibeter.«

»Freie Tibeter gibt es nicht«, sagte Josh. »Wie bist du wieder nach Tibet gekommen? Bestimmt nicht *hiermit.*« Er gab ihm das Papier zurück.

»Gefälschte Dokumente«, sagte Zopa.

Josh fluchte. »Tja, wenn Captain Shek hinter die Sache mit den gefälschten Papieren kommt, wird dein Enkel wohl nicht lange ein freier Tibeter bleiben«, meinte Josh. »Dann wird er eingesperrt. Und dich nehmen sie vermutlich auch gleich mit.«

So erklärte sich auch, wieso Sun-jo jedes Mal urplötzlich verschwand, sobald Soldaten in der Nähe waren.

»Der Gipfel ist das Risiko Wert«, meinte Zopa.

Josh musterte Sun-jo für einen Augenblick, dann blickte er zurück zu Zopa. »Ich stehe in deiner Schuld, Zopa, aber ich bin mir noch nicht sicher, ob Sun-jo einen Versuch bekommen kann. Und außerdem haben wir nicht genügend Sherpas, um drei Teams auf den Gipfel zu schaffen. Und genau darum geht es hier. Um drei verschiedene Teams.«

»Yogi und Yash«, sagte Zopa.

Josh schüttelte lachend den Kopf. »Du hast das Ganze bis in alle Einzelheiten geplant, noch bevor du in Kathmandu losgefahren bist, stimmt's?«

Zopa gab keine Antwort, aber es war klar, dass es genauso war.

»Vielleicht sollten wir beiden uns zurückziehen und das Ganze unter vier Augen besprechen«, schlug Josh vor.

»Das liegt ganz bei dir«, sagte Zopa. »Mir macht es nichts aus, offen zu reden.«

»Wie du willst.« Josh blickte jeden Einzelnen an und verweilte dann bei Holly. »Das, was jetzt kommt, ist absolut inoffiziell. Nichts, was wir hier besprechen, darf nach außen dringen – und zwar für alle Zeiten nicht. Falls die Chinesen Wind von der Sache bekommen, dann lassen sie womöglich unsere gesamte Expedition platzen ... aber was noch schlimmer wäre: Sie könnten sich Sun-jo schnappen und ihn ins Gefängnis stecken.«

Ich dachte an die Gefangenen mit den Fußketten, an denen wir nach der Überquerung der Brücke der Freundschaft vorbeigefahren waren, und bekam unwillkürlich eine Gänsehaut. Ich war wütend auf Sun-jo, aber so etwas wünschte ich niemandem. In den Vereinigten Staaten im Gefängnis zu sitzen war etwas völlig anderes als in Tibet. Ich schaute ihn an. Er sah ängstlich aus, fast so, als sei ihm soeben klar geworden, was geschehen würde, falls Captain Shek ihn mit gefälschten Papieren erwischte.

Alle nickten zustimmend, obwohl ich glaube, dass das Filmteam liebend gerne die Kamera eingeschaltet hätte. (Aber Josh hätte niemals zugelassen, dass sie auch nur einen Schnipsel des Materials in der endgültigen Fassung verwendeten.)

»Sun-jos Mutter stammt aus einem kleinen Dorf auf dieser Seite des Berges«, erläuterte Zopa. »Mein Sohn hat sie bei einer Expedition kennengelernt. Es hat Jahre gedauert, bis er sie und Sun-jo von Tibet nach Nepal holen konnte. Sun-jo ist beides: Tibeter und Nepalese.«

»Das sehen die Chinesen aber garantiert anders, wenn Sun-jo hier oben geschnappt wird«, sagte Josh.

»Wenn wir ihn tatsächlich auf den Gipfel bringen, dann bekommen wir nie wieder eine Genehmigung für die Nordseite!«, rief Thaddeus. »Das könnte uns die Hälfte unseres Geschäfts kosten. Die Tibet-Route ist schwieriger als die Nepal-Route. Sie ist prestigeträchtiger. Dadurch, dass du Sun-jo hierhergebracht hast, hast du unsere gesamte Saison gefährdet. Und wofür? Falls Peak und Sun-jo es tatsächlich bis ganz hinauf schaffen, ist Sun-jo trotzdem nicht der jüngste Mensch auf dem Gipfel.«

»Aber er wäre der jüngste freie Tibeter auf dem Gipfel«, erwiderte Zopa. »Das ist eine Frage des Nationalstolzes.«

»Wir machen Geschäfte«, sagte Thaddeus. »Und keine Politik.«

»Wo ist da der Unterschied?«, sagte Zopa.

»Schluss jetzt«, sagte Josh. Er warf JR einen Blick zu. »Wie laufen die Filmaufnahmen?«

»Okay«, erwiderte JR. »Wir haben schon ein paar schöne Klettersequenzen und ein paar gute Interviews im Kasten.«

Ich zuckte kurz zusammen, als ich das hörte. Die Interviews mit mir konnte er nicht gemeint haben.

»Auch Bilder von Sun-jo?«

»Eine Menge. Er und Peak waren ja gemeinsam klettern. Was denkst du denn gerade?«

»Ja, genau«, fügte Thaddeus mit angriffslustigem Unterton hinzu. »Was denkst du eigentlich gerade?«

»Ich weiß noch nicht so recht«, sagte Josh. Er warf mir einen Blick zu. »Was würdest du davon halten, den Ruhm zu teilen?«

»Das kann doch nicht dein Ernst sein«, sagte Thaddeus.

Josh beachtete ihn gar nicht. »Was hältst du davon, Peak?«

Mir ging es nicht um den Ruhm. Oder vielleicht doch? Ich schaute zu Sun-jo und Zopa hinüber. Ihre Gesichter waren wie versteinert. Ich war wahnsinnig wütend auf die beiden, aber mehr auf Sun-jo als auf Zopa. Der weihte ja eh niemanden in etwas ein.

Am liebsten hätte ich gesagt, Josh soll Sun-jo auf der Stelle zurück nach Nepal schicken. Aber dann brachte ich ein wenig begeistertes »Ist schon okay« heraus.

»Kann ich mal mit dir reden, Josh?«, sagte Thaddeus. »Allein.«

»Klar.«

Als sie gegangen waren, saßen wir alle da, ohne ein Wort zu sagen. Schließlich brach JR das Schweigen.

»Poker?« Er zog ein Kartenspiel aus seinem Parka.

»Von mir aus«, meinte Sparky. »Kann gut sein, dass Josh und Thaddeus länger brauchen.«

»Ich bin dabei«, meinte Holly.

Ich ging rüber zu Sun-jo und Zopa.

»Danke, dass du mich nicht hängenlassen hast«, sagte Sun-jo.

»Du hättest es mir sagen sollen.«

»Hab ich doch«, erwiderte Sun-jo und warf Zopa einen schuldbewussten Blick zu. »Zumindest indirekt.«

»Wie meinst du das?«

»An unserem ersten Abend im ABC«, sagte er. »Da habe ich gesagt, dass *wir* eine große Chance haben, bis zum Gipfel zu kommen, wenn *wir* es bis ins Camp Vier schaffen.«

Er hatte Recht, das war ziemlich indirekt gewesen. Ich konnte mich kaum an dieses einseitige Gespräch erinnern. »Das ist eine echt faule Ausrede«, sagte ich.

Zopa kam ihm zu Hilfe. »In Kathmandu hat Sun-jo noch nichts davon gewusst«, sagte er. »Er hat gedacht, ich bringe ihn hierher, damit er Sherpa werden kann. Erst auf dem Weg ins ABC habe ich ihm vom Gipfel erzählt.«

Also waren Josh und ich nicht die Einzigen, die Zopas Geheimniskrämerei zu spüren bekamen. Ich schaute rüber, wo das Pokerspiel in vollem Gang war und ein Haufen Geld auf dem Tisch lag. Sie hatten Glück, dass Zopa nicht mitspielte.

»Ich gehe rüber ins Speisezelt und hole noch ein bisschen Tee«, sagte Zopa.

Ich wartete, bis er das Zelt verlassen hatte, dann fragte ich Sun-jo, wieso er mir nicht erzählt hatte, dass Zopa sein Großvater war.

»Zopa hat gesagt, es sei das Beste, wenn wir das für uns behalten«, lautete seine Antwort.

Hätte Zopa mich gebeten, etwas für mich zu behalten, dann hätte ich mich wahrscheinlich auch daran gehalten, aber trotzdem machte es mir etwas aus, dass Sun-jo nichts gesagt hatte.

Zopa kam mit einer Thermoskanne Tee und ein paar Bechern zurück. Ich nahm meinen Becher in die Hand, stellte mich an den Pokertisch und schaute zu. Das Spiel interessierte mich eigentlich nicht besonders, aber ich hatte keine Lust, bei Sun-jo und Zopa zu sitzen. Holly gewann praktisch jede Runde, sehr zum Ärger der anderen.

So vergingen noch einmal zwanzig Minuten, bis Josh und Thaddeus ins Hauptquartier zurückkamen. Zuerst dachte ich, dass Thaddeus sich durchgesetzt hatte, weil er ein breites Lächeln aufgesetzt hatte. Auch Sun-jo registrierte seinen Gesichtsausdruck und machte ein enttäuschtes Gesicht.

»Also gut«, sagte Thaddeus und lächelte Sun-jo und Zopa an. »Ihr bekommt eure Chance.«

»Übermorgen geht ihr alle wieder hoch ins ABC«, fügte Josh hinzu.

Das Filmteam stöhnte.

Bär und Bulle

Drei Teams: A, B und (psssst!) C.

Wir waren das Team C: Sun-jo, ich, das Filmteam und Holly, geführt von Zopa, Yogi und Yash. (Ich schätze, die beiden Brüder waren nicht mitgekommen, um sich hier am Berg einen Job zu suchen. Sie hatten bereits einen Job. Zopa hatte sie engagiert, damit sie ihm dabei behilflich waren, Sun-jo auf den Gipfel zu bringen.) Und ich glaube, das »C« stand für »covert«, also verdeckt, und sollte nicht bedeuten, dass wir die Letzten waren, weil wir nämlich als Erste den Gipfel in Angriff nehmen und gleichzeitig auch noch aufpassen sollten, dass niemand etwas davon mitkriegte.

Josh und Thaddeus hatten uns gestern Abend zwar nicht befohlen die anderen Kletterer *anzulügen*, aber sehr weit waren sie nicht davon entfernt gewesen.

»Wir müssen diese Geschichte für uns behalten«, hatte Thaddeus gesagt und dabei die Stimme gesenkt, obwohl draußen minus 23 Grad herrschten und der Wind mit über vierzig Stundenkilometern vom Berg herabheulte. Es war ziemlich unwahrscheinlich, dass irgendjemand draußen vor dem Zelt stand und lauschte.

»Thaddeus hat Recht«, pflichtete Josh ihm bei. »Bei den anderen Kletterern gibt es ein paar ziemlich durchgeknallte Typen. Die brechen sofort einen Streit vom Zaun, wenn sie nicht als Erstes hochdürfen. Ist zwar lächerlich, aber jedes Jahr das Gleiche. Es geht einfach nicht in ihre sauerstoffarmen Schädel, dass eine Gipfelbesteigung nichts mit der Reihenfolge zu tun hat, sondern vom Wetter abhängig ist.«

Damit bog Josh sich die Wahrheit ein bisschen zurecht. Je länger man im Basislager oder oben im ABC herumhockt und darauf wartet, dass man endlich drankommt, desto größer ist auch das Risiko, sich einen Virus einzufangen oder sich den Knöchel zu verstauchen, gar nicht zu reden von der schieren Langeweile und der psychischen Belastung, die man ertragen muss, wenn man Tag für Tag in einem engen Zelt herumhängt und sich fragt, ob man überhaupt bis zum Gipfel kommen wird.

Wir würden wegen meines Geburtsdatums den ersten Versuch bekommen. Punkt. Es konnte gut sein, dass wir jeden einzelnen dieser gut dreißig Tage brauchen würden, um mich da hinaufzuschaffen, bevor ich fünfzehn wurde.

»Also, falls irgendjemand fragen sollte«, sagte Thaddeus. »Wir haben Folgendes vor.« Er blickte das Filmteam an. »Ihr dreht einen Dokumentarfilm über Sherpas.« Er blickte Holly an. »Du schreibst einen Artikel über Sherpas.« Er blickte mich an. »Du bist einfach mit dabei und hilfst bei den Filmaufnahmen. Niemand weiß, dass der Dokumentarfilm auch eine Gipfelbesteigung beinhalten soll.«

»Sun-jo muss heute Abend noch ins Lager der Träger umziehen«, sagte Josh. »Das ist die einzige Möglichkeit, wie wir ihn verstecken können. Kannst du das arrangieren, Zopa?«

Zopa nickte.

Josh schaute Sun-jo an. »Captain Shek und die Soldaten lassen sich nur selten bei den Trägern blicken, aber um sicherzugehen, solltest du dich kleiden wie ein Träger und dich auch so benehmen. Keine moderne, westliche Bergsteigerkleidung. Die Träger schaffen übermorgen wieder Vorräte nach oben. Ihr geht alle mit. Wenn ihr beim Zwischencamp angelangt seid und die Chinesen euch nicht mehr sehen können, kannst du deine Kletterausrüstung anlegen. Auf dem Rückweg musst du dich wieder umziehen und bei den Trägern bleiben. Wenn Shek dich erwischt, dann bist du der Gelackmeierte.«

»Der Gelackmeierte?«, sagte Sun-jo in fragendem Ton.

»Dann musst du Steine klopfen«, klärte ich ihn auf.

»Oh.« Furcht legte sich auf Sun-jos normalerweise ruhiges und fröhliches Gesicht.

»Also«, fuhr Josh fort. »Zopa ist der Führer des Teams C. Ich führe Team A und Pa-sang nimmt Team B.«

Ich war enttäuscht, weil ich den Gipfel nicht zusammen mit meinem Vater in Angriff nehmen würde, aber es überraschte mich nicht. (Seit meiner Geburt stand unsere Beziehung schon unter der Überschrift »Planänderung«.) Und außerdem hatte ich Bedenken wegen Zopa und Sun-jo.

»Je dünner die Luft, desto größer die Paranoia ...« Das ist ein wörtliches Zitat aus einem von Joshs Kletter-Büchern und genau dieses Gefühl fing jetzt an, an meinen Eingeweiden zu nagen.

Dadurch, dass Sun-jo ins Spiel gekommen war, hatte ich den Eindruck, als könnten er und Zopa alles gewinnen, falls ich nicht bis zum Gipfel kommen sollte. Ich will nicht behaupten, dass die beiden versuchen würden mich absichtlich daran zu hindern, aber schon der kleinste Fehler, ob unbeabsichtigt oder nicht, konnte das Ende meiner Klettertour bedeuten. Und niemand würde etwas merken. Am Berg passieren ständig Missgeschicke. Bei jeder Expedition. Und wenn etwas schiefgeht, ist meistens das schlechte Material, das schlechte Wetter, das Pech Schuld … aber nur selten die Kletterer selbst.

»Noch Fragen?«, sagte Josh.

Ich hatte Dutzende Fragen, zum Beispiel: Wenn Zopa gefälschte Papiere beschaffen konnte, die so gut waren, dass Sun-jo damit die Brücke der Freundschaft passieren konnte, warum sollten wir dann seiner zerknitterten Geburtsurkunde trauen? Er konnte genauso gut auch sechs Monate jünger sein als ich. Zopa kannte meinen Geburtstag ganz genau. Er war dabei gewesen, als Mom Josh auf der Annapurna angerufen hatte.

Wollte Josh seine eigenen Interessen zusätzlich absichern, indem er Sun-jo und mich zusammen da hochschickte? Falls ich es nicht schaffte, dann konnte Joshs Firma trotzdem den Ruhm für den jüngsten Bezwinger des Mount Everest einstreichen. Sun-jo stand auf Joshs Gipfelgenehmigung. Spielte es für ihn denn wirklich eine Rolle, wer von uns beiden es bis auf den Gipfel schaffte?

Aber ich stellte keine Fragen und machte auch keine Bemerkung. Ich war so durcheinander und wütend, dass ich mich nicht traute den Mund aufzumachen.

»Wir können das doch unmöglich vor den anderen Kletterern geheim halten«, sagte JR. »Es führt nur ein

Weg zum Gipfel und den werden wir alle entlanggehen, einer nach dem anderen, wie die Ameisen.«

Josh zeigte ihm sein typisches Grinsen. »Kein Problem. Wenn Team A und B im Camp Vier ankommen, dann interessiert sie nur noch die Frage, wo sie den nächsten Atemzug herkriegen sollen.«

»Und wenn sie wieder im Basislager sind?«, wollte JR wissen.

»Falls sie dazwischen auf dem Gipfel waren, dann wird es ihnen egal sein, wer es noch alles geschafft hat«, entgegnete Josh. »Das Entscheidende ist, dass sie eine realistische Chance bekommen. Euer Team wird vier, fünf Tage Vorsprung vor den beiden anderen haben. Wenn ihr oberhalb von Camp Vier seid, dann passt auf, was ihr über Funk sagt. Ein falsches Wort und jeder auf dieser Bergseite hier weiß Bescheid, was wir vorhaben. Wenn ihr uns auf dem Rückweg begegnet, dann erwähnt ihr den Gipfel mit keinem Wort. Wir klären das Ganze dann später.«

»Aber die anderen Kletterer waren schon zum zweiten Mal im ABC. Damit haben sie ihre Vorbereitung abgeschlossen.« JR ließ nicht locker. »In puncto Akklimatisierung sind sie uns mindestens eine Woche voraus.«

Da hatte er Recht. Normalerweise wurde der Gipfelversuch mit dem dritten Aufstieg zum ABC eingeleitet. Wir lagen einen Aufstieg im Rückstand.

»Falls das Wetter mitmacht, dann versuchen wir sie früher nach oben zu bringen«, sagte Josh. »Falls nicht, dann müssen sie eben im Basislager warten, wie alle anderen auch. Wir können nicht alle gleichzeitig zum Gipfel gehen. Da ist nicht genügend Platz.«

Was bedeuten konnte, dass die anderen Kletterer möglicherweise noch einmal sechs Wochen im Basislager herumhocken mussten, bis sie endlich ihre Chance bekamen. Und ich wusste, das würde ihnen gar nicht schmecken.

Ich hatte eine miserable Nacht, lag in meinem Schlafsack und überlegte die ganze Zeit, wie viele Möglichkeiten Zopa und Sun-jo hatten, meine Gipfelbesteigung zu sabotieren, wenn sie wollten. Es wurde eine deprimierend lange Liste.

Als ich spät am nächsten Morgen den Kopf zum Zelt hinausstreckte, hatte leichter Schneefall eingesetzt. Ich zog mich an und ging rüber ins Speisezelt, wo Zopa und das Filmteam sich leise über die Neuorientierung des Dokumentarfilms unterhielten.

(Oder hatten sie über mich gesprochen, bevor sie mich hatten kommen sehen? Mit dieser Paranoia-Sache hatte Josh jedenfalls den Nagel auf den Kopf getroffen.)

»Bist du wieder krank?«, erkundigte sich Zopa.

Das hättest du wohl gerne, dachte ich und sagte, dass ich mich noch nie im Leben wohler gefühlt hätte. Er machte ein Gesicht, als würde er mir nicht glauben. Ich schüttete Haferflocken in eine Schale und setzte mich an den Nebentisch. Abgesehen vom Koch, der gerade dabei war, die Überreste des Frühstücksansturms abzuräumen, hatten wir das Zelt für uns.

»Wenn du fertig bist mit Frühstücken, zeige ich dir, wie die Kamera funktioniert«, sagte JR.

»Wieso?«

»Weil es gut sein kann, dass Jack, Will und ich nicht bis zum Gipfel kommen. Aber irgendjemand muss ja drehen.«

Sie waren allesamt starke Kletterer. Ich hatte bis jetzt noch keinen Gedanken daran verschwendet, dass sie es vielleicht nicht bis ganz nach oben schaffen könnten.

»Wir werden es versuchen«, sagte Jack. »Aber man kann nie wissen.«

»Ich bin jetzt zum dritten Mal auf dem Everest«, meinte JR. »Aber ich bin nie weiter gekommen als ein Stückchen oberhalb von Camp Sechs. Das Wetter war zu schlecht und das war's dann. Ich gebe dir eine von unseren Minikameras.« Er schaute auf seine Armbanduhr. »Wir treffen uns in fünfzehn Minuten mit dir und Zopa vor dem Hauptquartier. Dann gehen wir rüber ins Trägerlager und machen ein paar Aufnahmen.«

Sie standen auf und gingen hinaus.

Ich schaute Zopa an. »Hast du Josh gesehen?«

»Er ist mit ein paar Leuten aus seinem Team ein Stück den Berg hochgegangen, um ein paar Klettertechniken zu üben.«

Ich muss wohl ein bisschen eingeschnappt ausgesehen haben, jedenfalls schaute Zopa mich einen Augenblick lang forschend an und sagte dann: »Was hast du für einen Eindruck von deinem Vater, jetzt, wo ihr ein bisschen Zeit zusammen verbracht habt?«

»Ich habe ihn ja eigentlich kaum gesehen«, erwiderte ich und wich seiner Frage aus.

Zopa nippte an seinem Tee und sagte: »Er kann nicht aus seiner Haut, verstehst du.«

»Wie meinst du das?«

»Mit dem Klettern hat er etwas gefunden, worin er sehr gut ist, etwas, für das er Leidenschaft empfindet. Es gibt nicht viele Männer, die so etwas haben.«

»Aber was macht man, wenn man zu alt zum Bergsteigen ist?«

Zopa lachte. »Die meisten Kletterer werden nicht alt.«

»Du schon.«

»Ich habe aufgehört zu klettern.«

»Warum?«

»Meine Kinder waren groß. Ich brauchte das Geld nicht mehr.«

»Du bist doch nicht nur wegen des Geldes geklettert.«

»Natürlich nicht, aber wenn ich nicht dafür bezahlt worden wäre, dann hätte ich es niemals gemacht. Für dich ist das Klettern Sport. Ein Sherpa dagegen klettert, um seine Familie zu ernähren.«

»Dann bist du also hier, um Sun-jo zu helfen ein Sherpa zu werden«, sagte ich.

»Nein. Ich bin hier, damit Sun-jo kein Sherpa werden muss.«

»Wie meinst du das?«

»Ich weiß, dass du böse auf mich bist, weil ich dir nicht gesagt habe, was ich für Sun-jo plane. Und du bist böse auf Sun-jo, weil er dir nicht gesagt hat, dass ich sein Großvater bin.«

»Und was hat das damit zu tun, dass Sun-jo kein Sherpa werden soll?«

»Ich musste bestimmte Dinge für mich behalten, um ihn überhaupt so weit zu bringen. Dinge, die auch Sun-jo für sich behalten hat, weil ich ihn darum gebeten habe. Er hat wirklich erst im ABC erfahren, was ich vorhabe. Und ich konnte es ihm erst sagen, nachdem ich gesehen hatte, wie er sich auf dem Berg schlägt. Falls er es bis auf den Gipfel schafft, dann wird ihn das so bekannt machen, dass er wieder zur Schule gehen kann. Ich hoffe, er muss dann nie wieder klettern.«

»Ist die Geburtsurkunde echt?«

»Ja. Sun-jo ist eine Woche älter als du.«

»Und wenn ich auch bis zum Gipfel komme?«

Zopa zuckte mit den Schultern.

Das war nicht die Antwort, auf die ich gehofft hatte. »Ich weiß, was du denkst«, sagte ich. »Man weiß nie, wen der Berg zulässt und wen nicht.«

Lächelnd stand Zopa auf. »Wir sehen uns drüben beim Hauptquartier.«

»Ich komme bis auf den Gipfel«, sagte ich, noch bevor er das Speisezelt verlassen hatte.

Dieses Gespräch half mir auf eine seltsame Art und Weise, mich auf mich selbst zu besinnen. Es machte mir wieder bewusst, dass das Bergsteigen auch in der Gruppe ein Einzelsport ist. Deine Beine, deine Arme, deine Muskeln, deine Ausdauer, dein Wille allein. Ein Partner kann dich ermutigen, kann sogar verhindern, dass du abstürzt, aber er kann dich nicht auf den Gipfel schaffen. Das kannst nur du allein.

Jetzt fühlte ich mich schon ein bisschen besser. Ich frühstückte zu Ende und ging hinüber zum Hauptquartier, um mich dort mit dem Filmteam zu treffen. Zopa war schon da, aber Holly noch nicht.

»Sie ist schon drüben im Trägerlager«, erläuterte JR.

»Dr. Krieger hatte ein paar Medikamente für Sun-jo, wollte aber nicht persönlich zum Lager gehen. Captain Shek würde sonst misstrauisch werden. Ärzte behandeln keine Träger. Also hat Holly die Sachen mitgenommen.«

Ich schätze, ich war nicht der Einzige, der sich durch den Berg veränderte. Holly hatte seit unserem Marsch ins ABC eine bemerkenswerte Wandlung durchgemacht. Und aus JRs Worten und seiner ganzen Haltung wurde deutlich, dass das nicht nur mir aufgefallen war. Ihre Stimme klang immer noch ein bisschen schrill und sie trug auch immer noch ihre grässlichen Klamotten, aber im ABC hatte sie sich um mich gekümmert und jetzt kümmerte sie sich um Sun-jo. Ich glaube nicht, dass sie so etwas am Tag ihrer Ankunft im Basislager gemacht hätte.

JR reichte mir eine kleine Kamera, die nicht größer war als ein Sandwich. »Ich weiß, sie sieht nicht besonders beeindruckend aus«, sagte er. »Aber sie arbeitet auch in großer Höhe zuverlässig und macht ziemlich gute Videoaufnahmen ... zwar nicht so gute wie die, die wir bis jetzt verwendet haben, aber das schwere Gerät bis zum Gipfel raufzuschleppen ist eine schweinemäßige Tortur.«

Er zeigte mir, wie man zoomte, wie man den richtigen Bildausschnitt wählte, wie das eingebaute Mikrofon funktionierte und wie man die Speicherkarte auswechselte, auf die etwa eine Stunde Film passte.

»Man muss ziemlich dicht dran sein, wenn man verstehen will, was gesagt wird«, erläuterte Jack. »Vor allem, wenn es windig ist. Derjenige, der spricht, muss wahrscheinlich schreien.«

»Die Kamera gehört dir, bis die Expedition beendet ist«, sagte JR. »Wir haben noch eine, die wir bis nach oben mitnehmen, falls wir so weit kommen sollten. Du musst damit üben. Das Schwierigste ist, mit Handschuhen die kleinen Tasten zu treffen. Also zieh zum Üben auch die Handschuhe an. Wenn du dir oberhalb von Camp Fünf die Handschuhe ausziehst, dann fallen dir die Finger ab und du kannst die Tasten für den Rest deines Lebens mit der Nase bedienen.«

Sehr angenehmer Gedanke.

»Was soll ich denn filmen?«, wollte ich wissen.

»Die Geschichte«, sagte Will.

»Welche Geschichte?«

»Das ist die entscheidende Frage«, erwiderte JR. »Und sie sorgt unter anderem dafür, dass das Ganze interessant bleibt.«

»Und geheimnisvoll«, fügte Jack hinzu.

»Josh hat uns engagiert, damit wir dich filmen«, fuhr JR fort. »Jetzt ist Sun-jo mit ins Bild gerückt und dadurch verändert sich die Geschichte. Falls ihr es nicht bis ganz nach oben schaffen solltet, verändert sich die Geschichte wieder. Dann handelt sie vielleicht davon, wieso ihr es nicht geschafft habt … was euch daran gehindert hat. Sie könnte auch von eurer Freundschaft handeln …«

(Die im Augenblick ziemlich auf der Kippe stand, aber das verriet ich JR nicht.)

»… oder von Sun-jo und Zopa oder von dir und deinem Vater. Der entscheidende Punkt ist, dass wir erst am Ende der Geschichte wissen, wovon sie handelt. Im Augenblick können wir nur möglichst viele Einzelheiten aufnehmen.

Erst, wenn wir damit durch sind, setzen wir den ganzen Dokumentarfilm zusammen, wie ein Puzzle.«

Genau dieselbe Methode hatte ich von Vincent an der GSS gelernt, um eine Geschichte zu entwickeln. Er ließ mich immer erst dann anfangen zu schreiben, wenn ich meine Recherchen beendet hatte. *Behalte die Geschichte in deinem Inneren, bis du bereit bist zu platzen.*

Ich sollte die Ergebnisse meiner Recherchen auf Karteikarten schreiben. Auf jeder Karte stand dann eine Szene, eine Personenbeschreibung oder eine andere Einzelheit, auf die ich gestoßen war.

Während deiner Recherchen schreibst du alles auf, was dich interessiert. Was immer deine Fantasie anregt. Was immer dir wichtig vorkommt. Eine Geschichte ist wie eine Steinmauer. Nicht alle Steine passen. Manche müssen später wieder beiseitegelegt werden. Manche müssen zerschlagen und in eine neue Form gebracht werden. Wenn du fertig bist, dann sieht die Mauer vielleicht nicht ganz genauso aus, wie du sie dir vorgestellt hast, aber sie sorgt auf jeden Fall dafür, dass das Vieh drinnen und die Raubtiere draußen bleiben.

(Ob Vincent wohl statt eines Moleskines auch einen Dokumentarfilm akzeptieren würde? Wahrscheinlich nicht.)

»Toll wäre es«, fuhr JR fort, »wenn du aufschreiben könntest, was du gefilmt hast. Das ist nicht leicht, schon gar nicht in großer Höhe, aber es würde uns beim Schneiden sehr helfen.«

»Wenn du es nicht aufschreiben kannst, kannst du es auch einfach ins Mikrofon sprechen«, schlug Jack vor.

Aus der Ferne machte das Trägerlager einen hübschen und großzügigen Eindruck, aber als wir näher kamen zeigte sich, dass beides nicht stimmte. Anscheinend bestand alles, was sich dort befand, aus ausrangierten Gegenständen, so als ob die Träger nach der Klettersaison noch eine Weile dablieben und alles einsammelten, was in unserem Camp übrig war, um es in ihr eigenes zu schleppen. Es gab dort ein paar Baracken, die mehr aus platt getretenen Konservenbüchsen bestanden als aus Holz. Die Zelte waren aus Stoffbahnen und Teilen anderer Zelte zusammengenäht worden. Die Stricke der Yaks bestanden aus ausgefransten Kletterseilen.

Auch der Geruch war hier anders: Dung, Holzrauch und altes Palmöl, in dem die Träger ihr Essen kochten. Doch der Gestank und die Unordnung waren schnell vergessen, als die Männer im Lager Zopa entdeckt hatten und wie eine wild gewordene Viehherde auf ihn losstürmten. Sun-jo und Holly kamen aus einem zerfledderten Zelt gekrochen und gesellten sich zu uns. Sun-jo machte immer noch einen ziemlich schwachen Eindruck und das fand ich gar nicht so schlecht. Ich fragte mich, wie es ihm wohl morgen beim Aufstieg ins ABC gehen würde.

Er zog mich beiseite. »Vielen Dank, dass du gestern für mich eingetreten bist«, sagte er. »Tut mir leid, dass ich dir das mit Zopa nicht gesagt habe.«

»Vergiss es«, erwiderte ich, obwohl ich selbst es noch nicht einmal ansatzweise vergessen hatte. Wenn er doch bloß nicht so höflich gewesen wäre. »Wie war denn deine Nacht hier drüben?«

»Es ist nicht so komfortabel wie das Bergsteigerlager, aber die Träger waren sehr freundlich zu mir.«

Die Träger hatten eine lange Reihe gebildet und Zopa ging an dieser Reihe entlang, begrüßte jeden Einzelnen und gab ihm seinen Segen. Als er fertig war, setzten wir uns auf Decken und Schlafsäcken in einen großen Kreis und redeten. Zopa übersetzte.

Wer verstehen will, womit die Träger ihren Lebensunterhalt verdienen, stellt sich am besten vor, dass sie die Lastwagenfahrer des Himalaja sind. Der einzige Unterschied besteht darin, dass ihre Lastwagen keine Räder, sondern Beine haben und nicht mit Diesel, sondern mit Heu zum Laufen gebracht werden.

Als wir noch in unserer Hütte in Wyoming gewohnt haben, war das nächstgelegene Restaurant eine Truckerkneipe gewesen. Mom und ich waren ständig da und es hat uns wahnsinnigen Spaß gemacht. Die Trucker waren freundlich, witzig und hatten jede Menge Geschichten auf Lager. Mit den Trägern war es nicht anders. Ich war so fasziniert von ihren Geschichten, dass ich total vergaß die Kamera zu benutzen.

Die Träger stammten aus allen Gegenden Tibets und Nepals und waren neun Monate im Jahr von Zuhause weg. Wenn sie nicht gerade irgendwelche Sachen auf den Everest oder auf andere Berge brachten, arbeiteten sie als Wanderführer oder beförderten Nachschub in tiefer gelegenen Regionen. Die meisten der jüngeren Träger wollten Sherpas werden, weil man damit mehr Geld verdienen konnte. Die älteren schienen trotz der Entbehrungen damit zufrieden zu sein, ihre Yaks zu lenken. Sie erzählten uns Geschichten über Abstürze und Irrwege, doch die gruseligste Geschichte bekamen wir am Ende des Tages zu hören, und zwar von einem alten Träger namens Gulu, der aus dem Dorf stammte, in dem Sun-jo geboren worden war.

(Gulu kannte Sun-jos Mutter gut und behauptete, er habe Sun-jo, als dieser noch ein Baby war, bei seinem ersten Ritt auf einem Yak begleitet. Die Träger und Sherpas waren oft durch Tausende Kilometer unwegsames Gelände voneinander getrennt, doch schien es ständig solche Beziehungen zwischen ihnen zu geben.)

Auf dem Rückweg ins Lager meinte JR, dass Gulus Geschichte zwar spannend gewesen sei, dass er sie aber in der endgültigen Fassung nicht verwenden konnte. Zu wenig Platz. Deshalb füge ich sie hier ein. (Vincent hat mir beigebracht, dass eine Geschichte nicht unbedingt durch die Informationen, die darin enthalten sind, ihre Einzigartigkeit bekommt, sondern durch die Entscheidung des Autors, was er weglassen und was er aufnehmen will.)

Als Gulu ein junger Mann war, kaufte er in einem weit entfernten Dorf einen wunderschönen Yak, mit dem er seine kleine Herde vergrößern wollte. Er hatte drei Jahre lang gespart, um das Geld zusammenzukriegen.

»Das Dorf, in dem der Yak verkauft wurde, lag sehr weit entfernt«, sagte Gulu und schüttelte sein graues Haupt. »Überall waren die chinesischen Soldaten und es war sehr gefährlich, auf der Straße zu gehen. Also bin ich nachts gewandert und habe mich tagsüber in den Hügeln versteckt, damit sie mich nicht ausrauben oder umbringen konnten.«

Er war so lange unterwegs, dass er schon Angst hatte,

dass der Bulle bei seiner Ankunft im Dorf gar nicht mehr da war – entweder an jemand anderen verkauft oder aber von den Soldaten geschlachtet und aufgegessen.

»Doch der Bulle war noch da«, sagte er. »Und er war noch prachtvoller als in meiner Erinnerung. Sein Fell war dunkel wie eine Neumondnacht, sein Rücken so gerade wie ein Dachbalken und so breit, wie ich groß bin.« Er lachte. »Der Besitzer bereute, dass wir uns schon auf -einen Preis geeinigt hatten, und wollte ihn erhöhen.« Sie stritten drei Tage lang miteinander. Letztendlich gab Gulu dem Besitzer sein ganzes Geld und versprach außerdem ihm im nächsten Jahr die ersten beiden Kälbchen zu bringen, die der Bulle gezeugt hatte.

»Das alles hatte viel zu lange gedauert«, fuhr Gulu fort. »Das Wetter war schlecht geworden. Und um die ganze Sache noch komplizierter zu machen, hatte ich jetzt noch einen Yak dabei, der sich über ein Jahr lang fast nicht bewegt, sondern immer nur auf der Weide gestanden hatte. Seine Beine waren durch das eingepferchte Stehen ganz schwach geworden. Ich musste oft anhalten, damit er ausruhen und fressen konnte. Die andere Schwierigkeit war, dass ich kein Geld mehr hatte und mir mein Essen irgendwie zusammensuchen musste.«

Da gelangte er zu der Einsicht, dass er nur eine Chance hatte, nach Hause zu kommen, bevor er und der Yak verhungert waren: Er musste eine Abkürzung durch die Berge nehmen. Er hatte von dieser Abkürzung schon gehört, war sie aber noch nie selbst gegangen.

»Zuerst war der Weg noch gut. Er war auch so weit von den üblichen Wegen entfernt, dass ich ihn auch bei Tag gehen konnte, ohne Angst vor den Soldaten haben zu müssen. Dann wurde es steiler. Je höher wir kamen, desto schlechter wurde das Wetter. Der Schnee lag hoch. Ich hätte umkehren müssen ...« Er grinste und zuckte mit den Schultern. »Aber ich war jung und töricht und bin weitergeklettert. Den Bullen habe ich immer vor mir hergetrieben.«

Sie erreichten den höchsten Punkt der Abkürzung und begannen mit dem Abstieg auf der anderen Seite. Gulu war jetzt zuversichtlich, dass er und der Bulle sicher bis nach Hause kommen würden. Aber als er sich nach einem Schlafplatz umsah, kam eine Lawine den Hang herabgedonnert und begrub ihn bei lebendigem Leib.

»Mir war fürchterlich kalt«, sagte Gulu schaudernd. »So kalt wie nie zuvor und niemals mehr. Ich weiß noch, dass ich dachte, wie ungerecht es war, dass die Lawine mich nicht getötet hatte. Ich wartete an diesem dunklen, kalten Ort auf den Tod und fragte mich, wie lange es wohl dauern würde. Nach einer Weile spürte ich ein Zupfen an meinem rechten Arm, wie von einem Fisch, der an einem Köder knabbert. Zuerst wusste ich gar nicht, was das war, aber dann fiel mir der Bulle wieder ein. Auf der Passhöhe hatte ich ihm einen Strick um den Hals gelegt, damit er immer dicht bei mir blieb. Es war kein langes Seil, zwei Meter, vielleicht auch ein bisschen kürzer. Er war ganz in meiner Nähe und er lebte, aber war er über oder unter mir? Der Schnee um mich herum war so dicht, dass ich nicht wusste, ob ich mit dem Gesicht nach oben oder nach unten lag. Ich hätte genauso gut auf den Füßen oder auf dem Kopf stehen können.«

Wir lachten alle, aber lebendig begraben zu sein ist nicht lustig.

»Ich weiß gar nicht, warum«, fuhr Gulu fort, »aber irgendwie hatte ich das Gefühl, dass es wichtig war, zu dem Bullen zu gelangen. Ihn ein letztes Mal zu berühren. Mich dafür zu entschuldigen, dass ich ihn aus der Sicherheit seiner Weide weggeholt hatte. Ich fing also an, mich an dem Strick entlangzuhangeln. Das war harte und schmerzhafte Arbeit. Je näher ich dem Bullen kam, desto kräftiger zerrte er. Manchmal wurde mein Gesicht mit voller Wucht ins Eis gedrückt, bevor ich es beiseiteschieben konnte. Vielleicht ist der Bulle ja frei, dachte ich, vielleicht steht er an der Oberfläche und der Mann darunter hindert ihn am Weglaufen. Schließlich brach ich zu ihm durch, schnappte keuchend nach Luft. Der Bulle war tatsächlich an der Oberfläche, aber er stand nicht.

Ich habe ihn untersucht und dabei hat er mich etliche Male getreten, aber ich war so betäubt, dass ich es kaum gespürt habe. Mein wunderschöner Bulle hatte sich zwei Beine gebrochen. Ich konnte die Knochensplitter fühlen, die sich durch seine Haut gebohrt hatten. Da blieb mir keine andere Wahl. Ich zog mein Messer aus der Scheide und schnitt ihm die Kehle durch.«

Es dauerte lange, bis der Bulle verblutet war. Gulu sah dabei zu, während die Tränen auf seinen Wangen festfroren. Drei Jahre harte Arbeit und Entbehrung lagen da zu seinen Füßen und färbten den Schnee rot.

»Aber ich hatte keine Zeit zu trauern«, erzählte er weiter. »Ich musste zurück in mein Dorf. Wenn nicht, dann musste meine Familie auch noch die beiden Kälber bezahlen. Aber zuerst musste ich die Nacht überstehen.«

Er schlitzte den Yak auf, zerrte die Eingeweide in den Schnee hinaus und stieg in den Kadaver, um sich zu wärmen.

»Früh am nächsten Morgen wurde ich durch ein heftiges Schütteln geweckt. Ich dachte schon, der Yak würde den Berg hinunterrutschen. Dann steckte ich den Kopf hinaus. Ich weiß gar nicht, wer mehr überrascht war: Ich oder der Bär, der meinen wertvollen Bullen den Hang hinunterzerrte.

Der Bär stellte sich auf die Hinterbeine und stieß ein markerschütterndes Gebrüll aus. Ich war mir sicher, dass er mich gleich auffressen würde. Doch dann wurde ich von der chinesischen Armee gerettet.«

Vier Soldaten waren dem Bären auf der Spur gewesen und hatten ihn gerade eingeholt, als er losgebrüllt hatte. Sie schossen und verfehlten ihn, aber die Schüsse reichten aus, um den Bären zu verjagen. Er trampelte den Hang hinauf und verschwand zwischen den Bäumen.

»Jetzt musste ich mich nur noch mit den Soldaten auseinandersetzen«, sagte Gulu. »Aber das war bestimmt kein Problem, dachte ich. Ich hatte kein Geld. Und wenn sie den Yak haben wollten, um ihn aufzuessen, dann bitte sehr.

Als sie vor dem Kadaver standen, kroch ich aus meinem blutigen Unterschlupf hervor. Sie sahen mich, fingen an zu schreien wie verängstigte Kinder und warfen ihre Gewehre weg. Bevor ich etwas sagen konnte, waren sie schon davongerannt.«

Nach seiner Heimkehr hörte Gulu ein Gerücht, dass vier Soldaten einem Yeti begegnet seien, der gerade dabei gewesen war, einen Yak zu verspeisen. Ein paar Wochen später war dann eine Geschichte über eine Kuh im Umlauf gewesen, die einen ausgewachsenen Mann zur Welt gebracht hatte.

»Wie hast du die beiden Kälber bezahlt?«, wollte JR wissen.

Gulu lächelte. »Ich habe die Gewehre der Soldaten verkauft. So hatte ich genügend Geld, um die Kälber zu bezahlen und mir einen neuen Bullen zu kaufen. Er war zwar nicht annähernd so prachtvoll wie der, der mich geboren hatte, aber ein guter Zuchtbulle und er hat meine kleine Herde um das Zehnfache vermehrt.«

Camp Vier

Bei Sonnenaufgang scheuchte Zopa Holly und mich aus unseren Zelten. Wieder ein wunderschöner Tag: klar, frisch, minus zwei Grad mit steigender Tendenz – was bedeutete, dass wir unsere Kaltwettersachen nicht anziehen, sondern mit auf den Rücken schnallen mussten. Um das Ganze noch schlimmer zu machen, gab Zopa jedem von uns einen Stapel von Sun-jos Sachen mit, damit wir sie ins Zwischenlager brachten.

Hollys Stapel war sehr viel kleiner als meiner. Sie war schnell mit dem Umpacken fertig und machte sich auf den Weg ins Speisezelt. Ich brauchte fünfundvierzig Minuten, um all das, was ich gestern Abend vorbereitet hatte, umzuorganisieren. Mein Ärger über Sun-jo und Zopa machte mich zusätzlich langsamer. Es war einfach unglaublich. Nicht genug damit, dass Zopa mir meine Ausrüstung weggenommen und sie Sun-jo geschenkt hatte, jetzt musste ich sie auch noch für ihn den Berg hinaufschleppen. Es kam mir so vor, als würde er alles tun, um mich zu schwächen und zu verhindern, dass ich den Gipfel erreichte.

Als ich endlich fertig war, wog mein Rucksack fünfzehn Pfund mehr als bei meinem ersten Aufstieg ins ABC. Nicht gut. In dieser Höhe kann schon ein einziges Pfund einen gewaltigen Unterschied machen. Ich wollte mir gerade überlegen, was ich vielleicht hierlassen sollte, da kam Captain Shek auf mich zu.

»Du versuchen Gipfel?«, fragte er unfreundlich.

Er trug keine Uniform, sondern sah aus wie ein Bergsteiger. Darum hatte ich wahrscheinlich gar nicht gemerkt, wie er sich angeschlichen hatte.

»Heute nicht«, erwiderte ich.

»Du wie alt?«

Er hatte mich wohl beobachtet und so lange gewartet, bis er mich alleine zur Rede stellen konnte.

»Du wie alt?«, wiederholte er in aggressivem Ton.

Fangfrage. Er hatte meinen Reisepass gesehen. Er wusste ganz genau, wie alt ich war. Er wollte, dass ich ihn anlog. Ich antwortete mit der Wahrheit.

»Wo andere Junge?«

Oh-oh.

»Wer?« Ich kann überhaupt nicht gut lügen.

»Junge und du klettern Berg letzte Woche. Junge und du gehen zusammen in Lager. Du und er gut Freunde.«

Captain Sheks Englisch war holprig, aber sein Sarkasmus war eindeutig erkennbar. Er hatte beobachtet, wie wir durch das Lager gestreift waren. Er hatte gesehen, wie wir zusammen ins ABC aufgestiegen waren.

»Ach, der«, sagte ich. »Den habe ich schon seit ein paar Tagen nicht mehr gesehen.«

»Wo er hingehen?«

Ich zuckte mit den Schultern.

»Du mich anlügen!«

(Anscheinend konnte ich nicht einmal beim Schulterzucken lügen.)

»Ich dich schmeißen von Berg, wenn du lügen.«

»Nur zu«, sagte ich und zog den Reißverschluss an meinem Rucksack zu. Vermutlich nicht gerade die schlaueste Antwort, aber ich hatte mittlerweile die Schnauze voll von Captain Shek und allem anderen hier auf dem Everest.

Er sah aus, als würde er jeden Augenblick explodieren. Ich glaube, er war es nicht gewöhnt, dass ein Vierzehnjähriger ihn so auflaufen ließ. Er hob den Arm und eine Sekunde lang dachte ich, er würde mich schlagen, doch dann fing er an zu lächeln, so als ob ihm klar geworden war, dass das übliche »Wir sind in der Volksrepublik China und du hast hier überhaupt nichts zu melden« bei mir nicht funktionieren würde.

»Wie ist Name von andere Junge?«, erkundigte er sich in einem sehr viel vernünftigeren Tonfall.

»Hat er nicht gesagt.« Ich nahm meinen Rucksack.

»Ich dich beobachten.«

Ich ging weg und spürte seine bohrenden Blicke im Nacken. Ich war stolz, dass ich nicht einmal daran gedacht hatte, Sun-jo zu verpfeifen.

Sobald ich Zopa entdeckt hatte, erzählte ich ihm von dem Vorfall. Er reagierte sehr viel gelassener als ich und sagte, dass Captain Shek das geringste unserer Probleme sei.

»In ein paar Tagen bist du im Camp Vier«, sagte er. »Das ist das Einzige, worüber du dir Gedanken machen musst.«

Es stellte sich heraus, dass er Recht hatte.

Wir schlossen uns einer kleinen Gruppe von Trägern an, die mit ihren Yaks bergauf gingen. Sun-jo war nicht dabei. Als ich Zopa nach ihm fragte, sagte er: »Er wird da sein.«

Der Marsch hinauf ins Zwischenlager fiel mir sehr viel

leichter als beim ersten Mal. Ich war zwar nicht in der Lage, mich am Gesang der Träger zu beteiligen, aber ich konnte mich beim Gehen unterhalten und das war ein großer Fortschritt. Ich schaffte es sogar, die winzige Videokamera zu bedienen, und stellte fest, dass ich mich dahinter sehr viel wohler fühlte als davor.

Die Landschaft hatte sich im Vergleich zur letzten Woche dramatisch verändert. Das warme Wetter hatte etliche neue Wasserläufe mit Schmelzwasser entstehen lassen. Es war gar nicht so einfach, Stellen zu finden, an denen man sie, ohne nass zu werden, überqueren konnte. Das andere Problem waren die Felsblöcke, die sich durch das Tauwetter aus dem Eis lösten. So als ob der Gletscher eine Bowlingbahn war und wir die Kegel. Einer der Träger und sein Yak wurden von einem großen Stein getroffen und mussten ins Basislager zurückkehren.

»Hast du das auf Video?«, wollte Jack wissen.

»Ähm, nein.«

Er fluchte.

Ich blieb die meiste Zeit bei Holly, der es nicht so besonders gut ging. (Ich glaube, weil sie ihren Rucksack selber tragen musste.) Ich bot ihr an, ihn für eine Weile zu nehmen, aber sie wollte ihn unbedingt selber schleppen (worüber ich sehr erleichtert war).

Sie sagte, dass sie sich überlegte, nach unserer Rückkehr aus Camp Vier nach Hause zu fahren, und wollte wissen, ob ich ihr nach meiner Gipfeltour ein Exklusiv-Interview geben würde.

»Du willst aufgeben?«

»Den Gipfel des Mount Everest hatte ich dieses Jahr

eigentlich nicht eingeplant. Sonst wäre ich vorher vielleicht noch ein paar Mal zum Klettern oder ins Fitnessstudio gegangen. Vielleicht hätte ich sogar ein, zwei Wolkenkratzer bestiegen.« Sie grinste und deutete nach oben. Die Wolken hatten sich so weit verzogen, dass wir den Gipfel sehen konnten. »Ich weiß nicht, ob es dir schon aufgefallen ist, aber es gibt nicht viele Anblicke auf der Welt, die einen so einschüchtern wie dieser.«

»Ich hatte bisher nicht den Eindruck, als wärst du leicht einzuschüchtern.«

»Ja, na ja …« Sie holte tief Luft. »Ich habe hier oben das eine oder andere über mich gelernt. Erstens: Ich werde älter. Und zweitens …« Noch einmal holte sie tief Luft. »Dieser Berg ist sehr viel größer als ich. Das lässt einen demütig werden. Ich habe ehrlich gesagt ein bisschen Zeit zum Nachdenken gehabt. Und ich kann dir gar nicht sagen, wie lange es her ist, dass ich das letzte Mal allein gewesen bin. Das war auch eine Erfahrung, durch die ich demütiger geworden bin. Dass Pierre und Ralph mich im Stich gelassen haben, war wahrscheinlich das Beste, was mir je passiert ist.«

In einem Lager mit dreihundert anderen Leuten ist man nicht gerade allein, aber ich wusste, was sie meinte. Man muss nicht allein sein, um sich allein zu fühlen.

»Was ist jetzt mit diesem Interview?«, hakte sie nach.

Ich hatte auch ein bisschen Zeit zum Nachdenken gehabt. »Mal sehen«, sagte ich.

Ich merkte, dass Holly gerne noch länger darüber diskutiert hätte, aber sie hatte nicht genügend Puste.

So kamen wir gemeinsam als Letzte ins Lager geschwankt. Zu unserer Überraschung sahen wir Sun-jo auf einem Felsen sitzen. Er hielt eine heiße Tasse Tee in der Hand und sah in seinen Träger-Klamotten ein bisschen zerknittert aus.

»Seit wann bist du denn hier?«

»Seit einer halben Stunde.«

»Bist du vor uns losgegangen?«

»Nein«, sagte er. »Gleichzeitig mit euch.«

Ich dachte, er wollte mich veräppeln. Es waren ungefähr ein Dutzend Träger gewesen und vielleicht halb so viele Yaks. Ich konnte ihn nicht übersehen haben.

»Ich bin auf Gulus Yak geritten.«

»Ja, genau«, sagte ich. »Als du ein Baby warst.« Beim Aufstieg war ich eine Weile neben Gulu hergegangen. Auf dem Rücken seines Yaks hatte ich nur einen Ballen Heu gesehen, sonst nichts.

»Doch«, beharrte Sun-jo. »Ich habe mich unter dem Heu versteckt.«

»Soll das ein Witz sein?«

Er schüttelte den Kopf. »Es war heiß und unbequem.«

Ich erzählte ihm von Captain Shek.

Besorgnis zeigte sich auf seinem Gesicht. »Das bedeutet, dass ich beim nächsten Aufstieg wieder auf den Yak muss. Nicht gerade erfreuliche Aussichten. Danke, dass du meine Sachen hier hochgetragen hast.«

Wenn er doch bloß nicht immer so höflich gewesen wäre. Dann hätte ich leichter wütend auf ihn sein können. »Kein Problem«, sagte ich und stellte fest, dass das zusätzliche Gewicht tatsächlich kein Problem gewesen war. Das machte mir Mut.

Ich blickte mich um. Es sah auch nicht besser aus als letzte Woche. Der Felsbrocken rülpsende Abhang sah noch brüchiger aus als bei unserem letzten Aufenthalt hier. Auch Zopa blickte kopfschüttelnd auf den Hang.

»Wir können heute nicht hierbleiben«, sagte er. »Wir werden noch ein Stück weitergehen.«

Ich konnte mich nicht erinnern, dass es irgendwo weiter oben einen Platz zum Übernachten gab, und ich hatte Recht. Er ließ uns ungefähr 300 Meter oberhalb des bröckeligen Hangs anhalten und ebene Flächen zum Schlafen aus dem Eis kratzen. Es dauerte Stunden und war sehr anstrengend in dieser Höhe, aber ich machte die Arbeit gerne. Alles war besser, als am Fuß der Wand zu schlafen.

Am nächsten Morgen war die Kälte zurückgekehrt und das war gut so. Dadurch wurde die Wahrscheinlichkeit einer Lawine geringer. Auf dem Weg zum Camp Zwei hörten wir über Funk, dass drei Gruppen sich auf den Weg zum Camp Fünf gemacht hatten. Am nächsten Tag wollten sie einen Gipfelversuch wagen.

Gulu war unruhig, weil sie bis jetzt nur eine Ladung Sauerstoffflaschen ins Camp Fünf geschafft hatten. Zopa funkte Josh an.

»Ich hab's schon gehört«, sagte Josh. »Idioten. Keiner von denen hat die Akklimatisierung schon ganz abgeschlossen. Sie sind erst zum zweiten Mal oberhalb von Camp Vier. Was die Sauerstoffflaschen angeht: Ein paar werden versuchen den Gipfel ohne zusätzliches O_2 zu erreichen. Also müsste es eigentlich für alle reichen.«

»Falls sich das Wetter hält«, meinte Zopa.

»Das habe ich angesprochen, aber sie befürchten, dass es kein zweites Schönwetterfenster mehr gibt. Wir können nichts dagegen machen. Sobald sie Camp Fünf erreicht haben, sind sie ganz auf sich allein gestellt.«

Damit wollte er sagen, dass es oberhalb von Camp Fünf wenig Aussicht auf Rettung gibt. Die Luft ist für Hubschrauber zu dünn und in dieser Höhe sind alle so erschöpft, dass jeder Einzelne nur noch sich selbst helfen kann. Wer oberhalb von Camp Fünf stirbt, dessen Leiche bleibt für immer da oben.

»Oh«, sagte Josh. »Noch was. Captain Shek hat sich nach einem Sherpajungen erkundigt. Er glaubt, dass er mit dir zusammen im Lastwagen angekommen ist.«

»Sun-jo«, erwiderte Zopa. »Er ist vor ein paar Tagen abgereist, um wieder zur Schule zu gehen. Er ist einfach nur so mitgekommen.«

»Ich werde das an den Captain weiterleiten.«

Dieser Teil des Gesprächs war offensichtlich ausschließlich für Captain Shek gedacht. Das einzige Problem bestand jetzt darin, dass auch Zopa ernsthaft in Schwierigkeiten steckte, falls der Captain Sun-jo noch einmal zu Gesicht bekommen sollte.

»Ist sonst alles in Ordnung?«, erkundigte sich Josh.

»Ja. Alles in Ordnung.«

»Ich melde mich später noch mal.«

Zopa schaltete das Funkgerät aus und JR richtete seine Videokamera auf ihn. »Glaubst du, dass diese Kletterer den Gipfel erreichen werden?«

»Vielleicht«, sagte Zopa. »Aber es ist noch zu früh im Jahr. Wenn sie es schaffen, dann werden es noch andere versuchen und manche werden sterben. Auf den Gipfel des Sagarmatha gibt es keine Abkürzung.«

Als wir am folgenden Nachmittag im ABC eintrafen, waren wir alle erschöpft, besonders Sun-jo, der immer noch die Nachwirkungen seiner Krankheit spürte. Genau umgekehrt wie bei unserem letzten Aufenthalt im ABC bereitete ich für uns das Abendessen zu, während er in seinem Schlafsack lag. Ich würde gerne sagen, dass er mir leidtat, aber das stimmte nicht. Ich nahm ihm immer noch übel, dass er sich in meine Klettertour gedrängt hatte.

Nach dem Essen ging ich nach draußen und sah, dass die Träger und Sherpas die Sachen sortierten, die sie ins Camp Fünf bringen wollten.

Zopa erklärte mir, dass die Yaks nicht mehr sehr viel höher als bis zum ABC gehen konnten. Die Sherpas würden das Material auf dem Rücken zu den Camps Vier, Fünf und Sechs bringen und die Camps ein paar Tage vor unserem Gipfelversuch vorbereiten. Ein paar von ihnen würden im ABC bleiben und unsere Sachen bewachen.

»Sonst würden sie gestohlen werden?«, sagte ich.

»Das ist schon vorgekommen«, antwortete Zopa. »Nicht alle Expeditionen sind so gut ausgerüstet wie die deines Vaters. Manche Kletterer haben nur das dabei, was sie tragen können, und borgen sich manchmal Dinge, die sie unterwegs finden.«

Am nächsten Morgen wollte er, dass wir unsere Rucksäcke leichter machten und nur das mitnahmen, was wir für eine Übernachtung im Camp Vier brauchten. Das war auch richtig so, denn drei Stunden nachdem wir das ABC verlassen hatten, erreichten wir den Fuß des Nordsattels. Das ist im Prinzip ein Pass zwischen zwei Bergspitzen.

Es war klar, wieso der Nordsattel für die Yaks eine Sackgasse war. Die Wand, die auf den Pass hinaufführte, war gewaltig. Und von unten sah sie erschreckend instabil aus. Die Hälfte der Wand war glatt, von starken Winden abgerundet, und sah aus wie Softeis. Die andere Hälfte bestand aus grässlichen Séracs (Eissäulen), die aussahen wie riesige, gezackte Zähne. Hätte ich noch genügend Luft gehabt, sie wäre mir bei diesem Anblick bestimmt weggeblieben. Ich schaute auf meine Höhenmesser-Armbanduhr: 7000 Meter.

Holly quälte sich den Berg herauf und stützte die Hände auf die Knie, bevor sie an der schrecklichen Wand hinaufblickte.

»Nie… *keuch* …mals«, sagte sie.

Ich war ganz ihrer Meinung.

Yogi und Yash kamen als Nächste, kopfschüttelnd und mit gerunzelter Stirn. Zum Schluss trafen Zopa und Sun-jo ein. Zopa trug Sun-jos Rucksack. Sun-jo sah wirklich schlecht aus. Als er die Wand erblickte, zeigte sich Angst auf seinem Gesicht. Er tat mir beinahe leid.

»Stellt euch vor, wie es vor zwei Tagen war, als es getaut hat«, sagte Zopa.

Ein guter Hinweis. Drei Teams waren unter noch schlechteren Bedingungen auf den Nordsattel gelangt.

Die erste Etappe war die schwerste. Es ging einen Steilhang aus weichem Eis hinauf. Sherpas hatten Stufen in das Eis geschlagen und es gab auch fest montierte Halteseile (sogenannte Fixseile), doch das Eis war glitschig, und weil wir an diesem Tag die Ersten waren, waren die Seile immer noch von einer Eisschicht umhüllt.

Wir fielen in einen qualvollen Rhythmus. *Die Steigklemme das Seil entlangschieben.* (Eine Steigklemme ist eine mechanische Steighilfe. Sie besteht im Prinzip aus einer Hülse mit einem Griff. Die Hülse umschließt das Seil und lässt sich in eine Richtung über das Halteseil schieben. In die andere Richtung blockiert sie aber, so dass der Kletterer sich an dem Griff festhalten und nach oben ziehen kann.) *Schritt, atmen, Steigklemme, Schritt* … Drei Stunden später war es eher so: *Steigklemme, nachdenken, aufschauen, noch mal nachdenken, Schritt, ausruhen, ausruhen, ausruhen, an die Felswand drücken, beten* … da sauste ein Eisbrocken so groß wie ein Geländewagen an uns vorbei und prallte unten auf, gefolgt vom Gelächter unserer Führer Yogi und Yash. Echt witzig. Sie räumten das lose Eis auf unserer Strecke beiseite, damit es uns nicht unverhofft aus der Wand schmiss oder uns die Köpfe abriss – mitsamt Helm und allem.

Ich war der Nächste in der Reihe, gefolgt vom Filmteam, Holly, Sun-jo und Zopa. Es war alles andere als ein schweigsamer Aufstieg, da die Brüder immer »Eis!« riefen und Zopa »Schneller!«.

Vier Stunden nach unserem Aufbruch stand ich vor dem steilsten Stück. Fünfzehn Meter hoch. Es hätten genauso gut fünfzehn Kilometer sein können. Meine Arme und Beine waren taub und praktisch nicht mehr zu gebrauchen, aber das Schlimmste war die Luft. Es gab nämlich keine. So kam es mir zumindest vor. Jeder Atemzug schien nur eine winzige Menge kostbaren Sauerstoffs zu enthalten. Das reichte vielleicht, um einen Vogel am Leben zu halten, aber nicht für einen ausgepumpten vierzehnjährigen Bergsteiger. Dr. Woo hatte sich getäuscht. Irgendetwas stimmte nicht mit mir.

Yogi und Yash waren bereits am oberen Ende angekommen. Einer sicherte die Seile und ich hoffte, dass der andere schon im Camp Vier war und Schnee zum Kochen brachte. Wir würden alle eine heiße Tasse Tee brauchen, wenn wir ankamen. Falls wir ankamen.

Holly, Sun-jo und Zopa waren etwas weiter zurückgefallen, aber ich konnte immer noch hören, wie Zopa sie mit lauter Stimmer aufforderte schneller zu gehen.

Ich war wirklich kurz davor, aufzugeben und umzukehren und nach Hause zu gehen, als JR hinter mir auftauchte. Er sah fürchterlich aus. Sein Bart und seine Gletscherbrille waren voller Eis. Es war ein Wunder, dass er den Weg überhaupt noch sehen konnte.

»Danke fürs Warten«, krächzte er. »Ich muss deine Ankunft filmen. Gib mir ein paar Minuten Vorsprung, damit ich alles vorbereiten kann.«

Ich hatte nicht genug Puste, um ihm zu sagen, dass ich gar nicht gewartet hatte. Ich schaute auf meine Armbanduhr, und als ich schließlich rausgekriegt hatte, wie viel Uhr es war, befand sich JR schon etliche Meter über mir. Ohne richtig darüber nachzudenken, stieg ich ihm nach.

Eine Stunde später, als ich endlich am obersten Punkt angelangt war, packte Yogi meinen Rucksack und zog mich über die Kante. Das war bestimmt nicht das Bild, das JR sich vorgestellt hatte. Yogis Hilfestellung erinnerte mich daran, dass es auf den Tag sieben Wochen her war, dass ein

Polizist auf dem Woolworth Building genau das Gleiche mit mir gemacht hatte. Ich hatte einen langen Weg hinter mir und so fühlte ich mich auch. Dann kniete ich gute zehn Minuten lang auf dem Boden und schnappte nach Luft, bis mir (wieder) klar wurde, dass es in dieser Höhe keine Luft zu schnappen gab. Mühsam rappelte ich mich auf und stolperte zu der Stelle, wo Yash versuchte Wasser zum Kochen zu bringen.

Camp Vier war winzig, und um es noch unangenehmer zu machen, klaffte unterhalb des Kamms eine Gletscherspalte. Ich hatte gelesen, dass sie jedes Jahr größer wurde. Einige waren überzeugt davon, dass das ganze Ding eines Tages (hoffentlich nicht heute) zusammenbrechen würde und dass man dann eine neue Route für den nördlichen Aufstieg suchen musste.

Ich schaute zum Gipfel hinauf. Er war in graue Nebelschwaden gehüllt, aber den Verlauf des Weges entlang des Nordgrates und über die Nordflanke bis zur Gipfelpyramide konnte ich erkennen. Von der Stelle aus, an der Yash und ich knieten, kam es mir sehr weit vor.

Ich konnte mir nicht vorstellen, dass die Bergsteiger in den drei Gruppen, die einen Gipfelversuch wagen wollten, sich genauso fühlten wie ich. Ich versuchte ständig genügend überlebensnotwendiges O_2 in meine Lungen zu saugen, so dass mir schon die Rippen wehtaten. Zopa hatte mindestens zwei Sauerstoffflaschen für Notfälle dabei, das wusste ich, und vermutlich hatten Yogi und Yash auch noch ein paar davon gebunkert. Sherpas klettern nicht ohne Ladung. Für sie wäre das reine Energieverschwendung. Ich überlegte, ob ich Yash um einen Zug aus der Flasche bitten sollte, doch dann kämpfte ich gegen diesen Drang an, weil ich wusste, dass das dem Sinn dieses Aufstiegs widersprochen hätte. Stattdessen fing ich an, mein Zelt aufzubauen. Es kam mir sehr viel komplizierter vor als gestern im ABC.

Jack und Will waren die nächsten, die über die Kante krochen. Will kauerte zehn Minuten lang auf allen vieren und kotzte. (Das filmte JR nicht.)

Eine Dreiviertelstunde später war ich immer noch mit dem Zelt beschäftigt, als Yogi Holly über den Rand zog, gefolgt von Sun-jo und Zopa.

Zopa schüttelte missmutig den Kopf und knurrte: »Zu langsam, zu langsam, zu langsam …« Dann beugte er sich zu den beiden lahmen Enten hinab und sagte: »Wenn ihr so weitermacht, dann könnt ihr den Gipfel vergessen.«

Holly und Sun-jo waren vollkommen platt und es sah nicht so aus, als hätten sie auch nur ansatzweise kapiert, was er gesagt hatte. Ich fand, dass er ziemlich hart mit ihnen umsprang. Schließlich hatte Holly sich überhaupt nicht vorbereitet und Sun-jo war immer noch nicht ganz gesund. Dann kam er zu der Stelle, wo ich mit meinem Zelt kämpfte, und ich dachte *Jetzt geht's los,* doch dann klopfte er mir auf die Schulter.

»Du hast es gut gemacht«, sagte er. »Du hast eine Chance.«

Ich hatte das Gefühl, als ob eine komplette Flasche O_2 in meine Blutbahn gepumpt wurde. Vielleicht wollte er ja doch nicht verhindern, dass ich bis zum Gipfel kam.

Mit einem Mal war mir auch klar, wie das Zelt funktionierte. Keine fünf Minuten später hatte ich es aufgebaut.

Ich packte unsere Sachen aus, legte die Matten und Schlafsäcke ins Zelt und dann fing ich mit Hollys Zelt an, während sie und Sun-jo mir mit stumpfen, leblosen Blicken zusahen.

Aber der Energieschub hatte seinen Preis. Als ich fertig war, konnte ich mich nur mit größter Mühe auf den Beinen halten. Zopa brachte uns drei Becher Tee und zwang uns sie auszutrinken.

»Macht eure Gaskocher an«, sagte er. »Ich weiß, dass ihr keinen Hunger habt, aber ihr müsst essen und trinken.« Er schaute zum Himmel. »Es gibt Schnee heute Nacht.«

Verhaftet

Zopa, der Wettermönch, hatte Recht. Am nächsten Morgen: sechzig Zentimeter Neuschnee.

Sun-jo und ich bekamen wahrscheinlich zusammengerechnet nicht mal drei Stunden Schlaf. Aber anscheinend ging es ihm besser, denn er bot mir kraftlos an, den Kocher anzuwerfen. Das kann manchmal zehn, fünfzehn Minuten dauern, weil die Flamme des Gasfeuerzeugs nicht genügend Sauerstoff bekommt und ständig ausgeht.

Ich nahm unseren Topf und krabbelte nach draußen, um ein bisschen Schnee zu sammeln, den wir schmelzen konnten. Da sah ich, dass Zopa, die Sherpa-Brüder und das Filmteam schon aufgestanden waren. Und an dem Dampf über ihrem Wassertopf wurde deutlich, dass sie schon eine ganze Weile auf sein mussten. Zopa sprach ins Funkgerät. Das konnte so früh am Morgen nur eines bedeuten: Irgendjemand steckte in Schwierigkeiten. Ich schaute durch den umherwirbelnden Schnee hinauf zum Gipfel. Wenn es hier unten schon so schlimm war, dann war es da oben noch viel schlimmer.

»Yogi und Yash bleiben hier in Camp Vier«, sagte Zopa gerade. »Falls es aufklart, werden sie versuchen Sauerstoff ins Camp Fünf zu bringen.«

»Ich weiß nicht, ob wir sie bis Camp Fünf runterschaffen können«, sagte eine zittrige Stimme mit deutschem Akzent.

»Ihr müsst!«, sagte Zopa nachdrücklich. »In Camp Fünf oder Sechs gibt es keine Chance auf Rettung. Bei diesem Wetter müsst ihr bis ins Camp Vier absteigen. Ihr müsst Camp Sechs so schnell wie möglich verlassen. Hast du verstanden?«

Es folgte eine lange Stille, dann ertönte ein entmutigtes und leises »Ja, verstanden«.

Zopa gab ihm einen nepalesischen Segensspruch mit und verabschiedete sich.

»Sind das die Deutschen, für die du die *Puja*-Zeremonie abgehalten hast?«, fragte ich ihn.

Zopa nickte. »Die Italiener sind auch da oben.«

»Was ist denn los?«

»Zwei HAPE-Patienten in Camp Sechs«, lautete Zopas Antwort. »Vielleicht ein dritter, leichter Fall in Camp Fünf. Zwei Kletterer sind kurz nach Mitternacht zum Gipfel aufgebrochen und haben sich seither nicht wieder gemeldet.«

Bei diesem Wetter bedeutete das, dass sie vermutlich schon tot oder aber stark unterkühlt und kurz vor dem Tod waren.

»Vielleicht können wir ja mit Yogi und Yash rauf ins Camp Fünf gehen und ihnen helfen«, schlug ich vor.

Zopa schüttelte den Kopf. »Du und Sun-jo und Miss Angelo, ihr müsst wieder zurück ins ABC. Andere Sherpas kommen hoch, um zu helfen, aber die Kletterer müssen Camp Fünf erreichen. Vorher kann niemand etwas für sie tun. Sobald ihr gegessen habt, packt ihr eure Sachen zusammen. Wir müssen los, bevor das Wetter noch schlechter wird.«

Der Schnee und das Eis machten den Abstieg vom Nordsattel schwieriger, als der Aufstieg gewesen war – und die Gedanken an die sterbenden Kletterer da oben im Berg waren auch nicht gerade eine Erleichterung.

Wir begegneten den Sherpas, die zur Hilfe nach oben kamen. Sie waren mit Sauerstoffflaschen und Gamow-Säcken beladen. Noch am Nachmittag wollten sie Camp Vier erreichen. Falls das Wetter es zuließ, würden sie morgen früh noch weiter bergauf gehen und Yogi und Yash dabei behilflich sein, alle diejenigen, die es bis ins Camp Fünf geschafft hatten, ins Camp Vier herunterzuholen. Falls es aufklarte, dann war es denkbar, dass ein Rettungshubschrauber dort landete, aber selbst unter besten Bedingungen war ein Lufttransport eine unsichere Angelegenheit. Falls der Hubschrauber es nicht schaffte, würden die Sherpas die Kletterer eben, so gut es ging, bis ins ABC schleppen müssen.

Trotz des Schneetreibens waren wir in einer ziemlich guten Zeit wieder im ABC. Ich glaube, wir wollten alle unbedingt so schnell wie möglich in unsere Zelte kriechen und zwei Tage lang schlafen. Das Lager war so gut wie leer. Sun-jo war immer noch ganz schön schwach, aber optimistisch, dass es ihm beim nächsten Aufstieg schon besser gehen würde. Ich fing so langsam an, etwas freundlichere Gefühle für ihn zu entwickeln. Das hatte wahrscheinlich eine Menge mit Zopas Kompliment von gestern Abend zu tun. Ich war mir jetzt ziemlich sicher, dass sie nicht vorhatten mich an der Gipfelbesteigung zu hindern.

Am nächsten Morgen musste das gesamte Filmteam kotzen. Anscheinend hatten sie sich das Gleiche eingefangen wie Sun-jo. Zopa kürzte ihre Akklimatisierungsphase ab und schickte sie zusammen mit einer anderen Gruppe ins Basislager zurück. Keiner beschwerte sich.

»Ich gehe auch mit«, sagte Holly.

Zopa schüttelte den Kopf. »Es geht dir gut. Du musst noch mindestens zwei Tage lang hierbleiben, um die Akklimatisierung abzuschließen.«

Sie lächelte ihn an. »Für mich ist es vorbei«, sagte sie. »Ich habe kein Bedürfnis, höher zu steigen als Camp Vier.«

»Du könntest es bis auf den Gipfel schaffen.« Zopa ließ nicht locker.

Sie schüttelte den Kopf und grinste. »Zu lahm. Ich habe es in diesem Jahr nicht in mir. Ich danke dir für alles, was du für mich getan hast.« Sie gab ihm die Hand, dann wandte sie sich zu mir. »Was ist denn jetzt mit dem Interview nach deinem Gipfelsturm?«

»Vielleicht schaffe ich es ja gar nicht bis auf den Gipfel«, sagte ich ausweichend.

»Ich glaube schon, dass du es schaffst.« Sie blickte Sun-jo an. »Und du? Gibst du mir ein Exklusiv-Interview, wenn du wieder unten bist?«

»Ja.«

Ich hielt das für übertrieben optimistisch, sagte aber nichts.

»Abgemacht. Und dein Großvater ist Zeuge«, sagte Holly. »Das bedeutet, dass du erst dann mit einem Zeitungsjournalisten sprechen darfst, wenn du mit mir geredet hast.«

»Soll ich dich in New York anrufen?«

»Ja.« Sie schrieb ihm mehrere Nummern auf. »Nicht verlieren.«

Bevor sie ging, umarmte sie mich. Dieses Mal machte es

mir nichts aus. Ehrlich gesagt, sie würde mir sogar fehlen, und das hat mich echt überrascht.

»Falls du jemals nach New York zurückkehrst, Peak, dann ruf mich an, sonst setzt es was.«

»Mach ich.«

Sie waren schon losmarschiert, da blieb JR noch einmal stehen und rief mir zu, dass ich an die Kamera denken sollte.

Kurz vor Einbruch der Dunkelheit taumelten fünf Bergsteiger (zwei Deutsche, drei Italiener) mit ihren Sherpas ins ABC. Sie sahen aus, als wären sie lebendig begraben gewesen. Die meisten hatten Erfrierungen irgendwo am Körper … Finger, Zehen, Ohren, Nasen. Einer war schneeblind geworden. Die anderen hatten ihm ein Seil um die Hüfte gebunden und ihn so ins Lager geführt.

Es gab keinen Arzt im Lager und so taten Zopa und Gulu (der mit seinem Yak zurückgeblieben war, damit er Sun-jo wieder ins Basislager schmuggeln konnte) alles, was sie konnten, um die Verletzten zu versorgen. Anschließend war klar, dass drei Bergsteiger nicht aus eigener Kraft ins Basislager zurückkehren konnten. Die anderen beiden Deutschen, die an HAPE erkrankt waren, würden gar nicht mehr zurückkehren. Sie waren im Camp Sechs gestorben, gestern, zwei Stunden nach Zopas Funkkontakt mit dem niedergeschlagenen Deutschen. Vier Tote, wenn man davon ausging, dass die beiden Bergsteiger, die zum Gipfel wollten, es nicht geschafft hatten (und davon musste man zu diesem Zeitpunkt eigentlich ausgehen).

Es ist schwer, in dieser Höhe klar zu denken, aber ich hatte noch genügend Gefühl in meinen nach Sauerstoff lechzenden Gehirnzellen, um mich wegen meiner Gedanken in Bezug auf Sun-jo ein wenig zu schämen. Eine Everest-Besteigung ist kein Wettkampf. Hier geht es um Leben und Tod.

Die Überlebenden aus Camp Sechs kamen ins Camp Fünf zurück. Yogi und Yash halfen ihnen, den Kletterer mit dem leichten HAPE ins Camp Vier zu schaffen. Die, die konnten, würden am nächsten Tag selbst ins ABC absteigen müssen.

Zopa funkte Josh an und erzählte ihm, was los war.

»Wir haben einen Hubschrauber mit einem chinesischen Piloten hier, der bereit ist das Risiko einzugehen«, sagte Josh. »Aber das Wetter muss sehr viel besser werden, bevor er überhaupt einen Versuch wagen kann. Meinst du, dass es noch aufklart, bevor es dunkel wird?«

Zopa musste nicht erst nachsehen. Die Sichtweite betrug vielleicht noch sechs, sieben Meter. »Negativ«, erwiderte er.

»Dann müssen wir bis morgen warten. Hast du eine Ahnung, wann die Leute aus Camp Vier im ABC ankommen?«

»Nein, aber wir gehen ihnen entgegen. Am frühen Nachmittag, hoffe ich.«

»Es ist nur ein kleiner Hubschrauber«, erzählte Josh. »Außer dem Piloten und Captain Shek passen nur vier Leute rein. Ihr müsst euch überlegen, wer mitfliegen soll und wer auf eigenen Beinen absteigen kann.«

»Captain Shek kommt mit hoch?«

»Das hat man mir gesagt. Er ist immer noch auf der Suche nach diesem Jungen.«

»Aber warum? Der Junge ist weg. Und ganz bestimmt ist er nicht hier oben.«

»Das habe ich Shek auch gesagt, aber ganz offensichtlich glaubt er mir nicht. Gestern hat er das Trägerlager durchsucht. Und heute lässt er jeden, der ins Basislager zurückkehrt, von seinen Soldaten überprüfen.«

»Na ja, dann soll er eben tun, was er nicht lassen kann«, antwortete Zopa, aber ich konnte ihm ansehen, dass er beunruhigt war.

Genau wie Sun-jo. Ich hatte keine Ahnung, wie sie ihn wieder zurück ins Trägerlager schaffen wollten. Gulus Yak hatte sein Heu aufgefressen, so dass Sun-jo sich nirgendwo mehr verstecken konnte. Dass Captain Shek die Bergsteiger kontrollieren ließ, war keine gute Nachricht, genauso wenig wie die Durchsuchung des Trägerlagers.

»Wir haben viele Verletzte hier oben«, fuhr Zopa fort. »Wir könnten den Platz im Hubschrauber gut gebrauchen.«

»Ich weiß«, erwiderte Josh. »Ich spreche noch mal mit Captain Shek. Vielleicht wird ihm dann klar, dass das Leben eines Bergsteigers auf dem Spiel steht, wenn er einen freien Platz belegt, und dass er schuld ist, wenn der Mann stirbt.«

Das war alles richtig, doch das ganze Gespräch fand ausschließlich für Captain Sheks Ohren statt. Er hörte ohne Zweifel mit.

»Hoffentlich«, meinte Zopa und wechselte dann das Thema. »Sind Miss Angelo und das Filmteam schon angekommen?«

»Gerade eben. Holly packt ihre Sachen zusammen.

Morgen fährt ein Lastwagen hier weg. Um ehrlich zu sein, sie ist weiter gekommen, als ich gedacht hätte. Doktor Krieger schaut sich gerade das Filmteam an. Sie sind wirklich auf dem Zahnfleisch hier angekommen. Hier unten haben fast alle den Virus. Leah dreht fast durch, so viele Patienten hat sie. Der Hubschrauber hat zusätzliche Antibiotika mitgebracht. Fünf weitere Gruppen haben heute Morgen ihre Zelte abgebrochen und den Berg verlassen. Allen war hundeelend. Ich glaube, ich kriege es auch bald. Wenn das so weitergeht, dann kommt überhaupt niemand von dieser Seite her auf den Berg.«

Ich hoffte, dass das, was ich gehabt hatte, das gleiche war wie das, was die anderen alle hatten, und dass ich es nicht noch mal bekommen würde. Ich musste aufpassen, wenn ich wieder unten war. Ich wollte mir auf keinen Fall von einem Virus die Chance auf den Gipfel vermasseln lassen.

Früh am nächsten Morgen schickte Zopa alle bis auf den Schneeblinden und den Mann mit den erfrorenen Füßen los in Richtung Basislager. Sun-jo und Gulu gingen mit. Sun-jo konnte nicht gut im ABC bleiben, wenn Captain Shek auf dem Weg nach oben war. Ich fragte nicht, wie sie ihn ins Trägerlager schaffen wollten. Vermutlich würden sie ihn in einem der Camps zwischen ABC und Basislager lassen, bis Captain Shek aufgab.

Zopa wollte wissen, ob ich auch absteigen wollte. Das wollte ich zwar sehr gerne, aber ich sagte, ich würde bleiben und ihm dabei helfen, die Kletterer, die aus Camp Vier zurückkamen, zu versorgen.

In der Nacht war das Wetter umgeschlagen. Es war zwar immer noch kalt, aber die Wolkendecke war nicht mehr ganz so dicht und der Wind ein bisschen schwächer geworden. Der Zustand des Bergsteigers mit dem leichten HAPE hatte sich über Nacht verschlechtert und sie hatten ihn in einen Gamow-Sack gelegt. Das bedeutete, dass sie ihn nicht durch die tückische Eiswand transportieren konnten. Der Hubschrauber würde ihn in Camp Vier abholen müssen.

Unsere Aufgabe war es, Yogi und Yash dabei behilflich zu sein, die restlichen Bergsteiger und Sherpas so schnell wie möglich ins ABC zu bringen. Falls einige ins Basislager geflogen werden mussten, dann mussten sie bereit sein, wenn der Hubschrauber im ABC landete. Es würde nur einen einzigen Flug geben.

Wir hatten nur leichtes Gepäck dabei und gelangten zum Fuß des Nordsattels, als Yogi gerade herabgestiegen kam. Er sagte, dass Yash bei den Verletzten in Camp Vier geblieben war.

»Wie viele?«, erkundigte sich Zopa.

»Drei. Zwei mit schlimmen Erfrierungen und einer mit HAPE.«

Er hob den Blick. »Ein paar von denen, die zu Fuß kommen, könnten auch gut einen Flug ins Basislager gebrauchen.«

Es waren insgesamt sechs Kletterer, erschöpft, aber auch erleichtert darüber, dass sie die Wand hinter sich hatten. Zopa bot ihnen ein paar Züge Sauerstoff an, was die meisten dankbar annahmen. Akklimatisierung war jetzt kein

Thema mehr. Nach ihrer Rückkehr ins Basislager würden sie nach Hause zurückkehren.

Als wir noch eine halbe Stunde vom ABC entfernt waren, flog der Hubschrauber über uns hinweg. Er war auf dem Weg ins Camp Vier. Zopa trieb alle zur Eile an, weil er dachte, dass der Pilot sich nicht lange im ABC aufhalten würde.

Es stellte sich aber heraus, dass der Aufenthalt länger dauerte als erwartet.

Der Hubschrauber landete zehn Minuten nach unserer Ankunft. Zopa suchte zwei der schwächsten Kletterer aus und dann noch einen dritten, falls Captain Shek auf die Stimme der Vernunft gehört hatte und im Basislager geblieben war.

Hatte er aber nicht.

Er stapfte in voller Uniform und mit einer Pistole bewaffnet durch den von den Rotoren verursachten Minischneesturm. Der Pilot ging hinter ihm her und sah genauso unglücklich aus wie wir alle. Hubschrauber sind nicht für solche Höhen gemacht. Wenn das Wetter schlechter wurde, dann kam er hier überhaupt nicht mehr weg.

Captain Shek schien keinerlei Eile zu haben. Gemächlich ging er rüber zum Speisezelt und warf einen Blick hinein. Dann hielt er seine Nase über den Eintopf, der auf dem Herd vor sich hin köchelte, als wäre er eine Art Feinschmecker oder so was.

»Ich will alle Leute Papiere sehen«, sagte er.

Das konnte nicht sein Ernst sein. Es war *eine* Sache, jeden zu kontrollieren, der vom Berg herunterkam, aber das auch in 6450 Metern Höhe zu tun, während gleichzeitig verletzte Bergsteiger auf ihre Evakuierung warteten, war eine absolute Unverschämtheit. Etliche Kletterer protestierten lauthals, trotz der dünnen Luft und ihres körperlichen Zustandes.

»Warum sollten wir unsere verdammten Papiere dabeihaben?«

»Das ist ein Notfall! Wir müssen die Verletzten ins Basislager schaffen!«

»Sind Sie verrückt geworden?«

Captain Shek wirkte leicht geschockt angesichts dieser Reaktion und lenkte ein. »Wir durchsuchen Camp, bevor gehen«, sagte er und löste damit einen weiteren Sturm der Entrüstung aus, den er aber ignorierte.

Er und der Pilot nahmen sich jedes einzelne Zelt vor (obwohl der Pilot eindeutig unglücklich über diese Aufgabe war).

Als sie fertig waren, sagte Captain Shek: »Wir suchen Junge.«

Alle schauten mich an.

»Nicht diese Junge. Nepal Junge. Gleiche Alter.«

»Er ist vor über einer Woche nach Hause gefahren«, sagte Zopa.

Captain Shek schüttelte den Kopf. »Ich nicht glauben.« Er deutete auf den Hubschrauber. »Du kommen mit.«

»Wir haben Verletzte hier«, sagte Zopa sanft. »Ich melde mich morgen bei Ihnen, sobald ich im Basislager bin.«

»Nein«, erwiderte Shek. »Du kommen jetzt mit. Ich dich verhaften.«

Einer der deutschen Bergsteiger machte einen Schritt auf den Captain zu. Das war der Bergführer aus Camp Sechs, mit dem wir Funkkontakt gehabt hatten. Er hieß Dietrich. Sein Gesicht war knallrot angelaufen und das lag nicht an der Kälte. Er fing an, auf Deutsch irgendetwas zu brüllen, was ich nicht verstand.

Ich glaube, dass auch Captain Shek kein Wort verstand, aber er legte seine Hand auf die Pistole.

Zopa stellte sich vor Dietrich und sagte etwas auf Deutsch, dann wandte er sich an den Piloten und stellte ihm eine Frage auf Chinesisch.

Der Pilot dachte kurz nach, dann antwortete er.

»Er glaubt, dass er vier Bergsteiger mitnehmen kann«, sagte Zopa.

Zwei weitere Kletterer wären zwar ebenfalls sehr gerne geflogen, aber Dietrich entspannte sich ein wenig und nickte knapp.

»Was wird aus dir?«, sagte ich zu Zopa.

Zopa zuckte mit den Schultern. »Ist bloß ein Missverständnis.«

Wir wussten beide, dass es mehr war als das. Die Frage war: Wie viel wusste Captain Shek?

»Ich sage Josh über Funk Bescheid.«

»Seid vorsichtig, wenn ihr absteigt«, sagte Zopa. »Ihr müsst früh aufbrechen und langsam gehen. Bittet Josh, euch ein paar Sherpas entgegenzuschicken, falls ich länger festgehalten werde, als ich glaube.«

Zehn Minuten später flogen sie los. Ich rief Josh über Funk und erzählte ihm von Zopas Verhaftung.

»Shek ist verrückt geworden!«, rief er. »Die Sherpas

und die Träger hier unten werden ausflippen, wenn sie das erfahren.«

Ich fragte mich, ob Captain Sheks Männer das an ihn weiterleiten würden. Vermutlich schon. Vermutlich hatte Josh es genau aus diesem Grund gesagt.

Familiengeschichte

Eigentlich rechnete ich damit, Sun-jo am nächsten Tag in einem der Zwischenlager anzutreffen, aber er war nirgendwo zu entdecken. Entweder hatten sie eine Möglichkeit gefunden, ihn hinunter ins Trägerlager zu schaffen, oder Captain Shek hatte ihn in die Finger bekommen. Aber ich hatte nicht viel Zeit, mir Gedanken über Sun-jos Schicksal zu machen. Unser Rückmarsch ins ABC war ein Albtraum.

Es war wieder einmal wärmer geworden und die Schmelzwasserbäche hatten sich zum Teil in reißende Wildwasserströme verwandelt. Wenn wir statt der Steigeisen und Eispickel Boote und Paddel gehabt hätten, wir wären in wenigen Minuten im Basislager gewesen.

Als wir schließlich das erste Zwischenlager erreicht hatten, war die Hälfte unserer Gruppe so weit, dass sie am liebsten aufgegeben und noch eine Nacht auf dem Berg verbracht hätte.

»Wir müssen weitergehen«, drängte Dietrich. »Wir müssen die Erfrierungen behandeln lassen. In drei Stunden können wir im Basislager sein.«

Leider schien niemand seiner Meinung zu sein (auch die anderen Deutschen aus seinem Team nicht, die, glaube ich, ihm die Schuld an dem fehlgeschlagenen Gipfelversuch gaben). Sie saßen auf Felsblöcken und starrten ihn verständnislos an, so als hätte er den Verstand verloren.

Aber Dietrich hatte Recht. Wir gingen bergab. Auch die Verletzten würden den Weg in relativ kurzer Zeit schaffen. Mir war klar, dass sie Hunger und Schmerzen hatten (hatte ich auch), aber so kurz vor dem Basislager noch eine Nacht in einem provisorischen Camp zu verbringen war idiotisch. Die Sherpas schienen hundertprozentig hinter Dietrich zu stehen. Sie hatten sich nicht einmal hingesetzt, um sich auszuruhen.

»Ich finde, Dietrich hat Recht«, sagte ich.

Einer der Deutschen lachte. »Ach, jetzt lassen wir uns sogar von einem Kind sagen, was wir zu tun haben.« Ein paar andere lachten ebenfalls.

Autsch. Ich hätte lieber den Mund halten sollen. Ich war nicht in der Position, ihnen zu sagen, was sie tun sollten, auch wenn ich Recht hatte.

»Was ist denn los mit euch?«, rief da eine Stimme hinter uns.

Ich drehte mich um und war geschockt, als ich Josh sah. Und er war nicht allein.

»Heute Nacht kommt schlechtes Wetter«, fügte Zopa hinzu. »Ihr könnt hier nicht bleiben.«

Josh grinste, aber ich konnte sehen, dass es ihm nicht gut ging. Seine Augen waren blutunterlaufen und er sah blass und ausgezehrt aus. Er klopfte Dietrich auf die Schulter. »Tut mir leid, dass ihr da oben solche Schwierigkeiten gehabt habt.«

Dietrich sah aus, als würde er jeden Moment anfangen zu heulen. Ich wusste nicht genau, ob es die Trauer um die toten Bergsteiger war oder die Erleichterung darüber, dass Josh und Zopa zu seiner Unterstützung aufgetaucht waren.

Josh trat vor die dasitzenden Kletterer. »Wenn wir jetzt gleich aufbrechen, dann müssten wir es eigentlich schaffen, bevor es dunkel ist. Da unten steht ein Ärzteteam für euch bereit. Und warmes Essen. Steht auf. Los geht's.«

Wenn Joshua Wood etwas sagt, lacht niemand. Mir fiel wieder ein, was meine Mutter gesagt hatte: Wenn du am seidenen Faden hängst, dann gibt es keinen Besseren als Josh. Er war ganz offensichtlich schwer angeschlagen und trotzdem kümmerte er sich um andere Bergsteiger, die nicht einmal zu seiner Expedition gehörten.

Langsam, einer nach dem anderen, kamen sie auf die Füße. Zopa und Dietrich übernahmen die Führung. Josh und ich bildeten den Schluss.

»Wie war's im Camp Vier?«, erkundigte er sich müde. »Irgendwelche Probleme?«

»Es war hart, aber nicht so schlimm, wie ich gedacht hatte. Meine Rippen tun weh, weil das Atmen so anstrengend war und weil ich nicht genügend Luft gekriegt habe.«

»Keine Angst. Das machen alle durch. Zopa sagt, dass du es auf den Gipfel schaffen kannst.«

Dass Zopa mich nach einer anstrengenden Kletterei mit ein paar Worten aufgemuntert hatte, war eine Sache. Aber jetzt hatte er sogar Josh gegenüber erwähnt, dass ich es schaffen konnte. Ich wusste nicht, was ich sagen sollte. In diesem Augenblick kam mir das Thema Gipfel viel zu gewaltig vor. Vielleicht brachte es sogar Unglück, darüber zu reden. Ich glaube, Josh wusste, wie ich mich fühlte, vielleicht sogar besser als ich selbst, denn er verlor kein Wort mehr darüber. Die Paranoia, die ich vor ein paar Tagen gespürt hatte, schien sich in Luft aufgelöst zu haben.

»Was war mit Zopa und Captain Shek?«, wollte ich dann wissen.

»Eine Minirevolution. Sobald die Träger und Sherpas von Zopas Verhaftung gehört hatten, haben sie sich vor Sheks Hauptquartier versammelt und eine schweigende Mahnwache gebildet. Da standen sie auch noch, als der Hubschrauber gelandet ist. Shek hat versucht sie zu verjagen, aber sie haben sich nicht von der Stelle gerührt. Er hat Zopa in das Haus geschleppt und gehofft, dass sie irgendwann aufgeben, aber das hat nicht funktioniert. Wenn er Zopa nicht freigelassen hätte, dann wären sie jetzt immer noch da. Er hatte keine andere Wahl, er musste ihn gehen lassen.«

»Und Sun-jo?«

»Das ist das Beste. Shek hat alle Soldaten zum Hauptquartier beordert, so dass es ganz einfach war, Sun-jo zurück ins Trägerlager zu schmuggeln. Hätte er Zopa nicht festgenommen, wer weiß, ob wir Sun-jo überhaupt vom Berg runterbekommen hätten. Dann hätte er bis zu seinem Gipfelversuch vielleicht in einem der Zwischenlager ausharren müssen.«

»Warum ist Captain Shek eigentlich so hinter ihm her?«

»Ich glaube, er weiß mehr über unser Vorhaben, als er zugeben will.«

»Wie hat er das rausgekriegt?«

Josh zuckte mit den Schultern. »Hier oben ist es nicht leicht, etwas geheim zu halten, auch wenn alle Beteiligten den Mund halten. Wo wir gerade davon sprechen …«

Er verlangsamte seine Schritte. »Deine Mom hat angerufen.«

Sein Grinsen war verschwunden. Seine unbekümmerte Stimmung war umgeschlagen.

»Warum hast du ihr geschrieben?«, wollte er wissen.

»Weil sie mir auch geschrieben hat«, erwiderte ich ein kleines bisschen aggressiver, als ich eigentlich gewollt hatte. (Ich schätze, meine Stimmung war auch umgeschlagen.)

Josh sah verwirrt aus.

Ich hatte gewusst, dass ich dieses Gespräch eines Tages mit ihm führen würde, aber ich hatte nicht gewusst, dass es in über 6000 Metern Höhe stattfinden würde, wobei er krank war und ich so müde, dass ich kaum einen Fuß vor den anderen setzen konnte. Aber ich schätze, für so etwas gibt es sowieso keinen idealen Ort oder Zeitpunkt.

»Ich dachte, wir hätten eine Abmachung«, sagte er. »Ich dachte, dass ich deine Mutter managen soll.«

»Wir hatten keine Abmachung«, sagte ich und ich glaube auch nicht, dass irgendjemand meine Mutter »managen« kann.

Wir starrten einander wütend an.

»Aber du hättest mir wenigstens sagen können, dass du ihr geschrieben hast«, sagte er dann. »Damit sie mich nicht so unvorbereitet erwischt.«

»Du hättest mir wenigstens mal zurückschreiben können!«

»Was redest du da eigentlich?«

»Ich habe dir Briefe geschrieben.«

»Du meinst, als du noch ein Kind warst?«

»Ja, genau.«

»Und?«

»Hast du die Briefe gekriegt?«, schrie ich ihn an.

Er blieb stehen und zog die Gletscherbrille ab, so dass sie ihm um den Hals baumelte. »Ja, ich habe deine Briefe bekommen. Was hat das denn damit zu tun, dass du deiner Mutter das mit dem Everest verraten hast?«

»Alles«, sagte ich.

Er kapierte es nicht und es war ihm anscheinend auch egal. »Na ja, jedenfalls ist sie fuchsteufelswild«, sagte er. »Ich konnte mit Müh und Not verhindern, dass sie hierhergeflogen kommt und dich eigenhändig vom Berg pflückt. Zumindest glaube ich, dass ich sie daran gehindert habe. Sie will, dass du sie anrufst, sobald du im Basislager bist.«

»Gut«, sagte ich.

»Sie hat darauf bestanden, dass ich dich persönlich auf den Gipfel begleite, aber damit wird alles durcheinandergeworfen. Entweder muss ich mit dir und Sun-jo gehen oder aber du musst dich meiner Gruppe anschließen. Und das bedeutet, dass dein Gipfelversuch erst sehr viel später als geplant stattfinden kann, weil es nämlich so aussieht, als wären wir die Letzten. Ich bin genauso wenig in der Verfassung zu klettern wie die anderen.«

»Zum Glück hast du ja noch Sun-jo in der Hinterhand, als Sicherheit«, sagte ich. »Dann kriegst du ja auf jeden Fall den jüngsten Kletterer der Welt auf den Gipfel.«

»Ach, das ist es also?«, erwiderte er. »Du bist sauer, weil es nicht mehr nur um dich geht?«

»Es ging überhaupt noch nie um mich«, sagte ich. »Es ging immer nur um dich.«

Ich ließ ihn stehen, überholte die Verletzten, überholte

Dietrich, überholte Zopa und war eine halbe Stunde vor ihnen im Basislager. Ich stapfte ins Hauptquartier, schnappte mir das Satellitentelefon und tippte die Nummer ein, während ich in mein Zelt stiefelte. Mom ging beim ersten Klingeln ran.

»Peak.«

Als ich ihre Stimme hörte, bildete sich ein kleiner Kloß in meinem Hals und es dauerte ein, zwei Sekunden, bevor ich etwas sagen konnte.

»Hallo, Mom.«

Stille. Sie dauerte so lange, dass ich schon dachte, die Verbindung wäre unterbrochen worden.

»Du hättest es mir sagen sollen«, sagte sie schließlich.

Ich hätte am liebsten geantwortet, dass ich doch genau das mit dem Moleskine getan hatte, aber das würde sie nicht gelten lassen. »Tut mir leid«, entgegnete ich.

»Das klingt zwar nicht besonders ernst gemeint, aber ich nehme die Entschuldigung an. Wie war es denn im Camp Vier?«, fragte sie leise.

Ich war erschüttert darüber, wie ruhig sie war. »Es war hart«, sagte ich. »Aber mir geht es gut.«

»Deinen Rippen auch?«

»Sie tun ein bisschen weh, aber sonst geht's. Bist du denn gar nicht sauer auf mich?«

»Stinksauer.«

Das klang schon glaubhafter, aber sie hörte sich gar nicht stinksauer an.

»Josh hat gesagt, du wärst krank.«

»Ich hab's hinter mir, aber viele andere noch nicht.« (Einschließlich Josh, aber das sagte ich nicht.)

»Ich weiß«, sagte sie. »Seit ich dein Tagebuch bekommen habe, surfe ich regelmäßig auf die Everest-Webseiten. Anscheinend ziehen sich gerade viele Kletterer vom Berg zurück. Ich habe auch das über die Toten im Camp Sechs gelesen.«

»Ich bin heute mit dem deutschen Expeditionsleiter abgestiegen«, erzählte ich ihr. »Er heißt Dietrich.«

»Und wie geht es ihm?«

»Ich weiß nicht … am Boden zerstört, schätze ich.«

»Und wie geht es dir?«

»Wie meinst du das?«

»Na ja, da sind vier Menschen ums Leben gekommen, keine anderthalb Kilometer von dir entfernt«, sagte sie und hörte sich jetzt schon ein bisschen mehr wie meine Mutter an. »Hast du dir dazu vielleicht schon ein paar Gedanken gemacht? Irgendwelche Gefühle? Reaktionen?«

Ich wusste nicht, was ich sagen sollte. »Ich fühle mich schlecht«, wäre nicht so ganz das Richtige gewesen. Mom kam gerade erst auf Touren.

»Vier Leute sind auf dem Berg gestorben. Menschliche Wesen, Peak, mit Müttern, Vätern, Brüdern, Schwestern, Kindern, Frauen, Männern, Freundinnen, Freunden, die zu Hause sitzen und sich Sorgen um sie machen. Aber jetzt haben sie einen Anruf oder eine E-Mail mit einer schlechten Nachricht erhalten. ›Tut uns leid, aber Ihr Mann, Ihre Frau, Ihre Tochter kommt nicht mehr nach Hause. Nein, oberhalb von Camp Vier kann man die Toten nicht bergen. Es ist zu gefährlich …‹«

Ich war vor meinem Zelt angelangt und kroch hinein.

»Ich möchte dich etwas fragen«, sagte sie.

»Schieß los.«

»Glaubst du, dass du besser klettern kannst als diese vier Toten?«

»Nein.«

»Glaubst du, dass du mehr Glück hast als sie?«

»Ich schätze schon«, erwiderte ich. »Ich bin noch am Leben.«

»Das meine ich nicht.«

»Du meinst, dass mir genau das Gleiche zustoßen könnte.«

»Du bist nicht an der Wand hinter unserer Hütte oder auf einer Kletterfreizeit. Du bist auf dem Everest. Da oben sterben Menschen, Peak. Auch du könntest sterben.«

»Die Leute, die ums Leben gekommen sind, hatten sich nicht richtig akklimatisiert«, protestierte ich. »Sie hätten noch warten sollen. Sie haben ein Schönwetterfenster gesehen und sind vom Gipfelfieber gepackt worden. Sie haben einen Fehler gemacht.«

»Und glaubst du, dass das für diejenigen, die zu Hause gewartet haben, irgendeine Bedeutung hat?«

Ich betrachtete die Zeichnungen, die mir die beiden Ps geschickt hatten.

»Nun?« Mom ließ nicht locker.

Auf einer der Zeichnungen war ein Strichmännchen zu sehen, dass an einem Wolkenkratzer hing. Über ihm schwebte ein Hubschrauber. Direkt über dem Strichmännchen war ein kleiner, blauer Berg zu sehen.

»Ich will versuchen den Gipfel zu erreichen«, sagte ich. »Ich habe schon zu viel durchgemacht, um jetzt noch aufzugeben.«

Die nun folgende Stille war noch länger als die erste.

»Ich wünschte, du würdest das nicht tun, Peak, aber deine Entscheidung überrascht mich nicht. Ich weiß genau, was ich zu meiner Mutter gesagt hätte, wenn ich auf dem Everest gewesen wäre und mich auf die Klettertour meines Lebens vorbereitet hätte.«

Sie sprach nur selten über ihre Eltern. Sie wohnten immer noch in Nebraska und ich hatte sie nur zweimal überhaupt gesehen. Und das war beide Male nicht besonders erfreulich gewesen. Sie mochten weder meine Mom noch mich, Josh, Rolf, ja, nicht einmal die beiden Ps. Mom war gleich nach der Highschool ausgezogen und hatte nie wieder dort gewohnt.

»Ich passe auf«, sagte ich.

»Keiner, der auf einen Berg steigt, rechnet damit, dass er nicht wieder runterkommt.«

»Wie geht's denn den Ps?«, erkundigte ich mich.

»Du wechselst das Thema.«

»Ja, genau.«

Mom seufzte. »Warte kurz.«

Ungefähr dreißig Sekunden später machten sich zwei kreischende, kichernde Sechsjährige am Telefon bemerkbar.

»Wo bist du?«

»Wann kommst du nach Hause?«

»Ich vermisse dich!«

»Nein, ich vermisse dich!«

»Hast du unsere Briefe bekommen?«

»Mommy war ganz wütend auf dich.«

»Bist du an unserem Geburtstag zu Hause?«

So ging es eine ganze Weile und ich hörte einfach zu, mit einem dicken, fetten, dämlichen Grinsen im Gesicht. Erst als ich ihre Stimmen gehört hatte, war mir klar geworden, wie sehr sie mir fehlten.

Schließlich nahm Mom den Hörer wieder in die Hand. »Okay, okay«, sagte sie. »Ihr müsst Peak auch antworten lassen. Ich schalte den Lautsprecher ein. Ihr beiden setzt euch da hin und seid ruhig. Ein Mucks und das Telefonat ist zu Ende.«

Ich hörte es klicken.

»Ihr fehlt mir auch«, sagte ich. »Ich bin auf einem großen Berg, dem Mount Everest. In einem Land namens Tibet. Eure Bilder habe ich in meinem Zelt aufgehängt. Ich schaue sie jetzt in diesem Augenblick gerade an. Ob ich an unserem Geburtstag zu Hause bin, weiß ich noch nicht. Zuerst muss ich auf den Gipfel des Berges …«

»Darf ich was fragen, Mommy?«, meldete sich Patrice zu Wort.

»Ja, aber nur eine Frage. Dann kann Paula eine Frage stellen und dann müsst ihr zurück in die Küche und euer Frühstück aufessen, sonst kommt ihr zu spät zur Schule.«

»Aber …«

»Nein«, fiel Mom ihr ins Wort. »Jede noch eine Frage und dann zurück zum Frühstück. Abgemacht?«

Die Zwillinge ließen sich zögernd darauf ein.

»Hast du unseren anderen Brief auch bekommen?«, sagte Patrice. »Den schweren?«

»Noch nicht«, erwiderte ich. »Aber der kommt bestimmt bald. Da, wo ich bin, kommt die Post nur sehr langsam voran.«

»Ich bin dran«, ließ sich jetzt Paula vernehmen. »Mommy hat Mr Vincent dein schwarzes Buch gegeben.«

»Ich hoffe, es gefällt ihm«, sagte ich.

»Er ist witzig«, meinte Paula.

»Also gut, das war's«, sagte Mom.

»Aber ich habe doch gar keine Frage gestellt«, beschwerte sich Paula.

»So war es abgemacht. Zurück in die Küche, alle beide.«

Murrend und jaulend gehorchten die Zwillinge.

»Wie viel Uhr ist es bei euch?«

»Kurz nach acht Uhr morgens.«

An die Uhrzeit hatte ich keinen Gedanken verschwendet. Mom hatte wahrscheinlich die ganze Nacht auf meinen Anruf gewartet.

»Wie geht es Rolf?«

»Er ist auf Geschäftsreise. Heute Abend kommt er zurück. Und er wird sehr enttäuscht sein, dass er deinen Anruf verpasst hat.«

Mom seufzte. »Peak, ich habe mein Möglichstes getan, um dir deinen Gipfelversuch auszureden. Aber jetzt, wo die Entscheidung gefallen ist, musst du dich voll und ganz auf diese Aufgabe konzentrieren. Du darfst keinen Gedanken an mich, Paula, Patrice, Rolf oder sonst irgendjemanden verschwenden. Wenn du am Leben bleiben willst, dann darfst du nur an dich selbst denken.

Weißt du, warum ich mit dem Klettern aufgehört habe?«

»Ja«, sagte ich. »Du bist von der Wand hinter unserer Hütte abgestü …«

»Nein«, fiel sie mir ins Wort. »Ich habe wegen dir aufgehört.«

»Was?«

»Mit ein bisschen Training hätte ich wieder fit werden und klettern können. Um genau zu sein: An dem Tag, als ich abgestürzt bin, bin ich überhaupt nur deshalb in die Wand gegangen, weil Josh wollte, dass ich wieder mit ihm auf Tour gehe. Kurz vor meinem Absturz habe ich überlegt, was passieren würde, wenn eine Klapperschlange sich an mein Baby anschleichen würde, das da unten festgeschnallt im Kindersitz auf dem Boden saß. Hätte ich mich ganz auf das Klettern konzentriert, dann hätte ich rechtzeitig gemerkt, dass der Stein, an dem ich mich festhalten wollte, lose war. Um auf Joshs Level zu klettern, muss man absolut egoistisch sein, Peak. Aber das konnte ich nach deiner Geburt nicht mehr.

Ich bin fest davon überzeugt, dass du körperlich dazu in der Lage bist, den Everest oder jeden anderen Berg zu besteigen, den du besteigen willst. Aber vielleicht hast du nicht die Fähigkeit, dich um nichts anderes zu kümmern. In den kommenden Wochen musst du dich innerlich verhärten. Dein Bauch, dein Herz müssen kalt wie Stein sein.

Ich war in meiner aktiven Zeit nicht oft in großen Höhen, aber oft genug, um zu wissen, dass die dünne Luft dem Gehirn nicht guttut. Du musst alles andere vergessen und dich nur auf das Klettern konzentrieren. Du bist erfahren genug, um zu wissen, wann es vorbei ist. Und wenn es so weit ist, dann geh keinen Schritt weiter. Falls doch, dann könnte es für immer zu Ende sein. Kehr um. Das ist keine Schande. Lebe weiter und nimm einen neuen Anlauf. Und wenn du wieder unten bist, dann hoffe ich, dass dein gutes und mitfühlendes Herz wieder auftaut. Es ist der wichtigste Muskel, den du hast. Ich liebe dich, Peak.«

Und mit diesen Worten beendete sie das Gespräch. Ich weiß nicht, wie lange ich einfach dagelegen und über ihre Worte nachgedacht habe, aber so viel kann ich euch verraten: Es sind viele Tränen geflossen. Das blaue Licht, das durch die Zeltbahn hereindrang, verwandelte sich langsam in Dunkelheit und ich lag immer noch da. Da wurde der Zelteingang zurückgeschlagen.

Es war Josh. »Hast du das Satellitentelefon?«

Ich setzte mich auf. »Ja … tut mir leid. Ich hätte es zurückbringen sollen.« Ich gab es ihm.

»Und, hast du mit deiner Mom gesprochen?«

»Ja.«

»Eines will ich noch klarstellen«, sagte er. »Dass Sun-jo auf den Gipfel geht, hat nichts mit meiner Absicherung zu tun. Ich gebe ihm diese Chance, weil ich ihm und Zopa etwas schuldig bin.«

»Was heißt das?«

»Vor zwei Jahren hat Ki-tar mir das Leben gerettet.«

»Sun-jos Vater?«

»Auf dem K2.«

»Du bist der Bergsteiger, der überlebt hat.«

»Wir waren drei Tage lang eingeschneit. Kein Essen, kein O_2, keine Hoffnung aufs Überleben. Ich habe zugesehen, wie einer nach dem anderen aus meiner Gruppe gestorben ist, so lange, bis nur noch ich übrig war. Eigentlich wäre ich als Nächster an der Reihe gewesen, doch dann kam Ki-tar den Berg herauf, im schlimmsten Schneesturm, den ich je erlebt habe. Er war allein. Keiner der anderen Sherpas wollte ihn begleiten. Er hat mich praktisch vom Berg heruntergetragen. Im Basislager sind wir dann direkt ins Sanitätszelt getaumelt. Ich habe mich auf das eine Feldbett gelegt und Ki-tar auf das andere. Leah hat meine Erfrierungen behandelt und mir Infusionen gegeben und dabei ist der Mann, der mir das Leben gerettet hat, gestorben, nur einen Meter von mir entfernt. Sein Herz hat nicht mehr mitgemacht. Ich konnte mich nicht einmal mehr bei ihm bedanken. Ich dachte, das solltest du wissen.«

Er klappte den Eingang zu und ich hörte das Knirschen seiner Schuhe auf dem Schnee, als er wegging.

Unruhe

Egoistisch zu sein und mich voll auf mein Ziel zu konzentrieren war, wie sich zeigte, kein Problem.

Nachdem Josh in meinem Zelt die K2-Bombe hatte hochgehen lassen, ließ er bei seinen Kunden eine zweite hochgehen. Er erzählte ihnen, dass er mich auf den Gipfel bringen wollte. Ich war zu der Versammlung nicht eingeladen, bekam die Nachwirkungen der Explosion aber am nächsten Morgen deutlich zu spüren.

Ich schlief lange und wachte ausgehungert und mit schmerzenden Gliedern auf. In der Nacht war ungefähr ein Meter Schnee gefallen und ich musste mich aus meinem Zelt herausgraben. Als ich schließlich aufrecht stehen konnte und mich umschaute, registrierte ich verblüfft, wie sehr sich das Lager geleert hatte. (Ich schätze, ich war gestern so aufgewühlt gewesen, dass ich es gar nicht bemerkt hatte.) Die großen, kommerziellen Unternehmen waren zwar fast alle noch da, aber es sah so aus, als hätte mindestens ein Drittel der kleineren Expeditionen ihre Zelte abgebrochen.

Ich warf einen Blick hinauf zu Captain Sheks Stützpunkt und war versucht ihm kurz zuzuwinken, ließ es aber sein. Ich hatte keine Zeit für kindische Mätzchen. Ich musste konzentriert und diszipliniert bleiben, wenn ich bis auf den Gipfel kommen wollte. Außerdem hatte ich fürchterlichen Hunger und der köstliche weiße Rauch, der aus dem Kamin des Speisezeltes quoll, lockte mich an. Im Inneren gab es Essen, Wärme und Unterhaltungen, wobei mir die Aussicht auf die Gespräche mit den anderen auch ein wenig Sorgen machte. Ich wollte niemandem zu nahe kommen, um mich nicht mit dem Virus anzustecken, der den Erfolg jedes Bergsteigers hier oben bedrohte.

Was die Unterhaltungen anging, hätte ich mir aber sowieso keine Gedanken zu machen brauchen, weil nämlich alle Gespräche verstummten, sobald ich das Zelt betrat. Das Zischen des Gasbrenners und der klappernde Deckel auf dem Nudeltopf waren die einzigen Geräusche. Zehn Leute saßen in diesem Zelt und starrten mich an. Keiner lächelte. Wenn ich nicht so hungrig gewesen wäre, ich hätte auf dem Absatz kehrtgemacht und wäre wieder gegangen.

»Wenn man vom Teufel spricht«, sagte der Cowboy aus Abilene mit seinem lang gedehnten Akzent. Seit ich ihn das letzte Mal gesehen hatte, hatte er wohl zehn Kilo abgenommen. Um genau zu sein: alle Kletterer sahen so aus, als hätten sie Gewicht verloren. Keiner von ihnen aß etwas.

»Was ist denn los?«, sagte ich so entspannt wie möglich, während zehn Augenpaare mich wütend anstarrten. Ich ging zum Regal und schnappte mir einen Teller.

»Wir haben eine Versammlung«, sagte jemand.

»Eine private Versammlung«, meinte jemand anderes.

Das war klar. Es war niemand aus dem Hauptquartier dabei. Kein Koch. Kein Filmteam. Keine Sherpas.

»Ich hole mir bloß was zu essen«, sagte ich. »Eine Minute, dann seid ihr mich wieder los.«

»Na ja«, sagte der Cowboy, »wo wir dich schon mal hier haben … Vielleicht kannst du uns ja verraten, wann du rausgekriegt hast, dass dein Daddy dich auf den Gipfel bringen will?«

Jetzt wusste ich, wie es Sun-jo vor einer Woche ergangen sein musste. Ich häufte mir einen Berg Nudeln auf den Teller, aber der Appetit verging mir ziemlich schnell.

»Erst, nachdem ich hier war«, sagte ich ausweichend und schob mir eine Gabel mit Nudeln in den Mund. Vielleicht brauchte ich ja dann keine Fragen mehr zu beantworten, während ich mit meinem Teller auf dem Weg zum Ausgang war.

»Dir ist aber schon klar, dass die Nudeln, die du da isst, der Teller, auf dem sie liegen, und vielleicht sogar der Parka, den du da trägst, von den Leuten bezahlt worden ist, die in diesem Speisezelt sitzen.«

Das war zwar übertrieben, aber auch nicht völlig aus der Luft gegriffen, und so stellte ich meinen Teller auf den Tisch und ging zum Ausgang. Dabei hoffte ich, dass mich einer zurückrufen und sagen würde, es sei alles nur ein Scherz gewesen. Machte aber keiner.

Im Hauptquartier war die Stimmung weniger feindselig, aber auch nicht viel fröhlicher. Josh, Thaddeus, Leah und die anderen schienen ebenfalls eine Versammlung abzuhalten.

»Ich war gerade drüben im Speisezelt«, sagte ich.

»Wie war die Stimmung?«, wollte Thaddeus wissen.

»Finster.«

»Sie werden drüber wegkommen«, meinte Josh. »Es war ziemlich hart bis jetzt, mit dem Wetter und dem Virus.

Aber sobald wir ein paar Leute auf den Gipfel schaffen können, ist alles wieder in Butter.«

Niemand im Zelt schien seinen Optimismus zu teilen, am allerwenigsten Thaddeus. Er war der Meinung, dass die Kletterer Peak Experience verklagen würden, und zwar mit guten Erfolgsaussichten.

»Hast du ihnen das mit Sun-jo schon gesagt?«, erkundigte ich mich.

»Nein«, erwiderte Josh. »Das hätte das Fass zum Überlaufen gebracht. Das bleibt unser kleines Geheimnis, auch wenn Shek anscheinend dahintergekommen ist. Wir werden wieder alles umschichten. Zopa, Sun-jo, Yogi und Yash bilden das Team C. Sie stehen zwar nach wie vor auf unserer Gipfelgenehmigung, sind aber völlig eigenständig. Peak, du kommst zu mir ins Team A. Die Filmcrew teilen wir auf die unterschiedlichen Teams auf. Sobald es JR besser geht, fangen wir an, auch die Teams A und B zu filmen. Wahrscheinlich werden wir das Material gar nicht verwenden, aber wenn sie für den Dokumentarfilm interviewt werden, bessert sich vielleicht ihre Laune.« Er schaute Leah an. »Was würdest du sagen, wie lange dauert es noch, bis dieser Virus sich ausgetobt hat?«

»Eine Woche, vielleicht sogar noch länger.« Sie sah ganz so aus, als hätte es sie ebenfalls erwischt. »Aber noch problematischer sind die Nachwirkungen. Wir können nicht trainieren und das Essen nicht bei uns behalten und dadurch wird unsere körperliche Verfassung immer schlechter. Selbst unter idealen Bedingungen wäre es für jeden von uns sehr schwierig, bis zum Gipfel zu kommen.«

»Daran können wir nichts ändern«, sagte Josh. »Entweder wir schaffen es, oder nicht. Und das ist in jedem Jahr das Gleiche.«

Da wurde der Zelteingang beiseitegeklappt und der Texaner trat ein.

»Gut, dass ihr alle da seid«, sagte er. »Wir haben uns besprochen und dachten, es würde euch vielleicht interessieren, dass niemand von uns mit dem Jungen zusammen klettern wird. Wir haben doch nicht Geld, Zeit und Anstrengungen investiert, um dann ein Kind mit auf den Gipfel zu schleppen.« Er schaute mich an. »Ist nichts Persönliches, mein Junge. Ich glaube, du bist einfach in diesen ganzen Schlamassel reingeraten, genau wie wir auch.«

»Danke für die Mitteilung«, erwiderte Josh. »Aber ich bin derjenige, der entscheidet, wer zum Gipfel geht und wer nicht.«

Der Texaner blickte ihn mit grimmigem Lächeln an. »Tja, Josh, du bist der Boss. Aber wenn du entscheidest, dass wir mit deinem Sohn klettern müssen, dann klettern wir gar nicht. Dann fahren wir alle nach Hause und du kannst dich mit unseren Rechtsanwälten herumschlagen.«

»Tja, dann könnt ihr auch gleich heute noch einpacken und abreisen«, erwiderte Josh ärgerlich. »In zwei, drei Jahren gewinnt ihr dann vielleicht den Prozess und womöglich bekommt ihr sogar einen Teil eures Geldes zurück, aber keiner von euch wird am höchsten Punkt der Erde gewesen sein.«

Wenn der Texaner einen Revolver im Hüftgurt getragen hätte, ich glaube, er hätte ihn gezogen. Stattdessen starrte er Josh einen Augenblick lang hasserfüllt an, dann stapfte er aus dem Zelt.

»Er blufft«, sagte Josh.

Thaddeus sah bei weitem nicht so siegessicher aus, genauso wenig wie die anderen.

Ich befolgte den Rat meiner Mutter, blieb egoistisch und machte keine Anstalten, freiwillig auf meinen Platz zu verzichten. Wenn ich mir sicher gewesen wäre, dass Josh mein selbstloses Opfer für das Team zurückgewiesen hätte, dann hätte ich mich vielleicht zu Wort gemeldet, aber das war ich nicht. Unser Streit vom gestrigen Tag war noch längst nicht beigelegt. Und auch wenn niemand etwas davon gesagt hatte: die Verzögerung, die mein Teamwechsel mit sich brachte, bedeutete, dass es gut sein konnte, dass ich nicht rechtzeitig vor meinem fünfzehnten Geburtstag auf dem Gipfel sein würde. Das musste sowohl Josh als auch Thaddeus klar sein. Unter dem Strich hieß das, dass sie mich nicht brauchten, falls Sun-jo es bis auf den Gipfel schaffen sollte.

In den nächsten Tagen verhielt ich mich möglichst unauffällig. Das war nicht weiter schwer, da sowieso niemand etwas mit mir zu tun haben wollte. Joshs Kunden waren zwar nicht abgereist, gaben aber auch nicht nach. Ich glaube, sie blieben da, weil sie dachten, dass Josh vielleicht nachgeben würde. Es gab zwar keine Beschwerden mehr darüber, dass ich im Speisezelt *ihr* Essen aß, aber das Schweigen und die empörten Blicke blieben.

Ich ging lieber klettern, anstatt mich in diesen Höhenwahnsinn hineinziehen zu lassen. Eines der Dinge, die ich auf dem Weg zum Camp Vier gelernt hatte, war, dass ich meine Eisklettertechnik verbessern musste. Ich hatte große Mühe gehabt, den Nordsattel zu besteigen, und das lag, glaube ich, zum Teil auch an meinem ungeschickten Umgang mit den Steigeisen. Ich war bisher noch nicht allzu viel im Eis geklettert. Effektivität spart Energie, und Energie wird, je höher man kommt, genauso kostbar wie Luft.

Einen knappen Kilometer vom Basislager entfernt entdeckte ich eine Eiswand und verbrachte jeden Tag mehrere Stunden damit, immer neue Routen bis zur oberen Kante auszuprobieren. Ich rutschte ab, fiel hin, zog mir Schrammen zu, aber mit jedem Mal wurde ich ein bisschen besser.

Die Abende verbrachte ich in meinem Zelt mit Eintragungen in mein zweites Moleskine und versuchte mir meine letzten Schritte bis zum Gipfel vorzustellen. Ich ging sogar so weit, mir eine spezielle Gebetsfahne anzufertigen. Dazu nahm ich einen blauen, wetterfesten Filzstift und eines der gelben Fähnchen und zeichnete sorgfältig einen Berg darauf. Diese Fahne hängte ich mir ins Zelt und starrte sie stundenlang an. Oben auf dem Gipfel ist ein Mast im Eis verankert. Daran hängt ein Metalldraht mit Dutzenden vom Wind gepeitschten Gebetsfahnen. Immer und immer wieder stellte ich mir vor, wie ich mich bis zu diesem Mast vorkämpfte und dem Everest einen *Tag* verpasste.

Captain Shek war immer noch auf der Suche nach Sun-jo. Jeden Morgen, wenn ich mich auf den Weg zu der Eiswand machte, schickte er einen Soldaten hinter mir her. Ich glaube, er hielt meine Kletterübungen für ein Täuschungsmanöver und dachte, dass ich mich heimlich mit dem geheimnisvollen Jungen traf. Es machte mir, ehrlich gesagt, gar nichts aus, dass ich verfolgt wurde. Falls ich einen Unfall hatte, dann war zumindest jemand in der Nähe, der mir helfen oder ins Lager zurücklaufen und Hilfe holen konnte.

Zopa, Yogi und Yash waren auch im Basislager, verhielten sich aber unauffällig. Ich sah sie zwar gelegentlich, aber seit unserer Rückkehr hatten wir nicht miteinander gesprochen. Wahrscheinlich hatte Captain Shek auch sie unter Beobachtung und sie hielten sich bewusst auf Distanz.

Am dritten Tag erreichte uns die Nachricht, dass neun Kletterer über die Nordflanke den Gipfel erreicht hatten … praktisch alle, die es an diesem Tag versucht hatten. Eigentlich müsste man doch meinen, dass eine solche Nachricht große Freude auslöst, und rein äußerlich war das auch der Fall, aber dicht unter der Oberfläche gab es jede Menge Neid und Missgunst.

»Wenn wir nicht krank geworden wären …«

»Wenn Josh uns nicht während der Anreise im Stich gelassen hätte …«

»Wenn er seinen Jungen nicht zum Everest mitgebracht hätte …«

»Das hätten wir sein können. Dann könnten wir in ein paar Tagen schon auf dem Heimweg sein …«

»Vielleicht gibt es gar kein anderes Fenster mehr …«

An diesem Abend gab es im Speisezelt noch andere Beschwerden, im Flüsterton, aber doch so laut, dass ich sie hören konnte. Das Gemäkel wurde unterbrochen, als Josh und Thaddeus zusammen mit dem Filmteam das Zelt betraten. Seit meiner Rückkehr aus Camp Vier hatte ich keinen von ihnen im Speisezelt gesehen. Auch JR, Jack und Will hatten, wie die anderen Kletterer, Gewicht verloren und machten immer noch einen geschwächten Eindruck. Aber sie sahen besser aus als vor ihrem Abstieg.

»Wenn euer Gesundheitszustand sich auch weiterhin stabilisiert«, fing Josh an, »und wenn das Wetter gut ist, dann hoffe ich, dass ich euch in sieben bis zehn Tagen in Richtung Gipfel losschicken kann.«

»Morgen früh fangen wir an, mit euch Interviews für den Dokumentarfilm zu drehen«, fügte JR hinzu.

Die Teams zeigten sich von beiden Ansagen nicht beeindruckt.

»Willst du immer noch deinen Sohn mit auf den Gipfel nehmen?«, wollte der Texaner wissen.

»Ja«, erwiderte Josh. »Wollt ihr in diesem Fall immer noch abreisen?«

»Wenn er aufsteigt, steigen wir ab. Dabei bleibt's.«

Er sah nicht so aus, als würde er bluffen. Genauso wenig wie die anderen. Das hier waren keine professionellen Bergsteiger. Es waren allesamt erfolgreiche Geschäftsleute, die es gewohnt waren, ihren Willen zu bekommen.

»Wie ihr wollt«, meinte Josh mit traurigem Grinsen.

Ich hatte das ungute Gefühl, dass Josh derjenige war, der bluffte, nicht sie. Er würde als Erster einknicken. Und wenn nicht er, dann auf jeden Fall Thaddeus.

Eingeknickt

Am nächsten Morgen erduldete ich wieder mal ein ungemütliches Frühstück an einem anderen Tisch als die übrigen Mitglieder meiner Gruppe, da betraten Josh und Thaddeus das Zelt.

Ich rechnete mit irgendwelchen Bekanntmachungen wegen der Dreharbeiten oder so, doch stattdessen sagte Josh: »Wir haben eine Entscheidung getroffen.«

Er holte ein Blatt Papier aus der Tasche und faltete es langsam auseinander. »Team B unter Führung von Pa-sang besteht aus folgenden Mitgliedern.« Dann verlas er die Namen. »Team A unter meiner Führung besteht aus …« Die nächste Namensliste. Mit einer sehr entscheidenden Auslassung.

Meinem Namen.

Noch bevor ich meine Stimme wiedergefunden hatte, meldete sich der Texaner zu Wort. Er klang fast genauso verblüfft, wie ich mich fühlte. »Soll das heißen, dass Peak keinen Gipfelversuch kriegt?«

»Hast du vielleicht gehört, dass ich seinen Namen vorgelesen habe?«, fragte Josh gereizt zurück.

»Nein«, sagte der Texaner leise.

Das ist ein Trick, dachte ich verzweifelt. Sonst hätte Josh mir doch vor dieser brutalen Ansage Bescheid gesagt. Er versuchte ihr Mitleid zu wecken. Er wollte, dass sie sagten: »Ach, jetzt warte doch mal, Josh. Wir haben es doch eigentlich gar nicht so gemeint …« Das war brillant! Wenn sie jetzt einverstanden waren, dass ich mitkam, dann konnten sie sich später auch nicht mehr beklagen.

Ich wartete auf die Zauberworte, aber sie kamen nicht.

Stattdessen schaute Josh mich an. »Tut mir leid, Peak, ich habe da einfach Mist gebaut. Sie haben Recht. Das ist ihre Expedition. Sie müssen das Ganze bezahlen.«

Jetzt übertreibt er aber ein bisschen, dachte ich und hoffte, dass er wusste, was er tat. Ich schaute den Texaner an. Nun war der Zeitpunkt gekommen, wo er sagen musste: »Ach, was soll's, wir haben doch bloß Spaß gemacht. Natürlich kannst du mit uns zusammen auf den Everest …«

Stattdessen sagte er: »Na, dann wäre das ja geklärt.«

»Moment mal!«, sagte ich. »Das ist nicht fair. Ich habe genauso hart geschuftet wir ihr alle, um rauf ins Camp Vier zu kommen.«

»Lass gut sein, Peak«, sagte Josh leise.

»Gar nichts lass ich gut sein!« Beim Aufspringen hätte ich beinahe meinen Stuhl umgeworfen.

»Du hast keine andere Wahl«, sagte Josh und seine Stimme wurde lauter. »Es ist alles organisiert. Zopa ist gerade dabei, deine Sachen zu packen. Du fährst mit ihm und seinen Sherpas nach Kathmandu. Der Lastwagen steht schon draußen.«

Ich starrte ihn ungläubig an. Das war kein Trick. Er war eingeknickt!

»Tut mir leid, dass es nicht geklappt hat«, fuhr er fort. »Vielleicht können wir's ja nächstes Jahr noch mal probieren. Du bist noch jung. Du hast noch oft die Chance, auf den Gipfel zu kommen.«

»Das glaube ich einfach nicht.«

»Ich helfe dir packen.«

»Vergiss es!« Ich schob ihn beiseite und rannte nach draußen.

Als ich zu meinem Zelt kam, lagen meine Sachen schon abfahrbereit im Lastwagen. Also war alles geplant gewesen. Zopa, Yogi und Yash saßen auf der Ladefläche und warteten auf mich.

Ich wischte mir die gefrorenen Tränen ab. »Du hättest es mir sagen sollen!«

Zopa schüttelte den Kopf. »Ist besser, dass du es so erfahren hast.«

»Das Einzige, was ich erfahren habe ist, dass du und mein Vater Lügner seid!«

»Wir müssen los«, entgegnete Zopa ruhig. »Wir haben einen weiten Weg vor uns, bevor es dunkel wird.«

Ich stierte ihn an und wartete auf mehr, aber die Diskussion (falls ihr es so nennen wollt) war eindeutig vorbei. Der Fahrer ließ den Motor an.

Als wir aus dem Lager fuhren, kam Josh aus dem Speisezelt und winkte mir hinterher. Ich erwiderte sein Winken mit meinem ganz persönlichen Abschiedsgruß. Er reagierte auf diese Beleidigung mit seinem typischen breiten Grinsen. Hätte Zopa mich nicht am Kragen gepackt, ich wäre vom Lastwagen gesprungen und hätte ihn mit bloßen Händen umgebracht.

Ich konnte einfach nicht glauben, wie schnell das alles zu Ende gegangen war. Ich meine, mir war immer klar gewesen, dass ich es unter Umständen nicht bis auf den Gipfel schaffen würde, aber immer wegen des Wetters, einer

Verletzung oder meiner eigenen Erschöpfung … und nicht auf Grund einer beschissenen geschäftlichen Entscheidung.

Josh hatte sich gar nicht erst mit der Frage beschäftigt, was ich eigentlich machen sollte, wenn ich wieder in Kathmandu war. Auf ihn warten vermutlich. Oder ich wurde nach Chiang Mai geschickt. War mir auch egal. Sobald ich dort ankam, wo ich ankommen würde, würde ich Mom anrufen und sie fragen, ob sich die Lage in New York schon wieder so weit beruhigt hatte, dass ich zurückkommen konnte. Das Einzige, was ich ganz sicher wusste, war, dass ich nie wieder irgendetwas mit Joshua Wood zu tun haben wollte.

Wir rumpelten ein paar Kilometer weit die Straße entlang, bis wir zu einer Straßensperre mit chinesischen Soldaten kamen. Sie überprüften unsere Papiere und durchsuchten gründlich den Lastwagen. Erst jetzt wurde mir klar, dass Sun-jo gar nicht mit dabei war. Bei meinem Rausschmiss aus dem Lager hatte ich vor lauter Wut überhaupt nicht an ihn gedacht. Aber ich konnte Zopa erst fragen, als wir wieder unterwegs waren.

»Wo ist Sun-jo?«

»Er erwartet uns da vorne«, sagte Zopa.

Sah ganz so aus, als würde auch Sun-jo keinen Gipfelversuch bekommen. Ich schätze, Captain Shek hatte das Risiko zu groß werden lassen. Ich schämte mich dafür, aber dadurch ging es mir tatsächlich ein bisschen besser.

Ein paar Kilometer weiter wurde der Lastwagen langsamer. Ich schaute über das Dach der Fahrerkabine hinweg und rechnete mit Sun-jo, aber es waren nur ein Yak und ein Träger auf dem Weg ins Basislager. Als wir ihn erreicht hatten, hielt der Fahrer an. Der Träger war Gulu. Er zeigte mir ein zahnloses Lächeln, dann unterhielt er sich eine Weile mit Zopa, aber ich konnte nicht verstehen, worüber. Als sie fertig waren, winkte Gulu und setzte seinen Weg in Richtung Basislager fort.

Nachdem wir noch einmal so ungefähr anderthalb Kilometer gefahren waren, hielten wir erneut an. In diesem Tempo würden wir ein ganzes Jahr nach Kathmandu brauchen. Yogi und Yash sprangen vom Lastwagen und fingen an, die Sachen abzuladen.

»Was ist denn jetzt los?«

»Team C«, erwiderter Zopa.

»Was redest du denn da?«

Statt einer Antwort holte Zopa ein zerknittertes Stück Papier aus der Tasche und reichte es mir.

Bitte entschuldige die Dramatik, aber wir mussten es wirklich echt aussehen lassen, damit Captain Shek auch glaubt, dass Du und Sun-jo weg seid, und aufhört nach ihm zu suchen. Und außerdem musste ich meine dämlichen Kunden irgendwie ruhigstellen. Das war die einzige Möglichkeit, wie ich Dich noch vor Deinem Geburtstag auf den Gipfel schaffen kann. Zopas Idee. (Ich hab Dir doch gesagt, dass er geheimniskrämerisch ist.) Er bringt Dich auf einer anderen Route rauf ins ABC. Er hat strengste Anweisung, dafür zu sorgen, dass Du am Leben bleibst. Wenn er sich nicht daran hält, dann bringt Deine Mom mich um. Ich hoffe, Du schaffst es bis nach oben, aber wenn nicht, kein Problem.

Josh

Ich las mir den Zettel zweimal durch und schaute dann Zopa an. Er lächelte.

»Wir nehmen eine Abkürzung ins ABC«, sagte er. »Aber wir müssen uns beeilen, bevor Captain Shek unsere List durchschaut.«

Ich wusste nicht, ob ich jetzt wütend auf die beiden oder doch eher froh sein sollte. Es war ein grausamer Trick gewesen. Ich konnte verstehen, wieso sie ihn angewandt hatten, aber sie hätten mir auch zutrauen können, meine Rolle zu spielen. Das hätte ich geschafft und das wollte ich Zopa gerade sagen, da tauchte Sun-jo auf einer Hügelspitze auf und winkte.

Abgesehen von der zerknitterten Träger-Kleidung und dem Gras, das Gulus Yak in seinen Haaren hinterlassen hatte, machte er den Eindruck, als könnte es sofort losgehen.

Abkürzung

Gulu hatte sehr viel mehr als nur Sun-jo aus dem Trägerlager herausbefördert. Auf der anderen Seite des Hügels lag ein kleiner Berg mit Kletterausrüstung: Seilrollen, Sauerstoffflaschen, Masken, Zelte, Essen ... Wie sollten wir das alles bis in die höher gelegenen Lager bekommen?

Auf dem Rücken, wie sich herausstellte, da Zopa sofort anfing, die Ausrüstung in fünf verschiedene Stapel aufzuteilen. Während er dabei war, fragte ich Sun-jo, was eigentlich los war. Er wusste auch kaum mehr als ich. Er sagte, Gulu habe ihn mitten in der Nacht geweckt und gesagt, sie müssten das Trägerlager auf der Stelle verlassen.

»Zuerst habe ich gedacht, Captain Shek hätte mich entdeckt«, sagte er. »Aber als wir das Camp verlassen hatten, da hat Gulu mir erzählt, dass Zopa dich und mich auf den Gipfel bringen soll, mit einer separaten Expedition, obwohl wir immer noch auf der Gipfelgenehmigung deines Vaters stehen.«

Ich erzählte ihm nicht, wie ich davon erfahren hatte, weil ich immer noch wütend darüber war. Und ein bisschen schämte ich mich auch.

Yogi und Yash bekamen mehr aufgebürdet als Sun-jo und ich, aber trotzdem hatten wir noch jede Menge zu schleppen. Wir teilten uns den Großteil des Essens. Zopa lachte, als wir unter dem zusätzlichen Gewicht stöhnten. »Je mehr ihr esst, desto leichter wird es werden«, sagte er.

Das Basislager und die oberhalb davon gelegenen Camps liegen aus gutem Grund an den Stellen, an denen sie liegen. Die traditionelle Route ist vielleicht nicht der kürzeste Weg auf den Berg, aber der sicherste und der leichteste. (Nicht, dass am Everest überhaupt etwas sicher oder leicht wäre.) Zopas »Abkürzung« war vielleicht kürzer, war aber auch zehnmal schwieriger als der normale Weg. Das erste Hindernis bestand in einer riesigen Fläche aus zerklüftetem Eis, das wie die Zähne eines Weißen Hais aus dem Boden ragte. Sun-jo und ich nahmen unsere Gehstöcke zu Hilfe, damit wir nicht aus Versehen ausrutschten und aufgespießt wurden. Die Sherpa-Brüder gaben sich mit den Stöcken gar nicht erst ab, sondern bahnten sich wie auf Schlittschuhen ihren Weg, bis sie nur noch zwei kleine Punkte am Horizont waren. Ich schätze, Zopa hätte locker mit ihnen mithalten können, aber er wurde langsamer und blieb ungefähr hundert Meter vor uns, damit er ab und zu einen Blick zurückwerfen und sich versichern konnte, dass wir nicht gestolpert waren und auf den gefrorenen Reißzähnen verbluteten.

Als wir am späten Nachmittag dann schließlich zu Yogi und Yash aufschließen konnten, hatten sie bereits das Lager errichtet, warmes Essen vorbereitet und vertrieben sich die Zeit damit, ihre Eispickel in eine Eiswand zu werfen, die bis an den Himmel zu reichen schien.

Meine Beine zitterten unkontrollierbar vor Erschöpfung. Mein Nacken und meine Schultern fühlten sich an, als seien sie mit einem Vorschlaghammer bearbeitet worden. Mein einziger Trost bestand darin, dass Sun-jo noch fertiger aussah als ich. Er hatte nicht einmal mehr die Kraft, den Rucksack abzusetzen. Wir brauchten beide zwei heiße Tassen Tee, bevor wir wieder sprechen konnten.

Mit der dritten Tasse konnte ich mich dann wieder so weit konzentrieren, dass ich mir die Wand etwas genauer ansehen konnte. Sie schien sich Kilometer weit in beide Richtungen zu erstrecken. Ich ging davon aus, dass wir morgen früh daran entlanggehen würden, bis wir an einen Pass kamen und sie überwinden konnten.

Als ich das zu Zopa sagte, lachte er und deutete direkt über unsere Köpfe. »Das ist der Pass«, sagte er.

»Das ist nicht dein Ernst.«

Er nickte.

So weit das Auge reichte, konnte ich nicht einen einzigen Griff oder Tritt entdecken. Die Wand, an der ich geübt hatte, wirkte dagegen wie eine Indoor-Kletterwand.

Nach dem Essen schaltete Zopa das Funkgerät ein und wir hörten dem Bergsteiger-Tratsch zu. Heute Morgen hatten noch einmal drei Kletterer den Gipfel erreicht. Acht weitere waren keine hundert Meter davon entfernt umgekehrt. Eine Bergsteigerin hatte sich oben im ABC das Bein gebrochen. Der Virus schien sich ausgetobt zu haben. All denen, die im Basislager geblieben waren und durchgehalten hatten, ging es sehr schnell wieder besser.

Ich wollte mich gerade in mein Zelt zurückziehen, da meldete sich Josh zu Wort und plauderte mit einem der anderen Expeditionsführer in Camp Vier. Das war sehr ungewöhnlich. Josh war eigentlich der festen Überzeugung, dass das Funkgerät nur für wirklich wichtige Informationen genutzt werden sollte. Er konnte es nicht ausstehen, wenn die Leute das Funkgerät wie ein Handy benutzten.

Aber jetzt quatschten sie über das Wetter, die Frau mit dem gebrochenen Bein und über den Zeitplan diverser Gipfelexpeditionen.

»Ich hab gehört, du hast dich mit deinem Sohn verkracht«, sagte der Bergführer.

Auf dem Berg gibt es keine Geheimnisse.

»Ja, er ist abgereist«, meinte Josh. »Aber das renkt sich alles wieder ein, wenn ich runterkomme. Er ist ein guter Junge. Ich glaube, Captain Shek hatte sowieso vor, seine Gipfelgenehmigung einzukassieren. Auch wenn ich das nicht zugelassen hätte.«

»Ist Shek immer noch hinter diesem anderen Jungen her?«

»Ja. Immer noch auf dem Kriegspfad. Heute Nachmittag hat er einen Träger verhaftet. Er heißt Gulu und Shek hat ihn ziemlich hart rangenommen, aber dann hat er ihn wieder laufenlassen. Gulu hatte keine Ahnung. Dieser Junge ist schon vor Wochen wieder abgereist. Keine Ahnung, was Shek damit demonstrieren will. Ich habe gehört, er will noch mehr Soldaten ranschaffen. Es sollen auch Bergsteiger darunter sein. Die will er nach oben schicken, um die höher gelegenen Camps zu kontrollieren. Das ist doch krank. Ich habe eine E-Mail an die chinesischen Behörden geschickt und meine Rechtsanwälte veranlasst, auch andere offizielle Maßnahmen zu überprüfen. Die Chinesen verdienen einen Haufen Geld mit diesen Genehmigungen. Wäre doch wirklich schade, wenn ein einziger übereifriger Soldat diese schöne Einnahmequelle zum Versiegen bringen würde, aber was soll man dagegen machen? Was soll's, viel Glück jedenfalls in Camp Fünf. Ich melde mich morgen wieder. Ende.«

Zopa schaltete das Funkgerät aus. Dieses Gespräch war ausschließlich für unsere Ohren geführt worden – zumindest von Joshs Seite aus. Wir konnten uns nicht daran beteiligen, aber allein durch Zuhören hatten wir eine Menge erfahren. Wir hatten alle ein mulmiges Gefühl bei der Vorstellung, dass chinesische Bergsteiger auf den Berg kommen sollten.

»Die kommen doch auf keinen Fall höher als bis zum ABC«, sagte ich. »Sie haben keine Zeit gehabt, um sich zu akklimatisieren.«

»Vielleicht«, sagte Zopa.

»Wie gehen wir ihnen aus dem Weg, wenn wir wieder absteigen wollen?«, wollte Sun-jo wissen.

Zopa zuckte mit den Schultern. Aber dieses Mal meinte er es, glaube ich, wirklich ernst. Er wusste es nicht.

Als Zopa Sun-jo und mich aus unseren Schlafsäcken jagte, waren Yogi und Yash schon fünfzehn Meter über uns in der Wand und setzten Eisschrauben, damit wir uns irgendwo einklinken konnten. Die Sonne war noch kaum zu sehen. Sie mussten angefangen haben, als es noch völlig dunkel war. Wir aßen schnell, packten unsere Sachen, schnallten die Steigeisen an die Füße und legten die Klettergurte an. Zopa wollte unten bleiben, um die Rucksäcke zusammenzubinden und dann als Letzter nach oben klettern.

Ein eisiger Wind blies gegen die Wand und das war gut

so. Dadurch wurden wir dagegen gedrückt. Wäre der Wind von der Seite gekommen, er hätte uns glatt aus der Wand gefegt. *Eispickel in beiden Händen … Steigeisen in die Wand. Pickel rein. Eissplitter im Gesicht. Ziehen. Nächstes Steigeisen in die Wand. Eispickel rein …* Nach ungefähr zwanzig Metern klinkte ich mich an einen Eisanker und verschnaufte ein bisschen. Yogi und Yash waren bereits oben angekommen, hatten Seile herabgeworfen und das Gepäck nach oben gezogen.

Zopa war gerade erst losgeklettert. Sun-jo quälte sich sieben Meter unter mir nach oben. Er schien ziemlich viel Mühe zu haben, was nicht weiter verwunderlich war. Schließlich war er noch nicht so lange wieder gesund und die letzten Tage hatte er zusammengekauert in einem Trägerzelt verbracht. Ich wartete, bis er nach oben sah, und winkte ihm zu. Er reagierte mit einem grimmigen Nicken.

Ich kletterte weiter und hatte gerade drei Schritte geschafft, da hörte ich den Schrei. Es dauerte eine Sekunde, bis ich sicher stand und nach unten sehen konnte. Es war kein schöner Anblick. Sun-jo war ungefähr drei Meter weit nach unten gerutscht und hing nun mit einem Pickel an der Kante eines Überhangs. Ich hatte diesen Überhang bei meinem Aufstieg gesehen und wusste, dass er zu weit von der Wand entfernt war, um die Steigeisen ins Eis schlagen zu können.

»Ich komme!«, rief Zopa nach oben, aber er würde mindestens eine Dreiviertelstunde brauchen.

Sun-jo konnte sich aber höchstens noch ein paar Minuten lang halten. Ich war sehr viel dichter bei ihm, aber das Einzige, was noch schwieriger ist, als eine Eiswand hinaufzuklettern, ist, eine Eiswand hinunterzuklettern. Ich schaute hinauf in der Hoffnung, irgendwo Yogi oder Yash zu sehen, aber sie waren weit und breit nicht zu entdecken. Sie mussten bereits weitergegangen sein, um das nächste Lager vorzubereiten.

Ich hatte keine Zeit, um darüber nachzudenken, was ich als Nächstes tun sollte, und das spielte auch keine Rolle. Ich fing an, seitwärts an der Wand entlangzukraxeln, auf das zehn Meter entfernte Gepäckseil zu. Zopa brüllte Sun-jo unentwegt Anfeuerungen zu. Er kletterte, so schnell er konnte, aber ihm musste klar sein, dass er niemals schnell genug sein konnte, um seinen Enkel zu retten.

Als ich endlich das Seil erreicht hatte, zog ich daran. Es machte einen stabilen Eindruck, aber ich wusste nicht, ob es mein Gewicht aushalten würde. Vielleicht hatten die Brüder es nicht vernünftig im Eis verankert, weil sie ja bloß Gepäck damit nach oben gezogen hatten.

»Ich rutsche ab«, sagte Sun-jo voller Verzweiflung.

»Bin in einer Minute da!«, rief ich.

»Durchhalten, Sun-jo!«, rief Zopa, der begriffen hatte, was ich vorhatte. »Nicht aufgeben!«

Ich hätte das Seil gerne noch gründlicher geprüft, aber dafür war keine Zeit mehr. Ich hängte mich mit meinem vollen Gewicht daran. Es dehnte sich ein wenig, aber es hielt. Ich schluckte meine Angst hinunter und krabbelte rückwärts auf Sun-jo zu. Als ich direkt über ihm war, machte ich das Seil schnell an einer Eisschraube fest, von der ich wusste, dass sie fest saß, und ließ mich dann zu Sun-jo hinab. In dem Moment, als sein Pickel aus dem Eis rutschte, hatte ich das Seil in seinen Klettergurt eingeklinkt.

»Ich hab ihn!«, rief ich Zopa zu und schaute dann Sun-jo an. »Alles okay?«

Er nickte.

Er weinte.

Ich auch. Anscheinend hatte ich ihm verziehen.

Es dauerte noch einmal eine Stunde, bis wir oben waren. Zopa kam zehn Minuten nach uns an und sah gleichzeitig besorgt und erleichtert aus.

»Nichts gebrochen?«, erkundigte er sich.

Sun-jo schüttelte den Kopf.

»Was ist passiert?«

»Mein Eispickel ist abgebrochen.«

Zopa nickte, dann schaute er mich an. »Danke.«

»Bedank dich lieber bei Yogi und Yash dafür, dass sie das Seil vernünftig festgemacht haben«, erwiderte ich. Das hatte ich als Erstes überprüft, nachdem wir oben gewesen waren. Das Seil war an einem Karabiner befestigt, der wiederum an einer drei Zoll dicken Eisschraube hing, die sich keinen Millimeter von der Stelle rührte. Sun-jo und ich hätten an diesem Seil den ganzen Tag lang Tarzan spielen können.

»Aber das hast du nicht gewusst«, sagte Zopa.

»Ja … na ja«, sagte ich etwas verlegen. »Yogi und Yash wissen, was sie tun.«

»Nicht immer«, sagte Zopa. »Einer der Eispickel, die Sun-jo heute benutzt hat, war der, mit dem sie gestern Nachmittag auf die Eiswand geworfen haben.«

Oh-oh. Das würden sie vermutlich noch zu hören bekommen, wenn wir sie eingeholt hatten. Und ich hatte richtig vermutet. Als wir ins Camp kamen, nahm Zopa Yogi und Yash beiseite und sprach gut zehn Minuten lang mit ihnen. Er wurde kein einziges Mal laut, aber als sie zurückkamen, sahen sie aus, als hätte er sie ausgepeitscht.

»Heute sind zwei Lastwagen mit chinesischen Soldaten hier eingetroffen ...« Josh unterhielt sich mit einem anderen Expeditionsleiter, der gerade im ABC angekommen war. »... und dazu sechs Gebirgsjäger. Hier sieht es aus wie in einem Soldatencamp.«

»Bin froh, dass ich hier oben bin«, sagte der Expeditionsleiter.

»Na ja, damit bist du aber nicht aus der Schusslinie. Ich habe gehört, dass sie morgen früh den Berg raufgehen und sämtliche Papiere kontrollieren wollen. Wenn ihr eure Pässe, Visa und Genehmigungen nicht dabeihabt, dann werdet ihr vom Berg gejagt.«

»Haben wir alles dabei. Was ist denn los?«

»Als der Lastwagen, mit dem Zopa und mein Sohn gestern abgefahren sind, am zweiten Kontrollpunkt angekommen ist, da waren Zopa und mein Sohn nicht mehr drin. Der Fahrer hat behauptet, sie seien in einen anderen Lastwagen umgestiegen und woanders hingefahren.«

»Ich hoffe, deinem Jungen ist nichts zugestoßen.«

»Kein Problem. Das würde Zopa nicht zulassen. Sie sind mittlerweile bestimmt schon auf dem Weg nach Nepal. Ich wollte dir nur Bescheid sagen, was hier unten so alles los ist.«

»Danke«, entgegnete der andere Expeditionsleiter. »Was ist mit den chinesischen Bergsteigern? Haben die was drauf?«

»Sie sind ehrgeizig und gut ausgerüstet. Sie haben sie von einer anderen Höhenexpedition abgezogen, aber ich weiß nicht genau, wo sie vorher waren. Würde mich nicht wundern, wenn sie einen Gipfelversuch wagen würden, wenn sie schon mal da oben sind. Das würde *ich* jedenfalls an ihrer Stelle machen.«

»Alles klar. Es wird eng werden da oben.«

Zopa und die Brüder breiteten eine Landkarte aus und fingen an, sich auf Nepalesisch zu unterhalten.

»Was ist denn los?«

»Zopa sagt, wir können bis zum Camp Fünf keines der anderen Camps benutzen«, erläuterte Sun-jo. »Sie suchen jetzt nach anderen Übernachtungsmöglichkeiten.«

Ich schaute mir die Karte an. Wir befanden uns ungefähr auf gleicher Höhe wie Camp Zwei, nur zwölf, dreizehn Kilometer weiter nördlich. Es würde mindestens noch einen Tag dauern, bis wir auf Höhe des ABC waren.

In weniger als einer Woche konnten wir am Gipfel sein.

Camp Dreieinhalb

An den nächsten beiden Tagen ließ Zopa uns keine Ruhe. Schon vor dem Morgengrauen waren wir unterwegs und stiegen im Schein der Stirnlampen bergauf. Wenn wir aufbrachen, waren Yogi und Yash schon lange weg und wir bekamen sie erst am Ende des Tages wieder zu Gesicht.

Ich hatte keine Ahnung, wo wir waren, aber laut meiner Höhenmesser-Armbanduhr gewannen wir an Höhe. (Nicht, dass ich dazu das Gerät gebraucht hätte: Mittlerweile tat mir jeder Atemzug weh.) Abends waren Sun-jo und ich zu nichts mehr in der Lage, als ein bisschen zu essen, zu trinken und in unsere Schlafsäcke zu kriechen.

Am dritten Morgen schlug ich die Augen auf und stellte überrascht fest, dass die Sonne durch den blauen Stoff ins Zelt schien. Ich warf einen Blick hinüber zu Sun-jo. Auch er starrte ins Licht.

In den letzten Tagen hatten wir kaum miteinander gesprochen. Keine Zeit, keine Puste.

»Wie geht es dir?«, erkundigte ich mich.

»Nicht gut«, erwiderte Sun-jo.

»Die letzten Tage waren doch ganz okay bei dir.«

Er schüttelte den Kopf. »Es war wahnsinnig anstrengend.«

Das war stark untertrieben. In den vergangenen 48 Stunden hatten wir mehrere sehr anspruchsvolle Kletterpassagen bewältigt – mit das Schwierigste, was ich in meinem Leben bisher geklettert war.

»Hast du eine Ahnung, wo wir sind?«

Sun-jo setzte sich stöhnend auf. »Ich hab das Gefühl, als wären wir schon auf dem Gipfel.«

Ich lachte, doch mein Lachen verwandelte sich in einen kurzen, aber schmerzhaften Hustenanfall. Als ich mich wieder erholt hatte, sagte ich: »Vielleicht gibt Zopa uns ja einen Tag frei.«

»Unwahrscheinlich.«

Wir machten die notwendigen Verrenkungen, um uns in unserem kleinen Zelt anzuziehen, dann krochen wir hinaus. Leichter Schneefall und gefrierender Nebel. Seit drei Tagen hatten wir den Himmel nicht mehr gesehen. Yogi und Yash kauerten neben dem Gaskocher.

Yogi sagte etwas und Sun-jo wurde bleich.

»Was?«, sagte ich.

»Zopa ist krank.«

Ich konnte verstehen, wieso er so erschrocken war. Zopa wurde nicht krank. Zopa war der Eiserne. Gestern Abend, als wir im Camp angelangt waren, hatte er noch gesund ausgesehen. Wir eilten zu ihm ins Zelt. Er sah fürchterlich aus – blutunterlaufene Augen, triefende Nase, blass – aber als er uns sah, schaffte er es, sich aufzusetzen.

»Heute Nachmittag gehen wir ins Camp Vier«, sagte er.

In diesem Zustand würde er nirgendwo hingehen.

»Der Virus?«, fragte ich ihn.

»Ich glaube, ja«, erwiderte er mit leichtem Lächeln. »Vielleicht auch nur das Alter.«

»So oder so«, sagte Sun-jo. »Wir sollten umkehren. Du brauchst Hilfe.«

»Wir können nicht umkehren«, sagte Zopa. »Die Chinesen warten auf uns. Der einzige Ausweg führt nach oben.«

»Aber irgendwann müssen wir wieder runter«, sagte ich.

»Aber nicht auf dieser Seite.«

»Was redest du denn da?«

»Nepal ist noch knapp zwei Kilometer von hier entfernt.«

Ich dachte schon, er hätte Fieberfantasien oder so was. Die Brücke der Freundschaft, die nach Nepal führte, war viele Tage von hier entfernt.

Er zog die Landkarte hervor und deutete auf die Bergflanke südlich des Gipfels. »Da ist Nepal«, sagte er. Er deutete auf die Nordseite. »Das ist Tibet.« Er ließ seine Finger die Nordflanke des Everest hinauf- und auf der anderen Seite wieder hinunterwandern.

»Du meinst, wir gehen nicht über die Nordseite nach Tibet zurück?«, sagte ich.

»Wenn ihr den Gipfel erreicht«, sagte er, »dann geht ihr über die Südseite nach Nepal.«

»Aber wir sind gar nicht ausgerüstet für die Südseite«, protestierte ich. »Wir haben keine Zelte und nicht die nötigen Klamotten und Geräte und …«

»Sherpas kommen euch zu Hilfe«, sagte Zopa. »Freunde von mir. Wir haben ihnen bereits Bescheid gesagt. Sie erwarten euch auf der anderen Seite. Yogi und Yash bringen euch bis auf den Gipfel.«

»Was ist mit dir?«

»Ihr seht, dass ich in diesem Zustand nicht klettern kann. Ich gehe nicht weiter als bis Camp Vier.«

»Dann bleiben wir da, bis es dir besser geht«, beharrte Sun-jo.

»Genau«, sagte ich. »Ist mir doch egal, ob ich bis zu meinem Geburtstag auf den Gipfel komme. Das ist nicht wichtig, jedenfalls nicht für mich. Wie legen irgendwo ein Lager an oder bleiben hier, bis es dir wieder besser geht.«

Zopa schüttelte den Kopf. »Wir haben nicht genügend Essen und andere Vorräte.«

»Yogi und Yash können doch bei den anderen Sherpas Nachschub holen.«

»Das ist nicht das einzige Hindernis«, sagte Zopa. »Das Wetter. In drei Tagen ist es ideal für einen Gipfelversuch. Da müsst ihr in Position sein.«

Ich warf einen Blick nach draußen. Der Schneefall war stärker geworden und der Nebel hatte sich verdichtet. »Woher willst du das wissen?«

Zopa zuckte mit den Schultern.

Er war unmöglich! »Okay«, sagte ich. »Das Wetter wird also gut und wir schaffen es bis auf den Gipfel und irgendwie kommen wir auch noch die Südseite hinunter. Wie willst *du* denn an den chinesischen Soldaten auf der Nordseite vorbeikommen?«

»Ich bin ein nepalesischer Bürger, der sich mit legalen Papieren in Tibet aufhält. Captain Shek hat keinen Anlass, mich festzunehmen. Du hast ja gesehen, was das letzte Mal passiert ist, als er es versucht hat. Ich glaube nicht, dass sie mich erwischen, aber falls doch, dann kann er mich schlimmstenfalls abschieben lassen, und genau das will ich ja erreichen. Wir sehen uns dann auf der anderen Seite.«

»Ich glaube nicht, dass ich es bis zum Gipfel schaffe«, sagte Sun-jo. »Ich hatte gestern schon große Schwierigkeiten.«

»Ich fürchte, ich habe dich in eine schlimme Situation gebracht, Sun-jo«, sagte Zopa. »Jetzt wirst du es bis auf den Gipfel schaffen *müssen*.«

Ich überlegte, ob ich anbieten sollte, mit Zopa in Camp Vier zu bleiben und ihm beim Abstieg zu helfen, wenn es ihm wieder besser ging. Aber das wäre ein eindeutiger Verstoß gegen die Anweisung meiner Mutter gewesen, dass ich egoistisch bleiben sollte. Und ich *wollte* auf den Gipfel. Zopa machte meinen Überlegungen ein Ende.

Er lächelte mich vielsagend an. »Ich benötige deine Hilfe nicht, Peak. Aber Sun-jo.«

Ich starrte ihn einfach nur an, erleichtert darüber, dass ich mich nicht entscheiden musste, und verblüfft darüber, dass er anscheinend meine Gedanken gelesen hatte. »Woher …«

Zopa hob die Hand. »Sun-jo wird den Gipfel ohne deine Hilfe nicht erreichen«, sagte er. »Ich muss mich ausruhen. Und ihr beide auch. Wir haben einen harten Aufstieg vor uns.«

Sun-jo befolgte Zopas Rat. Ich versuchte zu schlafen, aber ich konnte nicht. Ich setzte mich zu Yogi und Yash ans Feuer. Yogi holte eine Sauerstoffflasche und eine Maske aus seinem Rucksack. Er zeigte mir, wie man die Maske am Regler befestigte, dann hielt er zwei Finger in die Höhe. Das hieß, ich sollte die Abgabemenge auf zwei Liter pro Minute einstellen. Anschließend demonstrierte er mir mit Hilfe von Yash, wie die Maske aufgesetzt wurde.

Als er fertig war, baute er das Ganze auseinander und ließ es mich wieder zusammensetzen. Es war gar nicht so einfach, wie es aussah. Ich musste dazu die äußeren Fäustlinge ausziehen, und obwohl ich darunter noch ein Paar Handschuhe trug, wurden meine Finger taub. Dabei fiel mir ein, dass ich immer noch JRs kleine Videokamera im Rucksack hatte. Die hatte ich vollkommen vergessen. Ich musste unbedingt anfangen unsere Tour zu filmen. (Jetzt bekommt ihr vielleicht eine Vorstellung davon, wie das Gehirn in großer Höhe funktioniert ... beziehungsweise nicht funktioniert.)

Irgendwie gelang es mir, die Maske an die Flasche anzuschließen, dann setzte ich sie auf und versuchte die Riemen so zu spannen, dass die Maske sich eng über Mund und Nase legte. Sie war kalt und unangenehm und ich fühlte mich ein bisschen beengt. Yash hatte eine perfekte Lösung dafür parat. Er drehte den Sauerstoff auf.

Noch nie im Leben hatte ich etwas so Wundervolles erlebt. Das O_2 breitete sich wie eine Art Zauberelixier in meinem Körper aus. Zum ersten Mal seit Wochen fühlte ich mich warm, wach und stark. Das Gefühl hielt aber nur kurz an, weil Yogi den Regler fast sofort wieder zudrehte. Widerwillig nahm ich die Maske ab. Die Sherpa-Brüder lächelten mich an. Yogi sagte etwas auf Nepalesisch und hielt dann fünf Finger in die Höhe.

»Kapiert«, sagte ich. »Erst ab Camp Fünf.«

Theoretisch konnte man während des gesamten Aufstiegs zusätzlichen Sauerstoff einatmen. Das Problem dabei war, dass man dann ein halbes Dutzend Sherpas bräuchte, um die ganzen Sauerstoffflaschen den Berg raufzuschaffen. Ein Behälter hielt nämlich nicht allzu lange vor.

Yogi und Yash gingen gegen Mittag los. Ein paar Stunden später kam Zopa aus seinem Zelt. Er sah aus wie eine Leiche frisch aus dem Grab. Drei Becher mit heißem Tee schienen ihn wiederzubeleben … zumindest ein wenig. Ich packte seine Sachen und weckte dann Sun-jo, der nach seinem Schläfchen schon viel besser aussah.

Wir machten uns auf den Weg ins Camp Vier. Dieses Mal mussten Sun-jo und ich auf Zopa warten. Ungefähr nach der Hälfte der Strecke zog er eine Sauerstoffmaske über und drehte das Ventil auf. Seine Schritte wurden dadurch auf jeden Fall schwungvoller. Ich war neidisch.

Die Camps Fünf und Sechs

Da wir erst so spät losgegangen waren, dachte ich, Camp Vier sei ganz in der Nähe, aber dann standen wir erst lange nach Einbruch der Dunkelheit vor der schrecklichen Wand, die hinauf ins Lager führte.

»Wir klettern bei Nacht da hoch?«, sagte ich schockiert.

Zopa nahm die Maske ab. »Das ist die einzige Möglichkeit, unbemerkt ins Camp Vier zu gelangen. Dann schlafen alle.«

Auf jeden Fall lagen sie in ihren Zelten – der Wind heulte und es hatte den ganzen Tag ununterbrochen geschneit. Aber nach unserer letzten Erfahrung wusste ich, dass sie ganz bestimmt nicht schliefen. Wenn es ihnen so ging wie mir bei meinem Aufenthalt da oben, dann lagen sie jetzt in ihren Schlafsäcken und fragten sich, ob genügend Luft da war, um die Nacht zu überleben.

Beim letzten Mal hatte ich fünf Stunden bis nach oben gebraucht und hätte zwischendurch beinahe aufgegeben. Aber jetzt war das Wetter schlechter … und es war dunkel.

Yogi und Yash hatten ein Seil herabgeworfen, an dem wir uns festhalten konnten.

»Ihr werdet Stirnlampen brauchen«, sagte Zopa.

»Stimmt«, sagte ich.

Steigklemme das Seil entlangschieben, Schritt, atmen, Steigklemme, Schritt, Steigklemme, nachdenken, aufschauen, noch mal nachdenken, Schritt, ausruhen, ausruhen, ausruhen, an die Felswand drücken, beten ... Genau wie beim letzten Mal. Aber seltsamerweise war der Aufstieg diesmal leichter oder zumindest weniger beängstigend. Das lag an der Stirnlampe. Das Licht sorgte dafür, dass ich meine ganze Konzentration auf das Eis und den Felsen vor mir richtete. Ich hatte keine Ahnung, wo oben und unten war, bis ungefähr drei Meter oberhalb ein Licht über der Kante auftauchte. Das war Yogi, auch wenn er unter seiner Vermummung nur schwer zu erkennen war. Ich schaffte es bis über den Rand, ohne dass er mich hochziehen musste. Als ich auf allen vieren kniete und versuchte wieder Luft zu bekommen und nicht zu kotzen, schaute ich auf meine Armbanduhr. Dieses Mal hatte ich weniger als fünf Stunden gebraucht. Fünfzehn Minuten später kam Sun-jo über die Kante gekrochen. Er sah aus, als würde er gleich ohnmächtig werden. Ich brüllte ihm ins Ohr, dass er eine halbe Stunde schneller hochgeklettert war als beim ersten Mal. Das schien ihn aufzumuntern. Mühsam rappelte er sich auf die Beine.

Zopa war der Letzte. Er war in einem fürchterlichen Zustand. Wir mussten ihn zu dritt über die Kante hieven, und als wir ihn dann oben hatten, rührte er sich nicht vom Fleck. Ich überprüfte seine Sauerstoffflasche. Sie war leer. Yogi rannte los und kam mit einer frischen Flasche und Yash wieder zurück. Sie sorgten dafür, dass das O_2 floss, und trugen Zopa in ihr Zelt. Nach einer Stunde oder so hatte er sich so weit erholt, dass er die Augen aufmachen und etwas trinken konnte. Ein paar Minuten später fragte er die Brüder, ob sie etwas von Josh gehört hatten.

Die chinesischen Bergsteiger-Soldaten hatten an diesem Nachmittag das ABC erreicht und wollten ein, zwei Tage dort bleiben, bevor sie sich auf den Weg ins Camp Vier machten. Sie hatten die Papiere sämtlicher Personen überprüft und alle Zelte durchsucht. Die Kletterer im ABC sagten, die Soldaten seien topfit und sehr schnell unterwegs gewesen. Es konnte keinen Zweifel geben, dass sie den Gipfel in Angriff nehmen wollten.

Für mich klang das wie die schlechteste Nachricht überhaupt, aber Zopa schien sich davon nicht im Geringsten beunruhigen zu lassen.

»Ihr seid ihnen einen Tag voraus. Heute Nacht und morgen ruht ihr euch aus. Und übermorgen, bevor es hell wird, steigt ihr auf ins Camp Fünf.«

»Was ist mit dir?«, wollte Sun-jo wissen.

»Glaubst du wirklich, dass sie sich um einen kranken, alten Mönch Gedanken machen, wenn sie hier oben sind? Wenn es wirklich so gute Kletterer sind, dann werden sie alle den Gipfel bezwingen wollen. Wer würde da zurückbleiben und den alten Mann den Berg hinunterführen?« Er stieß ein pfeifendes Lachen aus. »Und wenn sie wieder zurückkommen, bin ich verschwunden.«

»Warum können wir nicht einfach nachher, wenn es hell wird, ins Camp Fünf gehen?«, wandte ich ein. »Dann hätten wir viel mehr Vorsprung vor den Soldaten.«

»In ein paar Stunden zieht ein Sturm auf«, erwiderte Zopa. »Morgen früh kommt euer Fenster.«

Der Sturm überfiel uns mitten am Vormittag. Wären wir aufgebrochen, so wie ich es gewollt hatte, dann wären wir auf halber Strecke zum Camp Fünf gewesen. Und wir wären gestorben, zusammen mit den anderen drei Kletterern, die *tatsächlich* an diesem Morgen aufgebrochen waren. Keiner schaffte es bis ins Camp Fünf und niemand konnte ihnen helfen. Der Sturm war zu stark.

Ich wollte etwas in mein Moleskine schreiben und stellte fest, dass meine Konzentration höchstens für zwei bis drei Wörter am Stück reichte. Nach einer Weile gab ich auf und konnte tatsächlich noch ein bisschen schlafen. Sun-jo auch, hauptsächlich deshalb, weil man sowieso nichts anderes machen konnte, als im Zelt zu liegen. Zopa wollte nicht, dass wir durch das Camp gingen (nicht, dass wir die Kraft dazu gehabt hätten), und der Sturm war so stark, dass sich sowieso alle eingegraben hatten und darauf warteten, dass er abflaute.

Das geschah dann gegen acht Uhr abends, und zwar von einem Moment auf den anderen. Gerade noch hatten der Wind und der Schnee unser Zelt beinahe weggeblasen und dann war es mit einem Mal vollkommen still. Ich streckte, wie alle anderen im Camp, den Kopf zum Zelt hinaus und sah über uns einen absolut klaren Himmel, übersät mit funkelnden Sternen.

Yash brach drei Stunden vor uns zum Camp Fünf auf, um dort alles vorzubereiten. Eine Stunde bevor es losgehen sollte, steckte Yogi den Kopf in unser Zelt und sagte, dass wir zusammenpacken sollten. Wir nahmen nicht viel mit. Das meiste, was wir brauchten, würde uns in Camp Fünf erwarten. Yogi und Yash hatten die Sachen schon hinaufgebracht, als wir das letzte Mal zum Camp Vier aufgestiegen waren.

Vor dem Aufbruch schauten wir noch bei Zopa vorbei. Er saß aufrecht da und trank einen Becher Tee. Er hing nicht mehr am Sauerstoff und sein Gesicht hatte schon wieder ein bisschen Farbe bekommen, aber er sah immer noch ziemlich geschwächt aus.

»Ab jetzt ist Geschwindigkeit alles. Wenn ihr zu lange in der Todeszone bleibt, werdet ihr sterben. Wenn ihr an dem Tag, an dem ihr Camp Sechs verlasst, nicht um 13.35 Uhr den Gipfel erreicht habt, dann werden Yogi und Yash euch wieder zurückschicken. Es ist immer noch besser, den Chinesen in die Hände zu fallen, als auf dem Berg zu sterben.«

Das kam mir zwar wie ein Widerspruch zu seinem Plan vor, Sun-jo über den Gipfel hinweg und in Sicherheit zu bringen, aber er hatte Recht. Von Camp Sechs aus muss man innerhalb von achtzehn Stunden bis zum Gipfel und wieder zurück gelangen. Man kann oberhalb von Camp Sechs nur eine begrenzte Zeit überleben, ob mit Sauerstoff oder ohne. Falls wir es bis zum Gipfel schaffen sollten, dann mussten wir innerhalb von achtzehn Stunden das höchstgelegene Camp auf der anderen Seite erreicht haben.

»Waren Yogi und Yash schon einmal auf dem Gipfel?«, fragte ich ihn. Diese Frage hatte mich beschäftigt, seit Zopa gesagt hatte, dass er uns nicht selbst dorthin bringen würde.

»Natürlich«, sagte Zopa. »Schon drei Mal.«

»Gut«, erwiderte ich. »Weiß Josh, dass du nicht mitkommst?«

Zopa schüttelte den Kopf, segnete uns und sagte: »Wir sehen uns dann in Kathmandu. Und jetzt geht.«

Es war klar und bitterkalt, als wir das dunkle Camp verließen und uns über den Nordsattel auf den Weg zum Gipfel machten. Ich konnte meine Aufregung nur schwer im Zaum halten. Eine Nacht in Camp Fünf, eine Nacht in Camp Sechs und dann ... das Dach der Welt.

Der Weg ins Camp Fünf war eher ein Gewaltmarsch als eine Klettertour. Wir hangelten uns an zahlreichen Fixseilen entlang. Yogi bestimmte das Tempo. Ich versuchte einen Rhythmus einzuhalten: Zwölf Schritte, dann eine Minute Pause, um mich keuchend zu erholen, dann wieder zwölf Schritte. Nach einer Stunde war ich bei acht Schritten und ich weiß nicht wie vielen Erholungsminuten angekommen. Kaum zu glauben, dass manche Bergsteiger ganz ohne Sauerstoff bis zum Gipfel gekommen waren. Josh war einer von ihnen, aber ich ging davon aus, dass er dieses Mal auch an der Flasche hing, und sei es nur, um bei klarem Verstand zu bleiben und keinen seiner Kunden zu verlieren.

Die Sonne ging auf und schenkte uns den bislang besten Blick auf die Gipfelpyramide des Everest. Sie war gewaltig. Ein scheibenförmiger Schleier aus Eiskristallen wurde von der Spitze geweht und hob sich vor dem blauen Himmel ab. Der Anblick erinnerte mein träges Gehirn an die Kamera, die ich vor unserem Abmarsch aus Camp Vier in die Tasche gesteckt hatte. Ich rief Sun-jo zu, er solle auf mich warten, und er war darüber mehr als froh. Als ich bei ihm war, nahm ich die äußeren Fausthandschuhe ab, drückte die Aufnahmetaste und versuchte, so gut ich konnte, JR zu spielen.

»Was empfindest du jetzt gerade?«, fragte ich ihn. »Du bist noch anderthalb Kilometer vom höchsten Punkt der Erde entfernt.« Ich hatte ihn mit dem Gipfel im Hintergrund perfekt im Bild.

»Angst«, sagte Sun-jo. »Und Hoffnung. Und Sorge um meinen Großvater. Ich habe es mir nicht so anstrengend vorgestellt.«

Das war alles, was meine unbehandschuhten Finger verkraften konnten.

»Ich kann dich auch filmen, wenn du willst«, bot Sun-jo an.

»Nee, ist schon okay. Wir müssen weiter.«

Ungefähr eine halbe Stunde später entdeckten wir unsere erste Leiche. Sun-jo sah sie zuerst. Ich schloss zu ihm auf, während er sie anstarrte. Yogi war vorbeigezogen, als hätte er sie nicht gesehen, aber ich wette, das hatte er. Es war eine Frau. Ungefähr fünfzehn Meter entfernt lag noch eine Leiche, aber mit dem Kopf nach unten. Deshalb wusste ich nicht, ob es ein Mann oder eine Frau war.

Ich hatte noch nie einen toten Menschen gesehen, schon gar keinen gefrorenen. Sie sah eher aus wie eine Wachsfigur als wie ein ehemaliges menschliches Wesen, und dadurch wurde meine Erschütterung irgendwie noch größer. Ihre Kleider waren ganz zerfleddert, also lag sie wohl schon eine ganze Weile da. Es sah so aus, als ob sie im Sitzen gestorben und anschließend zur Seite gekippt war. Sie war nur wenige Stunden von ihrem Zelt in Camp Vier entfernt gewesen. Ich weiß nicht, wie lange wir da gestanden und sie angestarrt haben, und wir wären bestimmt noch viel länger stehen geblieben, wenn Yogi uns nicht zur Eile angetrieben hätte. Fünf Leichen später schaute ich gar nicht mehr hin.

Um die Mittagszeit gelangten wir an ein steileres Stück des Nordgrats. Es wurde deutlich kälter. Die Fixseile waren festgefroren und Sherpas hatten flache Stufen in das Eis geschlagen, die das Klettern erleichtern sollten.

Yogi wartete, bis wir ihn eingeholt hatten. Er deutete auf die Zelte unten im Camp Vier, dann hinauf zu den Zelten von Camp Fünf und sagte etwas auf Nepalesisch.

»Halbe Strecke«, übersetzte Sun-jo. »Noch sechs Stunden.«

Um diese sechs Stunden noch schwieriger zu machen, wurde der Wind wieder stärker. Wir mussten uns beim Aufsteigen nach vorne beugen, damit wir nicht vom Grat geweht wurden. Meine anfängliche Begeisterung war längst verflogen. Ich glaube, das Einzige, was mich vorwärtstrieb, war die Aussicht auf das O_2, das da oben auf mich wartete. Ich weiß nicht, was Sun-jo am Laufen hielt. Wahrscheinlich die chinesischen Bergsteiger hinter ihm und die Freiheit, die vor ihm lag.

Um kurz vor sieben erreichten wir Camp Fünf: 7600 Meter hoch. Ich konnte mir nicht vorstellen, jemals auch nur einen Schritt weiterzugehen. Das hier war das Ende der Welt. Es war nicht einmal ein Camp. Es waren ein paar frei geräumte, ebene Flächen, die sich mindestens 400 Meter weit am Nordgrat entlangzogen und die keinerlei Schutz vor dem heulenden Wind boten. Auf den größeren Plattformen hatten fünf bis sechs Zelte Platz, auf den kleineren nur ein oder zwei. Auf manchen standen auch Zelte, aber es war schwer zu sagen, wie viele Menschen tatsächlich hier oben waren. Vermutlich gehörten die meisten Zelte Kletterern, die gerade aus Camp Vier auf- oder aber nach ihrem Gipfelversuch aus Camp Sechs abstiegen.

Unser winziger Geröllhaufen war gerade groß genug für zwei Zelte auf dem Müll unserer Vorgänger. Yash hatte bereits Teewasser zum Kochen gebracht, aber ich hatte nur Augen für die Maske, die er sich über das Gesicht gezogen hatte und die seine Lungen mit O_2 versorgte. Seine Bewegungen waren doppelt so schnell wie unsere.

Ich schnappte mir eine Flasche vom Stapel, holte die Maske aus meinem Rucksack, schloss sie an und setzte sie auf. Das Gefühl, als sich meine Lungen zum ersten Mal mit Sauerstoff füllten, war unbeschreiblich. *Seligkeit* trifft es vielleicht noch am ehesten, aber es war sehr viel mehr als das.

Yash war Sun-jo dabei behilflich, die Maske anzulegen, und als es so weit war, schauten wir einander an und brachen in Lachen aus.

Wir würden leben. Vielleicht würden wir es sogar bis zum Gipfel schaffen.

»Die Chinesen wollen morgen ins Camp Vier aufbrechen«, sagte einer der Kletterer aus dem ABC zu Josh.

»Das ist doch ein Witz!«, erwiderte Josh. »Und die Akklimatisierung?«

»Diese Typen sind schon akklimatisiert. Eine Bergsteigerin aus unserer Gruppe spricht ein bisschen Chinesisch. Sie haben ihr erzählt, dass sie gerade auf dem K2 waren, als sie den Befehl erhalten haben hierherzukommen. Sie haben es zwar nicht direkt gesagt, aber ich glaube nicht, dass sie ohne Gipfelversuch wieder runterkommen. Das sind richtige Klettermaschinen. Wann kommt ihr denn nach oben?«

»Übermorgen, falls das Wetter es zulässt«, erwiderte Josh. »Ich wollte eigentlich noch ein bisschen länger warten, aber heute habe ich alle meine Leute zum Klettern mitgenommen und sie haben sich ganz gut geschlagen. Der Virus hat sich anscheinend ausgetobt.«

»Wir brechen morgen früh auf ins Camp Vier. Wir sehen uns dann auf dem Rückweg.«

»Viel Glück.«

»Ende.«

Das waren vermutlich die letzten Funksprüche, die wir hören würden. Ob Josh sich wohl Sorgen machen würde, wenn er mir auf seinem Weg nach oben gar nicht begegnete?

Ich fragte Sun-jo, wie es ihm ging.

»Der Sauerstoff tut gut, aber ich habe trotzdem große Zweifel. Heute fand ich es wahnsinnig anstrengend.«

»Da bist du nicht der Einzige. Es ist brutal hier oben.«

»Ich muss es schaffen«, sagte er. »Für meine Schwestern und meine Mutter.«

Das waren sehr gute Gründe, um das eigene Leben aufs Spiel zu setzen, dachte ich. Aber warum machte ich das? Für Joshs Firma? Für mein Ego?

Jetzt, wo mein Gehirn wieder Sauerstoff bekam, stellte ich fest, dass mir die zwei Ps, Mom und sogar Rolf tatsächlich fehlten. Und das brachte mich dazu, über die Toten nachzudenken, die wir während des Aufstiegs gesehen hatten. Wen hatten sie wohl hinterlassen? Das waren sehr unangenehme Fragen vor dem Einschlafen.

Der Sauerstoff war herrlich, aber die Masken waren zum Schlafen absolut ätzend. Es gab kaum eine Position, in der die Riemen einem nicht ins Gesicht schnitten. Und das Entlüftungssystem war auch Mist. In dem Ventil im Mundstück sammelten sich kleine Pfützen mit eiskaltem Schleim. Wenn ich den Kopf bewegte, lief mir der halb gefrorene Speichel in die Kehle. Darum waren Sun-jo und ich auch schon früh auf.

Wir überprüften unsere Ausrüstung, immer und immer wieder. Wenn wir irgendetwas vergessen hätten, eine Ersatzbatterie für die Stirnlampe oder einen Handschuh zum Beispiel, es wäre womöglich unser Todesurteil gewesen.

Dieses Mal ging Yogi voraus und überließ Yash die Aufgabe, uns ins Camp Sechs zu bringen. Das erste Hindernis bestand aus einem tiefen Schneefeld, das wir auf allen vieren, gestützt auf Steigeisen und Eispickel, hinter uns bringen mussten. Ich hatte blöderweise gedacht, dass das Klettern jetzt, wo wir auf O_2 waren, mit dem Klettern auf Meereshöhe vergleichbar war. Nichts hätte weiter von der Realität entfernt sein können.

Als wir den oberen Rand des Schneefeldes erreicht hatten, kreischten meine Lungen nach Luft. Ich dachte, dass vielleicht etwas mit meiner Maske nicht in Ordnung oder dass die Flasche leer war, aber alles funktionierte einwandfrei. Die zwei Liter Sauerstoff entsprachen keineswegs den Bedingungen auf Meereshöhe. Sie ermöglichten mir lediglich in über 7600 Metern Höhe am Leben zu bleiben. Und es war ein Riesenunterschied, ob man in einem Zelt lag und sich praktisch gar nicht bewegte oder aber auf allen vieren ein Schneefeld hinaufkletterte. Ich holte die kleine Kamera hervor und filmte, wie Sun-jo auf mich zu krabbelte. An seinem Gesichtsausdruck konnte ich erkennen, dass er soeben dieselbe O_2-Offenbarung erlebt hatte wie ich.

»Ich glaube nicht, dass ich es schaffe.« Er keuchte. »Ganz im Ernst, Peak. Das ist zu viel.«

»Wir sind nur zu schnell über das Schneefeld gegangen«, sagte ich mit einer Zuversicht, die ich gar nicht fühlte. »Wir müssen unsere Kräfte einfach besser einteilen.«

Er nickte, aber in seinem Blick lag Angst. Ich wusste genau, wie er sich fühlte. Auf dem Weg nach oben waren wir schon wieder an drei, vier Toten vorbeigekommen.

Ein paar Stunden später blieb ich stehen, um mich auszuruhen und schaute auf meine Höhenmesser-Armbanduhr. Wir hatten gerade die 7900 Meter überschritten und befanden uns nun ganz offiziell in der Todeszone. Von nun an starben wir in jeder Minute ein kleines bisschen mehr.

Wie drei Zombies stolperten wir ins Camp Sechs. Yogi hatte die Zelte aufgebaut, aber er sah nicht viel besser aus als wir. Er bat Sun-jo den Gasbrenner anzuzünden. Wir sollten Schnee schmelzen und so viel trinken, wie wir konnten. Allein bei der Vorstellung, irgendetwas zu trinken oder zu essen, drehte sich mir der Magen um.

Ich schaltete die Videokamera ein und filmte Sun-jo, wie er den Brenner anzündete, beziehungsweise wie er versuchte den Brenner anzuzünden. Er brauchte bestimmt fünfzig Versuche, bis er das Feuerzeug in der dünnen Luft anbekam. Als er es dann endlich geschafft hatte, blutete sein Daumen so heftig, als hätte er ihn mit einem Messer aufgeschlitzt.

Wir würgten so viel Wasser und Nahrung wie möglich hinunter und wickelten uns in unsere Schlafsäcke, um zu warten. An Schlaf war nicht einmal zu denken.

Die Innenwand des Zeltes wurde durch unseren Atem von einer dünnen Frostschicht überzogen. Jedes Mal, wenn einer von uns sich bewegte, fielen uns die Eiskristalle ins Gesicht.

Es heißt ja immer, dass das eigene Leben kurz vor dem Tod noch einmal blitzartig an einem vorbeisaust. Meines lief dagegen in Zeitlupe vor mir ab wie ein Horrorstreifen. Ich glaube, daran waren die ganzen Leichen schuld. Ich dachte an Mom, wie sie von dieser Felswand gestürzt war, an den Jungen, den ich nicht gekannt hatte und der vom Flatiron Building gefallen war, an Sun-jo, der an einem dünnen Seil vor dieser Eiswand gebaumelt hatte, und an Sun-jos Vater, der meinen Vater gerettet und dann an Herzversagen gestorben war …

Dieser deprimierende Film hatte erst dann ein Ende, als die Eingangsplane zurückgeschlagen wurde und Yogis vermummtes Gesicht in der Öffnung erschien.

»Wir gehen«, sagte er.

Na ja, das stimmte nicht ganz. Es hätte eher heißen müssen: »Wir machen uns fertig, um zu gehen.« Sie ließen uns noch mehr Wasser trinken und sagten, dass wir pinkeln sollten. Das ist bei minus 35 Grad sehr viel leichter gesagt als getan. Zwei Stunden später waren wir fertig.

Wir brachen zum Gipfel des Mount Everest auf.

Ich schaute auf meine Armbanduhr. Es war 1.35 Uhr. Wir hatten zwölf Stunden Zeit.

Das Dach der Welt

Nach Camp Sechs suchten wir uns einen Weg über zwei Schneefelder. Yash ging voraus und Yogi blieb in unserer Nähe. Am hinteren Ende des zweiten Feldes stießen wir dann auf nackten Fels. Ich hielt den Blick auf Yashs Stirnlampe gerichtet. Er war wahrscheinlich hundertfünfzig Meter vor uns. Das Atmen fiel sehr schwer und es war wahnsinnig kalt, aber so langsam fing ich an zu glauben, dass es vielleicht doch nicht ganz so schlimm werden würde wie befürchtet. Es war jedenfalls auf keinen Fall schlimmer als das, was wir schon hinter uns hatten.

Doch dann, zu meinem großen Entsetzen, begann Yashs Stirnlampe nach oben zu schweben. Ich blinzelte ein paar Mal. Vielleicht war das ja so eine Art optische Täuschung. War es aber nicht. Er kletterte eine steile Wand hinauf.

»Gelbes Band!«, brüllte Yogi über den heulenden Wind hinweg. »Vorsicht!«

Wir fingen an zu klettern. Bei fast jedem Griff brachen große Brocken des gelblichen Sandsteins ab und die Steigeisen, die wir unter die Stiefel geschnallt hatten, waren zu gar nichts nütze. Im Gegenteil. Sie sind für Eis gemacht und nicht für Fels, aber wir hatten keine Zeit, um sie auszuziehen. Im Basislager würde man dafür vielleicht drei Minuten brauchen. Aber hier oben in der dünnen Luft konnte es eine halbe Stunde oder vielleicht noch länger dauern. Wir hatten keine halbe Stunde übrig. Und wenn wir das nächste Mal auf Eis oder Schnee stießen, mussten wir sie wieder anziehen. Das dauert noch länger, als sie auszuziehen.

Es gab auch Fixseile, aber die meisten waren zerfetzt und flatterten sinnlos im Wind. Ungefähr nach einer Stunde packte ich eines davon, um mich über eine schwierige Stelle zu ziehen. Da löste es sich aus der Verankerung. Ich konnte mich gerade noch halten, sonst wäre ich nach hinten weggekippt. Von da an fasste ich auf dem ganzen Aufstieg kein Seil mehr an.

Der Weg zum Gipfel führte über drei Stufen und das hier musste die erste sein. Aber wenn das so war, warum hatte Yogi dann vom Gelben Band gesprochen? *Ist wohl der Sherpa-Ausdruck dafür,* dachte ich.

Fünf Stunden später wurde mir klar, dass ich mich geirrt hatte. Wir erreichten den oberen Rand in dem Augenblick, als die Sonne aufging, und da war er: der Kamm. Er sah aus wie ein gigantischer Drachenschwanz mit Serpentinen und Schuppen und komplizierten Felsstufen. Ich zählte die sogenannten Stufen. Eins … zwei … Mist … drei. Das Gelbe Band war das Gelbe Band. Die erste Stufe lag noch vor uns.

Ein paar Minuten später waren auch Yash und Sun-jo bei mir. Ich filmte sie, wie sie mit auf die Knie gestützten Händen dastanden, um sich zu erholen, dann schwenkte ich die Kamera herum bis zum Gipfel. Yash deutete auf seine Uhr und ging auf den Fuß der ersten Stufe zu.

Yogi saß auf einem Felsblock und wartete auf uns. Er überprüfte unsere Sauerstoffflaschen, ließ uns etwas trinken und zeigte nach oben.

Die erste Stufe war ungefähr zwanzig Meter hoch. Es war 7.00 Uhr morgens und das Thermometer zeigte minus 37 Grad. In Bezug auf das Wetter hatte Zopa wieder einmal Recht gehabt. Am Himmel war keine Wolke zu sehen, aber das konnte sich innerhalb weniger Minuten auch wieder ändern.

Die ersten drei Meter führten in einer Spalte auf der linken Seite der Klippe nach oben. Danach kam ein Quergang über einen wackeligen Sims, der dadurch noch schwieriger wurde, dass unsere Beine so schwach waren. (Meine zitterten während der gesamten Traverse, ohne dass ich irgendetwas dagegen tun konnte.) Das letzte Stück bestand dann aus einer wilden Kraxelei zwischen zwei Felsblöcken.

Um 8.30 Uhr erreichten wir den oberen Rand der ersten Stufe.

Die zweite Stufe war doppelt so steil und doppelt so hoch wie die erste. Yogi tauschte alle unsere Sauerstoffflaschen aus, bevor wir einen Versuch starteten. Sun-jo und ich wären beide beinahe in Ohnmacht gefallen, während wir darauf warteten, dass er uns wieder an das kostbare O_2 anschloss. Auf dem ersten Abschnitt der Wand waren Aluminiumleitern befestigt (irgendwie). Sie bogen und verdrehten sich unter unserem Gewicht und scharrten mit scheußlichen Kratzgeräuschen über den Stein. Die Steigeisen machten das Klettern auf den rutschigen Sprossen auch nicht leichter. Als würde man versuchen mit Schlittschuhen auf eine Leiter zu steigen. Ich war froh, als ich die Leitern endlich hinter mir hatte, aber das letzte Stück bis nach oben war noch viel schlimmer. Es war ein Zug-Quergang, bei dem man sich nur mit den Armen an einer Felskante entlanghangeln musste, um sich dann an einem Bündel alter Seile, die in einer Schlaufe hingen, bis an den oberen Rand zu schwingen. Ich hätte nicht gedacht, dass das überhaupt möglich war, aber dann sah ich, dass Yogi es ohne Probleme schaffte. Sun-jo war direkt hinter mir. Ihm schien bei dieser Aktion genauso flau im Magen zu sein wie mir.

Also folgte ich Zug um Zug Yogis Route, aber als ich das Seil packte, rutschte ich mit dem Steigeisen vom Fels ab und baumelte dann wie ein toter Fisch am Seil. Ich hatte sämtlichen Schwung verloren, aber den hätte ich gebraucht, um an den oberen Rand zu kommen. Außerdem hatte ich mich auch noch gedreht, so dass ich jetzt mit dem Rücken zur Wand hing.

Ich schaute rüber zu Sun-jo und Yash. Sie starrten hilflos zurück. Sie konnten nicht das Geringste machen. Ich schaute nach oben. Yogi beugte sich über den Rand und versuchte nach der Schlaufe zu greifen, um mich hinaufzuziehen. Er kam nicht einmal in ihre Nähe. Wir hatten kein Seil mitgenommen. Das zusätzliche Gewicht hätte uns langsamer gemacht und das wäre womöglich tödlich gewesen.

Ich wusste, dass meine Arme immer müder werden würden, je länger ich so hängen blieb. Wenn ich zu lange wartete, um das Problem zu lösen, dann würde mir die Kraft ausgehen. Ich musste etwas unternehmen. Sofort!

Ich drehte mich um die eigene Achse, prallte mit dem Gesicht gegen die Felswand und rammte die vorderen Zacken meiner Steigeisen in den harten Stein. Einer blieb stecken. Ich verlagerte einen Teil meines Gewichts auf das Bein und konnte so die Arme ein bisschen entlasten. Dann packte ich das Seil mit der linken Hand, so fest ich konnte, und ließ die rechte Hand los. Ich streifte den äußeren Fausthandschuh mit den Zähnen ab, ließ ihn fallen und schüttelte den Arm aus dem Ärmel. (Ich hatte noch ein Paar Fausthandschuhe im Rucksack.) Dann wiederholte ich den Vorgang mit dem linken Arm. Für den nächsten Schritt brauchte ich jedes bisschen Kraft, das ich in den Armen hatte. Und ich hoffte, dass Yogi über mir genau aufpasste. Ich würde auch seine Hilfe brauchen.

Dann ging ich mit den Steigeisen die Wand hinauf, bis ich wie ein umgekipptes V aussah, so etwa: <. Anschließend richtete ich mich mehr oder weniger auf, in der Hoffnung, dass die Steigeisen hielten. Sie hielten. Im letzten Augenblick ließ ich mit der linken Hand das Seil los und hoffte, dass ich sie so hoch ausstrecken konnte, dass es Yogi gelang, sie zu packen. Er packte sie, aber um mich hochzuziehen, würde er meine Hilfe brauchen. Auch er hatte seine äußeren Fausthandschuhe ausgezogen und hielt mich ziemlich fest gepackt. Jetzt löste ich auch die rechte Hand vom Seil und suchte blind nach irgendeinem Halt. Da fand ich einen Spalt, der gerade so groß war, dass ich die äußersten Spitzen meiner wunden Finger hineinquetschen konnte. Ich zog mich mit aller Kraft nach oben. Wenn es nicht klappte, dann würde Yogi mich loslassen müssen. Als ich das Gefühl hatte, dass es nicht mehr höher ging, zog ich mein rechtes Bein an die Brust und versuchte den Fuß in die Schlaufe zu stecken. Es war verdammt knapp, aber es reichte. Jetzt musste ich mich noch aufrichten, dann war ich nur wenige Zentimeter vom oberen Rand entfernt.

Yogi zog mich über die Kante und dann lagen wir beide japsend auf dem Rücken. Er streckte den Arm aus und stellte meine Sauerstoffzufuhr auf vier Liter und ich machte es bei ihm genauso. Trotz des zusätzlichen Sauerstoffs brauchten wir gut fünf Minuten, bis wir wieder bei Atem waren.

Ich fragte mich, was wohl Sun-jo durch den Kopf gegangen sein musste, nachdem er das gesehen hatte. Anscheinend hatte er durch meinen Fehler gelernt. Fünf Minuten später schwang er sich wie ein Klammeraffe über die Kante. Yash war direkt hinter ihm.

Sie ließen mich noch eine Viertelstunde lang ausruhen. Das brauchte ich. Yogi drehte meinen Sauerstoff erst wieder runter, als wir abmarschbereit waren. Das brauchte ich auch.

Die dritte Stufe war für mich die leichteste, obwohl die Kletterpassage länger war als bei den ersten beiden. Aber verglichen mit dem, was ich gerade durchgemacht hatte, war es ein Spaziergang.

Auf der Höhe angekommen sahen wir den nächsten Toten. Er lag auf dem Rücken, den einen Arm zur Seite ausgestreckt. Die andere Hand steckte in der Tasche seines Daunenparkas. Der Tote sah ziemlich frisch aus. Vielleicht war das einer der deutschen Bergsteiger, die ums Leben gekommen waren, als wir uns noch im ABC aufgehalten hatten. Ich fragte mich, ob er auf dem Weg zum Gipfel oder auf dem Rückweg gestorben war. Ich fragte mich, wie viele Menschen zu Hause auf ihn warteten. *Keiner, der auf einen Berg steigt, rechnet damit, dass er nicht wieder runterkommt.* Ich wandte den Blick von dem toten Bergsteiger ab und versuchte Moms Warnung aus meinem Kopf zu verbannen.

Hinter der Leiche lag das Eisfeld der Gipfelpyramide und dann kam der Gipfelgrat.

Yogi zeigte auf seine Uhr und hielt dann zwei Finger in die Höhe. Noch zwei Stunden.

Wir klinkten uns an Seile an und begannen mit unserem Marsch über das Eisfeld. Ich weiß nicht, wie es Sun-jo gegangen ist, aber das war der Augenblick, in dem ich auf Gipfelfieber umgeschaltet habe. Eigentlich hätte ich vollkommen erschöpft sein müssen, aber stattdessen stand ich total unter Strom. Moms Warnung löste sich in dünne Luft auf. Puff! Nichts würde mich daran hindern, auf den Gipfel zu gelangen.

Das Schneefeld wurde steiler und wand sich in einem Bogen nach oben – ich nahm an, in Richtung Gipfel. Doch stattdessen stießen wir auf die Ausläufer einer frischen Lawine. Die Schneebrocken waren zum Teil so groß wie ein Schulbus. Ich fluchte. Jetzt waren wir so weit gekommen, nur um von einer Lawine gestoppt zu werden? Wir würden Stunden, wenn nicht Tage brauchen, um über den ganzen Schneebruch zu klettern.

Yogi deutete auf das Lawinenfeld und schüttelte den Kopf.

Was du nicht sagst, dachte ich und starrte voller Bitterkeit auf die Schneemenge. Er zog mich am Ärmel. Ich dachte, er wollte mir sagen, dass wir umkehren mussten. Dass es vorbei war. Ich wollte schon losbrüllen, dass wir es versuchen mussten, um Sun-jos willen, auch wenn ich wusste, dass es hoffnungslos war.

Doch Yogi wollte mich nicht zurückschicken. Er zeigte auf eine andere Felsklippe, die den letzten Pfeiler flankierte. Die Route zum Gipfel führte nicht über das Eisfeld mit den Lawinentrümmern.

Noch einmal mussten wir eine Wand mit einem schmalen Felsvorsprung queren. Dazu klinkten wir uns an ein Seil an, das aussah, als würde es schon seit dreihundert Jahren hier hängen. Nach ungefähr fünfzig Metern stießen wir auf einen Vorsprung, den wir mit viel Geschicklichkeit und Zeitaufwand umgehen mussten. Am Ende der Querung ging es über eine ganze Reihe von Felsvorsprüngen nach oben. Das nahm etwa zwanzig Minuten in Anspruch. Wir gelangten oberhalb der Lawinentrümmer auf den oberen Hang des Eisfeldes der Gipfelpyramide.

Der Wind war jetzt richtig stark. Yash brachte uns zu einer schützenden Felsnase, wo wir uns vor der letzten Anstrengung ein paar Minuten erholen konnten. Yogi deutete wieder auf seine Armbanduhr und stand auf. Ich ging als Letzter und filmte ihn, Sun-jo und Yash auf dem Weg zu der Stelle, die ich für den Gipfel hielt. Sie war es aber nicht. Erst, als wir den oberen Rand des Eisfeldes erreicht hatten, wurde der eigentliche Gipfel sichtbar. Die bunten Gebetsfahnen flatterten in 200 Metern Entfernung am Gipfelmast.

Wir legten noch eine Erholungspause ein, aber ich kürzte meine ab.

»Ich gehe voraus«, schrie ich über den ohrenbetäubenden Wind hinweg. »Ich nehme euch auf, wie ihr hochkommt!« Das war nicht die ganze Wahrheit. In Wirklichkeit konnte ich es nicht erwarten, auf dem Gipfel zu stehen.

180 Meter …

Zwei Fußballfelder. Auf über 8800 Metern fühlte es sich eher an wie 180 Kilometer.

Drei Schritte … Pause … drei Schritte … Pause … zwei Schritte … Pause …

Ich merkte, dass es das Beste war, den Blick auf den Gipfel zu meiden. Jedes Mal, wenn ich nachschaute, schien er nur noch weiter weg zu sein, als würden wir rückwärtsgehen. Sun-jo, Yash und Yogi kamen im gleichen Schneckentempo ungefähr dreißig Meter hinter mir her. Ich filmte sie ein paar Minuten lang, dann ging ich weiter.

30 Meter …

27 Meter …

Ich blieb stehen und sah nach dem Sauerstoff, weil ich dachte, die Flasche sei leer. Sie war halb voll und gab zwei Liter pro Minute ab. Es kam mir viel zu wenig vor, um am Leben zu bleiben.

25 Meter …

20 Meter …

Ich schaute auf meine Uhr. 13.09 Uhr. Sechsundzwanzig Minuten bis zum Umkehrpunkt. Ich blieb stehen, um mich auszuruhen. Ich stand auf einer Höhe von 8840 Metern, höher als jeder andere Punkt auf der Welt: Noch zehn Meter.

Es war kalt und windig, aber in dieser Höhe war das Wetter nur selten besser als jetzt. Ich konnte Hunderte Kilometer weit in jede Richtung sehen. Mit »wunderschön«

lässt sich dieser Blick nicht beschreiben und auch »majestätisch« trifft es nicht. Das beste Wort, das mir einfiel, war »göttlich«, aber selbst das war nur eine unvollkommene Beschreibung der Wirklichkeit.

Sun-jo hatte jetzt ein bisschen aufgeholt. Er war keine sieben Meter von mir entfernt. Yogi und Yash gingen links und rechts neben ihm her. Ich wollte mich umdrehen und meine Klettertour vollenden, doch stattdessen holte ich die Kamera heraus und filmte mein bergauf kommendes Team. Jetzt konnte ich sehen, dass Sun-jo sich nur mühsam vorwärtsquälte und dass Yash und Yogi ihn tatsächlich stützten. Als sie bei mir waren, war es 13.19 Uhr. Sun-jo sank auf die Knie und konnte nur unter größter Anstrengung atmen. Ich schaute auf den Regler an seiner Sauerstoffflasche und sah, dass sie die Menge bereits auf vier Liter pro Minute erhöht hatten.

Ich ließ ihm ein wenig Zeit zum Ausruhen, dann kauerte ich mich neben ihn. »Du kannst es schaffen, Sun-jo. Es sind nur noch ungefähr zehn Meter. Sieh doch!« Ich deutete auf den Gipfelmast.

Er schaute hinauf zu den bunten, im Wind flatternden Gebetsfahnen und nickte dumpf, rührte sich aber nicht von der Stelle.

»Sobald du den Mast berührt hast«, sagte ich, »geht es nur noch bergab.«

Sun-jo schüttelte den Kopf. »Ich glaube, ich schaffe es nicht.«

»Du musst es schaffen. Für deine Schwestern. Für dich.«

Er schüttelte auch weiterhin nur den Kopf. Ich schaute

Yogi und Yash an. Sie sahen genauso mitgenommen aus wie Sun-jo. Ihn so weit zu schleppen hatte ihnen fast alle Kraft geraubt. Ich warf einen Blick auf meine Armbanduhr. In zwölf Minuten mussten wir umkehren. Selbst, wenn wir jetzt sofort losgingen, war ich mir nicht sicher, ob wir es bis 13.35 Uhr auf den Gipfel schaffen würden.

»Geh du«, sagte Sun-jo schwach. »Ich mache mich auf den Rückweg.«

»Du kannst nicht auf der Nordseite runter. Da warten die Chinesen auf dich.«

»An denen komme ich schon vorbei.«

Wir wussten beide, dass das nicht stimmte. Ich warf einen Blick nach unten. Zwei weitere Bergsteigergruppen hatten gerade die dritte Stufe erklommen und schlängelten sich nun den Drachenschwanz empor. Sie mussten zu spät aufgebrochen sein oder unterwegs irgendwo Probleme bekommen haben. Wenn das Wetter hielt, dann schafften sie es vielleicht.

Man weiß nie, wen der Berg zulässt und wen nicht … Sun-jo wird ohne deine Hilfe den Gipfel nicht erreichen …

»Los jetzt.« Ich zog Sun-jo auf die Beine.

Wir setzten uns wieder in Bewegung und mit jedem kleinen Schritt schien Sun-jo ein klein wenig kräftiger zu werden.

Acht Meter …

Sechs Meter …

Fünf Meter …

Drei Meter …

Ich blieb stehen und starrte den Gipfelmast an, dann drehte ich mich um und blickte nach unten.

»Was ist los?«, sagte Sun-jo.

Ich schaute wieder hinauf zum Gipfelmast, zog meine Gletscherbrille ab und schaute Sun-jo an. »Weißt du, welches Datum wir heute haben?«

Er schüttelte den Kopf.

»Den dreißigsten Mai«, sagte ich.

»Und?«

»Ich glaube, weiter gehe ich nicht.«

»Was redest du denn da? Der Gipfel ist bloß noch ein paar Schritte entfernt. Was hat denn das Datum damit zu …«

»Du hast morgen Geburtstag. Es gibt einen Grund, warum du hier bist, Sun-jo. Einen wichtigen Grund. Deine Zukunft und die deiner Schwestern. Für mich gibt es keinen Grund. Ich gehe über die Nordseite zurück.«

Sun-jo starrte mich an, als sei ich verrückt geworden, und vielleicht war ich es in diesem Moment auch, aber die Entscheidung, die ich auf den letzten Schritten gefällt hatte, fühlte sich richtig an. Ich wollte nicht der jüngste Mensch auf dem Gipfel des Everest sein. Sun-jos Vater war gestorben, weil er meinen Vater gerettet hatte. Wenn Sun-jo den Gipfel erreichte, dann war das die Rettung für ihn und seine Schwestern. Mit dem Sponsorengeld, das er dafür bekommen würde, konnten sie alle wieder zur Schule gehen.

»Das ist zu viel«, sagte Sun-jo.

»Das ist nichts.«

»Komm mit uns über die Südseite nach Nepal.«

Ich schüttelte den Kopf. »Wenn ich über die Südseite absteige, dann wissen alle, dass ich auf dem Gipfel war.

Für mich gibt es nur den Weg zurück. Aber ich möchte dich um einen Gefallen bitten.« Ich setzte den Rucksack ab und holte das Moleskine heraus. Die gelbe Gebetsfahne mit der blauen Bergspitze steckte in der Tasche im hinteren Einbanddeckel des Notizbuchs. Ich gab sie ihm. »Kannst du die an den Mast binden, wenn du oben bist?«

»Natürlich, aber …«

»Ihr müsst jetzt los.«

Sun-jo legte seine dicken Handschuhe zum buddhistischen Gruß zusammen und verneigte sich. »Danke, Peak. Das werde ich dir niemals vergessen.«

»Uns läuft die Zeit davon. Ich nehme euch auf, wie ihr auf den Gipfel geht, damit eure Besteigung dokumentiert ist.«

Hastig erklärte Sun-jo Yogi und Yash, was ich vorhatte. Zuerst wirkten sie geschockt, aber dann strahlten sie über beide Backen und klopften mir auf die Schulter.

»Yogi begleitet dich«, sagte Sun-jo.

»Ich komm schon klar.«

»Er besteht darauf«, sagte Sun-jo. »Und ich auch.«

»Also gut.«

Wir gaben einander die Hand und umarmten uns, dann filmte ich Sun-jo und Yash bei ihren letzten zehn Schritten. Als sie den Gipfel des höchsten Berges der Welt erreicht hatten, nahmen sie die Sauerstoffmasken ab, lächelten und winkten in die Kamera.

Sun-jo band meine gelbe Flagge an den Mast und dann überquerten er und Yash die Grenze nach Nepal.

Runter vom Berg

An den Weg zurück ins Camp Sechs kann ich mich kaum erinnern. Weit nach Einbruch der Dunkelheit stolperten wir ins Lager. Ich habe ein verschwommenes Bild vor Augen, wie Yogi mich an eine neue Sauerstoffflasche anschließt, aber danach weiß ich nichts mehr. Jedenfalls konnte ich problemlos schlafen. Das weiß ich noch. Und es tat mir kein bisschen leid, dass ich nicht bis zum Gipfel gekommen war.

Als ich aufwachte, war mein Gesicht mit einer Schicht aus gefrorenem Speichel überzogen. Außerdem hatte ich die schlimmsten Kopfschmerzen meines ganzen Lebens. Die Sauerstoffflasche war leer. Ich griff mir die nächste und stellte sie für ein paar Minuten auf sechs Liter. Damit war das mit den Kopfschmerzen so gut wie erledigt.

Yogi und ich wollten unbedingt schnell absteigen und nach Zopa sehen. Wir ließen Camp Fünf einfach links liegen und gingen direkt ins Camp Vier. Beim Betreten des Lagers wurden wir von einem chinesischen Soldaten aufgehalten. Er sah aus wie ein Bergsteiger, abgesehen von der Pistole in seinem Hüftgurt. In ziemlich gutem Englisch erkundigte er sich, wer wir waren und was wir hier machten.

»Ich heiße Peak Marcello und das hier ist Yogi Sherpa«, sagte ich. »Wir haben Nachschub ins Camp Fünf gebracht und sind auf dem Weg zurück ins Basislager.«

Er rief über Funk Captain Shek und sie führten ein langes Gespräch auf Chinesisch.

»Der Captain will mit dir sprechen«, sagte der Soldat und reichte mir das Funkgerät.

»Hier spricht Peak Marcello«, sagte ich.

»Sohn von Joshua Wood?«

»Richtig.«

»Was du machen auf Berg?«

»Wie ich schon Ihrem Soldaten gesagt habe: Ich habe geholfen, Nachschub ins Camp Fünf zu transportieren. Josh will morgen eine Gruppe nach oben bringen.«

»Aber du hast Berg verlassen.«

»Wie meinen Sie das?«, erwiderte ich und amüsierte mich dabei prächtig. »Ich bin in Camp Vier.«

»Du groß Streit mit Vater.«

»Ach so, das. Er hat gesagt, er will mich nicht auf den Gipfel steigen lassen. Da war ich wütend, aber wenigstens hat er mir das Camp Fünf erlaubt.«

»Was ist mit andere Junge?«

»Welcher andere Junge?«

»Sun-jo!«

»Ach, der«, sagte ich. »Der ist in Nepal.« Was voll und ganz der Wahrheit entsprach.

»Ich nicht glauben. Ich sage Soldat, er dich und Sherpa bringen zurück in Basislager.«

»Wie Sie meinen«, sagte ich und gab dem Soldaten das Funkgerät zurück.

Sie führten wieder ein langes Gespräch auf Chinesisch, aber dieses Mal wusste ich, worum es ging. Die anderen Soldaten hatten sich um das Funkgerät versammelt und hörten aufmerksam zu. Der mit dem Funkgerät beendete schließlich das Gespräch und schüttelte resigniert den Kopf.

»Sie müssen uns nicht nach unten begleiten«, sagte ich.

»Wir haben Befehle«, sagte er.

»Ich habe nichts dagegen, aber wir gehen ins Basislager. Wo sollen wir denn sonst hin?«

Jetzt meldete sich Josh über Funk und wollte mich sprechen. Der Soldat gab mir noch einmal sein Funkgerät.

»Ist alles in Ordnung, Peak?«

»Schätze schon. Was ist denn mit diesem Captain los?«

»Ich weiß auch nicht. Aber egal, wir steigen morgen ins ABC auf, also werden wir uns unterwegs begegnen. Danke, dass du Yogi mit dem Nachschub für Camp Fünf geholfen hast.«

Ich hatte das Bild genau vor Augen, wie er und die anderen im Hauptquartier Captain Sheks Funkspruch mitgehört hatten.

»Kein Problem«, sagte ich. »Kannst du es dir vielleicht doch noch mal überlegen und mir eine Chance auf den Gipfel geben?«

»Das Thema hatten wir doch schon, Peak. Meine Antwort lautet Nein. Vielleicht nächstes oder übernächstes Jahr, wenn du ein bisschen älter bist. Du bist noch nicht so weit.«

»Ende.« Ich gab das Funkgerät zurück und versuchte enttäuscht auszusehen.

Der Soldat musterte mich einen Augenblick lang. »Versprichst du mir, dass du ins Basislager gehst?«

Ich hob die rechte Hand. »Ich gebe Ihnen mein Wort. Und jetzt will ich bloß noch in mein Zelt und schlafen.«

Er nickte.

Yogi und ich gingen zu Zopas Zelt. Wir waren gespannt, was wir dort vorfinden würden. Wir fanden einen Zettel.

Peak,
ich habe Camp Vier gestern verlassen. Alles ist gut. Wir sehen uns unten wieder, auf unserem Weg.

Zopa

Ich war froh, dass es ihm gut ging, aber der Zettel jagte mir auch einen heftigen Schrecken ein. Er war an mich gerichtet! Aber es war doch geplant gewesen, dass ich zusammen mit Sun-jo den Berg überqueren und nach Nepal gehen sollte. Wie konnte Zopa bloß gewusst haben, was ich tun würde? Nicht einmal ich *selbst* hatte ja gewusst, was ich tun würde, bevor ich drei Meter unterhalb des Gipfels gestanden hatte!

Yogi und ich waren früh auf und verließen Camp Vier, bevor jemand anders wach war. Ich wollte den Soldaten ein Hintertürchen offen lassen. So konnten sie dem Captain sagen, dass wir uns verzogen hatten, bevor sie aufgestanden waren.

Im ABC wurden wir von noch mehr Soldaten in Empfang genommen. Sie trugen Uniform und machten den Eindruck, als sei ihnen ungemütlich kalt. Wieder einmal reichte mir jemand ein Funkgerät mit einem sehr wütenden Captain Shek am anderen Ende.

»Du Camp Vier verlassen!«

»Richtig.«

»Ohne Soldaten!«

»Wir sind aufgebrochen, bevor es hell wurde. Wir wollten sie nicht wecken. Und außerdem kennen wir den Weg ins Basislager. Wir brauchen keine Begleitung.«

»Soldaten in ABC euch begleiten!«

»Gut.«

Die beiden Soldaten, die für die Aufgabe eingeteilt wurden, waren hocherfreut, dass sie das ABC verlassen konnten.

Wir begegneten Josh und seinen Kunden, als sie gerade im Camp Zwei eintrafen. Sie mussten früh aus dem Basislager aufgebrochen sein, denn sie lagen gut in der Zeit. Josh nahm mich beiseite, so dass die chinesischen Soldaten uns nicht belauschen konnten.

»Hast du's bis auf den Gipfel geschafft?«, fragte er leise.

»Nein.«

»Was war los?«

»Keine Kraft mehr.«

»Kein Problem«, meinte er. »Was ist mit Zopa, Sun-jo und Yash?«

»Zopa ist krank geworden und ist nur bis Camp Vier gekommen. Ich weiß nicht, wo er jetzt steckt. Ich habe gehofft, dass du ihn vielleicht gesehen hast.«

Josh schüttelte den Kopf. »Ihm geht's bestimmt gut. Wahrscheinlich ist er irgendwann nachts ins Trägerlager geschlüpft und hält sich dort versteckt.«

»Das hoffe ich.«

»Und Sun-jo und Yash?«, sagte er.

»Soviel ich weiß, sind sie in Nepal.«

»Was?«

Ich erzählte ihm von Zopas Plan.

Er setzte ein breites Grinsen auf. »Dieser hinterlistige … Captain Shek wird ausflippen, wenn er das rauskriegt. Eine Gipfelüberquerung.« Er schüttelte den Kopf, dann wurde er ein klein wenig ernster.

»Wie weit bist du gekommen?«

»Oberhalb von Camp Sechs.«

»Tja, damit warst du sehr viel weiter oben als die meisten. Ich nehme dich nächstes oder übernächstes Jahr wieder mit. Dann steigen wir von der nepalesischen Seite her auf. Wenn Shek das mit Sun-jo mitbekommt, kriege ich nie wieder eine Genehmigung für diese Seite. Wann war Sun-jo auf dem Gipfel?«

»13.32 Uhr. Dreißigster Mai. Einen Tag vor seinem fünfzehnten Geburtstag.«

Er legte mir die Hand auf die Schulter. »Ich wünschte, du wärst an seiner Stelle gewesen.«

»Kein Problem«, erwiderte ich.

»Wir gehen!«, sagte einer der Soldaten.

»Eine Minute!«, meinte Josh und wandte sich wieder zu mir. »Wenn du ins Basislager kommst, wird Shek dich erst mal festnehmen und dir ein paar Fragen stellen. Thaddeus begleitet dich. Im echten Leben ist Thaddeus übrigens Rechtsanwalt, spricht fließend Chinesisch und kennt sich mit den chinesischen Gesetzen aus. Alles wird gut.«

Es würde tatsächlich alles gut werden, aber nicht aus dem Grund, den er im Kopf hatte. Und ich würde nicht noch einmal mit ihm auf den Everest steigen. Ich hatte genug von Achttausendern, die mit Toten übersät waren.

»Ich gehe nach Hause«, sagte ich.

»Was soll das heißen?«

»Zurück nach New York.«

»Darüber reden wir, wenn ich wieder unten bin.«

»Wenn du runterkommst, bin ich nicht mehr da«, sagte ich.

»Warum die Eile?«

»Das würdest du nicht verstehen.«

»Probier's doch mal.«

»Also gut. Ich will zum Geburtstag der Zwillinge zu Hause sein.«

Seinem Gesichtsausdruck nach hatte ich Recht gehabt. Er verstand es nicht.

»Den habe ich bis jetzt noch nie verpasst«, sagte ich.

Josh starrte mich einen Augenblick lang an. »Na ja, ich schätze, Thaddeus kann dir eine Mitfahrgelegenheit nach Kathmandu besorgen.«

»Wir jetzt gehen!«, rief der chinesische Soldat.

»Wir sind so gut wie fertig«, entgegnete Josh gereizt.

»Ich schätze, ich muss los.«

»Ja … na ja … tut mir leid, dass es nicht hingehauen hat.« Josh reichte mir die Hand.

»Weißt du was? Es *hat* hingehauen«, sagte ich und schlug ein. »Wir sehen uns.«

Ich ging den Soldaten und Yogi hinterher, dann drehte ich mich noch einmal um und rief: »Schreib mir mal, wenn du kannst.«

Josh schaute mich grinsend an. »Vielleicht mache ich das sogar.«

Gegen fünf Uhr waren wir zurück im Basislager. Ich wurde von Captain Shek, einer Handvoll Soldaten und Thaddeus Bowen in Empfang genommen. Von Yogi wollten sie nichts und ließen ihn ungehindert ins Lager gehen.

In Sheks Hauptquartier angekommen, leerte er als Erstes meinen Rucksack auf einem großen Tisch aus. Dann (genau wie mein New Yorker Detective vor einem ganzen Jahrhundert) untersuchte er den Inhalt sorgfältig Stück für Stück.

Er fand nichts Interessantes, abgesehen von der Digitalkamera, die Josh mir geschenkt hatte, JRs Videokamera und meinem Moleskine. Er blätterte das Moleskine durch, sah, dass die meisten Seiten leer waren, und legte es zurück. Die Kameras schob er beiseite.

»Sitzen«, sagte er.

Es gab nur einen einzigen Stuhl.

Ich setzte mich.

Er stellte mir dieselben Fragen, die er mir schon oben in Camp Vier gestellt hatte, nur dass er dieses Mal einen Kassettenrekorder mitlaufen und einen Soldaten mitschreiben ließ. Ich gab ihm genau dieselben Antworten. Als er fertig war, sagte er, ich könne meine Sachen wieder einpacken. Ich fing an, alles in den Rucksack zu stopfen, aber als ich nach den Kameras greifen wollte, hielt er mich zurück.

»Die nicht«, sagte er.

»Sie haben kein Recht, uns etwas abzunehmen«, sagte Thaddeus.

»Kameras zurückgeben, wenn wir haben gesehen.«

»Nun, dann passen Sie bloß auf, dass Sie nichts kaputt machen«, sagte Thaddeus.

Toller Rechtsanwalt, dachte ich. *Gut, dass er mich bei dem Gerichtstermin in New York nicht verteidigt hat. Sonst würde ich jetzt wahrscheinlich im Gefängnis sitzen.*

Als wir wieder draußen waren, flüsterte Thaddeus: »Ist auf den Kameras vielleicht irgendwas Belastendes zu sehen?«

»Die Frage kommt ein bisschen spät«, erwiderte ich. »Aber die Antwort lautet: Nein. Ich habe die Speicherkarte rausgenommen und durch eine leere ersetzt.«

»Wo ist die Speicherkarte?«

»An einem sicheren Ort.« (Sie steckte in meiner Socke.)

Ich war müde. Ich ging zu meinem Zelt, aber erst als ich da war, fiel mir ein, dass ich hier ja gar kein Zelt mehr hatte. Also kroch ich in Joshs und wunderte mich schon ein bisschen, wie aufgeräumt es war. Alle Kleider sorgfältig zusammengefaltet, die Ausrüstung in Kisten verstaut. Er hatte einen kleinen Klapptisch mit Stiften, Papier und einem Laptop. Neben dem Computer lagen zwei Stapel mit Post. Der erste Stapel war an ihn adressiert. Der zweite Stapel war an mich adressiert. (Mein Stapel war viel kleiner als seiner.) Ich hätte mich wegen dieser ganzen Brief-Geschichte jetzt gleich wieder aufregen können, aber dazu fehlte mir die Kraft oder auch die Lust. Wie gesagt: »Seinen Namen und seine Eltern kann man sich eben nicht aussuchen.« Joshua Wood ist, wie er ist. Ich konnte weder an ihm etwas ändern noch an der Tatsache, dass er mein Vater war. Alles, was ich tun konnte, war zu versuchen nicht wie er zu werden.

Ich machte den großen Briefumschlag auf, der an PEAK »PI-PI« MARCELLO adressiert war. Darin fand ich ein selbst gemaltes Bild und einen kleineren Umschlag. Auf diesem Umschlag stand: FLUKZEUK GELT (Erstklässler-Rechtschreibung). Darin lagen 67 Dollar und 86 Cent. Das reichte nicht ganz, um nach New York zu kommen, aber ich hatte ja noch die 300 Dollar von Rolf und die Kreditkarte. Ich holte das Bild heraus. Es war die Einladung zu einer Geburtstagsparty. Wenn ich es rechtzeitig schaffen wollte, dann musste ich mich beeilen.

Ich wollte zum Hauptquartier, um nach Thaddeus zu suchen, aber unterwegs hörte ich, wie ein Lastwagen gestartet wurde. Ich rannte darauf zu. Vielleicht konnte ich ja mitfahren. Auf der Ladefläche entdeckte ich Yogi.

Die Fahrer knöpften mir hundert Dollar ab, aber das war mir egal. Ich hätte auch das Doppelte bezahlt. Ich wollte nach Hause und der Lastwagen war bequemer als der Pickup, mit dem wir hier hochgekommen waren. Die überdachte Ladefläche war leer und bot jede Menge Platz, um sich hinzulegen und zu schlafen.

Es waren zwei Fahrer, die sich regelmäßig abwechselten. Sie hatten es eilig und hielten nur an, um zu tanken. Das war mir nur recht.

Als wir zu der Straße oberhalb der Brücke der Freundschaft kamen, dort, wo die Gefangenen den Felsblock weggeklopft hatten, wurde der Lastwagen langsamer und blieb dann stehen.

Yogi und ich sprangen von der Ladefläche, um nachzusehen, was los war.

Der Felsblock und die Gefangenen waren nicht mehr da. Stattdessen stand da ein buddhistischer Mönch mit kahl geschorenem Schädel und einer orangefarbenen Robe. Er hatte uns den Rücken zugewandt und unterhielt sich mit dem Fahrer.

Als wir näher kamen, drehte er sich um und lächelte. Es war Zopa! Er sah vollkommen erholt aus – genauso gesund und munter wie damals im Indrayani-Tempel an dem Tag, als ich ihn kennengelernt hatte.

»Wie bist du denn hierhergekommen?«

Er hielt den Daumen in die Höhe. »Per Anhalter.«

Irgendwie glaubte ich ihm nicht so recht. Warum hätte ihn jemand ausgerechnet in dieser einsamen Gegend absetzen sollen? Das Einzige, was es hier in der Nähe gab, war der Grenzübergang an der Brücke der Freundschaft. Es sei denn, er hatte darum gebeten, hier rausgelassen zu werden. *Wir sehen uns unten wieder, auf unserem Weg* hatte auf seinem Zettel gestanden. Ich hatte diese Worte so verstanden, dass wir uns bestimmt irgendwo auf dem Weg des Lebens wiederbegegnen würden. Aber ich schätze, da hatte ich mich mal wieder geirrt. Wir stiegen alle drei auf die Ladefläche des Lastwagens.

Ich rechnete damit, dass es bei der Brücke noch einmal ziemlichen Wirbel geben würde, aber als wir dort waren, warfen die Wachen einen Blick in unseren Lastwagen, überflogen unsere Papiere und winkten uns, ohne ein Wort zu sagen, durch.

Wir legten noch einen Zwischenstopp ein. Ich war ungeduldig, weil ich unbedingt so schnell wie möglich zum Flughafen musste, aber Zopa hatte ein gutes Argument parat: »Solange du so aussiehst und riechst, lassen sie dich niemals in ein Flugzeug steigen.«

Die Mönche im Kloster wuschen meine Kleider, während ich ein langes Bad nahm.

Zopa begleitete mich zum Flughafen.

Bevor ich den Terminal betrat, holte ich den Zettel aus der Tasche, den Zopa uns im Camp Vier hinterlassen hatte.

»Woher hast du gewusst, dass wir uns auf diesem Weg wiedersehen würden?«

Zopa zuckte mit den Schultern. Seine Antwort überraschte mich nicht.

Ich zog den Reißverschluss einer Seitentasche an meinem Rucksack auf und holte die Speicherkarte heraus. »Das hier brauchst du vielleicht, um zu beweisen, dass Sun-jo auf dem Gipfel war.«

Zopa nahm die Karte und schob sie in die Falten seines orangefarbenen Gewandes. »Sehen wir dich auf dem Sagarmatha wieder?«

Ich hätte gerne mit einem Achselzucken geantwortet, aber ich konnte nicht, weil ich die Antwort genau kannte. »Nein«, sagte ich. »Aber vielleicht komme ich mal zu Besuch nach Kathmandu.«

»Du bist jederzeit willkommen.« Zopa verneigte sich und gab mir seinen Segen.

Dann schaute er auf und sagte: »Danke für das, was du für meinen Enkelsohn getan hast.«

Ich erwiderte die Verbeugung. »Danke für das, was dein Sohn für meinen Vater getan hat.«

Auflösung

Die Reise nach New York dauerte vierundzwanzig Stunden, aber da ich auf dem Weg nach Westen die internationale Datumsgrenze überquert hatte, lagen zwischen dem Abflug in Kathmandu und meiner Ankunft nur wenige Stunden.

Ich nahm mir ein Taxi und konnte kaum still sitzen, während der Fahrer sich durch den dichten Verkehr in die Stadt kämpfte. Hoffentlich kam ich nicht zu spät. Als er vor unserem Haus anhielt, gab ich ihm, ohne nachzuzählen, eine Handvoll Bargeld und fuhr mit dem Fahrstuhl in das Loft.

Ich hörte die Party schon, bevor ich sie sehen konnte. Rolf wusste genau, wie man eine Party schmeißt. (Nicht gerade Moms und meine große Stärke.) Es waren garantiert nicht weniger als 75 Leute da: Kinder mit ihren Eltern, Lehrer aus der GSS, Nachbarn, Leute aus Moms Buchladen, Anwälte aus Rolfs Büro ... Letztes Jahr hatte Rolf als Hauptattraktion dressierte Hunde gebucht. Im Jahr davor war es eine Reptiliendompteuse mit Taschen voller Schlangen, Schildkröten und Eidechsen gewesen (Salome, die Schlangenfrau – der Liebling der Zwillinge).

Aber, wie sich herausstellte, war ich in diesem Jahr die Hauptattraktion. Zumindest hatte ich diesen Eindruck, als ich zur Wohnungstür hereinspazierte.

»Ich hab doch gesagt, dass er kommt!«

»Ich auch!«

Die Ps ließen ihre Geschenke fallen und schlangen ihre kleinen Arme um meine Beine. Danach kam Mom, dann Rolf. Ich nahm mir fest vor, nicht zu weinen, aber dieser Vorsatz löste sich in dem Moment in Luft auf, als ich sie gesehen hatte. Wir umarmten uns und alle sangen »Happy Birthday«.

Als sich das Ganze wieder ein bisschen beruhigt hatte, zog Mom mich mit sich in die Küche und fragte, wie es mir ging. Ich sagte, dass ich müde war und ein bisschen Muskelkater hatte.

»Du hast abgenommen.«

»Kann sein.«

Sie schaute mich einen Augenblick lang an, dann nahm sie mich noch einmal in den Arm. »Ich bin froh, dass du wieder da bist.«

»Ich auch.«

»Du bist also nicht bis auf den Gipfel gekommen.«

»Woher weißt du das?«

»Josh hat heute Morgen angerufen. Er wünscht dir alles Gute zum Geburtstag.«

Das war das erste Mal. »Wo war er?«

»Hat er nicht gesagt … irgendwo oben am Berg. Die Verbindung war nicht besonders gut. Hat mich irgendwie an früher erinnert.«

»Das glaube ich«, sagte ich. »Ich hätte vorher anrufen sollen, ich weiß, aber ich wollte, dass es eine Überraschung wird.«

»Es war trotzdem noch eine Überraschung«, sagte Mom. »Ich habe nicht damit gerechnet, dass du es noch rechtzeitig schaffst … auch wenn die zwei Ps immer das Gegenteil behauptet haben.«

»Ist hier alles in Ordnung … ich meine, ist es okay, dass ich wieder da bin?«

»Deine Wolkenkratzer-Nummer ist Schnee von gestern und Rolf und ich bemühen uns, dass das auch so bleibt.«

»Was meinst du mit ›bemühen‹?«

»Holly Angelo.«

»Oh-oh.«

»Sie war in letzter Zeit öfter hier.«

»Das tut mir leid.«

»Ach was, ist schon okay. Ich mag sie irgendwie und die Zwillinge sind ganz verrückt nach ihr. Rolf? Na ja, er *erträgt* sie. Wir haben sie dazu überredet, nicht über deinen Everest-Ausflug zu berichten. Damit würde bloß diese ganze Wolkenkratzer-Geschichte wieder aufgewirbelt werden und das wollen wir ja gerade vermeiden, besonders jetzt, wo du wieder in der Stadt bist. Es ist das Beste, wenn wir …«

Mit Leidensmiene und entschuldigendem Blick machte Rolf die Küchentür auf.

»Peeeeak!« Holly schob ihn einfach beiseite, als sie in die Küche stürmte. Sie trug einen leuchtend pinkfarbenen Hosenanzug, einen lindgrünen Schal und eine rote Handtasche so groß wie ein Koffer. Ich ließ mich von ihren dünnen Spinnenarmen umschlingen und erwiderte sogar ihre Umarmung. Es war schön, sie zu sehen.

Als sie mich dann schließlich wieder freiließ, blickte sie sich verschwörerisch in der Küche um, so als ob sie nach Spionen suchte. »Ich habe gehört, du hast es nicht bis auf den Gipfel geschafft«, flüsterte sie. »Tut mir leid.«

»Wie hast *du* das denn mitgekriegt?«

»Ich habe in den letzten Tagen ein paar Mal mit Josh gesprochen.«

Er war ja anscheinend eine ziemliche Plaudertasche.

Holly stellte ihre rote Handtasche auf die Arbeitsfläche, blickte sich noch einmal um und holte dann eine Zeitung heraus. »Die ersten Exemplare werden demnächst ausgeliefert.«

DER JÜNGSTE MENSCH AUF DEM GIPFEL DES EVEREST VON HOLLY ANGELO. Der Artikel ging über die ganze Seite und enthielt einige Aufnahmen aus dem Video, das ich gedreht hatte. Das größte Foto zeigte Sun-jo und Yash, wie sie neben dem Gipfelmast saßen.

»Ich glaube, daraus könnte ein Buch werden«, sagte Holly. »Ich habe heute mit Sun-jo gesprochen. Er lässt dich grüßen und wünscht dir alles Gute zum Geburtstag. Und er hat gesagt, dass er sich sehr über dein Geburtstagsgeschenk freut, genau wie seine Schwestern.«

Ich lächelte.

»Was hast du ihm geschenkt?«, wollte Holly wissen.

»Nur eine Kleinigkeit«, sagte ich. »Ich geh lieber mal raus und mische mich ein bisschen unter die Leute.«

Rolf schaute mich mit skeptischer Miene an.

Ich sagte ein paar Leuten Hallo und ließ mir die Geschenke der Zwillinge zeigen. Dann entdeckte ich Vincent, der alleine in einer Ecke saß und Mahlgut einsammelte. Ich war überrascht ihn zu sehen. Wir luden ihn immer zu unseren Partys ein, aber er ließ sich nur selten blicken.

»Danke, dass du gekommen bist«, sagte ich.

»Ich wollte gerade gehen, als du aufgetaucht bist«, erwiderte Vincent. »Du hast ein paar interessante Wochen hinter dir.«

»Du hast das Moleskine gelesen«, sagte ich.

»Ja, und es ist gut geschrieben. Bedauerlicherweise hat die Geschichte aber nur einen Anfang und einen unvollständigen Mittelteil. Du hast zwar dein Moleskine vollgeschrieben, aber ich befürchte, du hast deine Aufgabe nicht komplettiert. Die Geschichte hat keinen Höhepunkt, keinen Schluss und keine Auflösung. Deshalb kann ich dir auch keine ...«

»Es gibt noch ein zweites Moleskine«, sagte ich. »Was den Höhepunkt angeht, bin ich mir nicht ganz sicher, aber die Geschichte hat auf jeden Fall einen Schluss ... irgendwie. Und jetzt bin ich gerade mitten in der Auflösung, buchstäblich.« Ich deutete auf die Partygäste.

Vincent lächelte. »Natürlich. Ich verstehe, worauf du hinauswillst.«

»Wie wär's, wenn ich es morgen früh fertig mache?«

»Das wäre gut. Ich bin bis Mittag in der GSS. Die Sommerferien haben zwar schon angefangen und eigentlich ist der Abgabetermin verstrichen, aber in Anbetracht der Umstände denke ich, dass wir eine Ausnahme machen können.« Er stand auf. »Und noch einmal: Es ist eine wohlgestaltete Geschichte. Du hast mich am Haken und jetzt will ich unbedingt erfahren, was weiter geschehen ist.«

Ich sitze in meinem Zimmer und schreibe die letzten Seiten des Moleskines voll.

Die Zwillinge sind wach. Sie essen ihren Vormittags-Snack und ich höre sie dabei kichern und streiten. Ich habe versprochen sie mit zur GSS zu nehmen, wenn ich das Moleskine abgebe.

Da kommen sie. Ihre kleinen Füße trippeln die Treppe herauf. Die Tür geht auf.

»Was machst du?«

»Du hast gesagt, du nimmst uns mit in die Schule.«

»Ich bin noch mit meiner Aufgabe beschäftigt.«

»Was ist das?« Patrice zeigt auf den Zeitungsartikel über Sun-jo, den ich an meine Pinnwand geheftet habe.

»Bist du das?«, will Paula wissen und zeigt auf Sun-jo.

»Nein.«

»Was sind das für Fahnen?«

»Gebetsfahnen.«

»Was ist eine Gebetsfahne?«

»Auf der Fahne steht ein Gebet. Wenn die Fahne im Wind weht, steigt das Gebet hinauf zu Gott. Wenn man die Fahne weit oben auf einem Berg anbringt, dann kommt das Gebet schneller bei Gott an.«

»Das da auf der gelben Fahne sieht aus wie ein blauer Berg.«

»Könnte schon sein. Jetzt setzt euch auf mein Bett und seid leise, damit ich das hier fertig machen kann.«

»Du hast uns gefehlt, Peak.«

»Wir haben dich lieb, Peak.«

»Ich hab euch auch lieb. Ich bin gleich so weit.«

Ich schaue die Zwillinge lächelnd an und schreibe meinen letzten Satz …

Das Einzige, was man auf dem Gipfel des Mount Everest findet, ist eine göttliche Aussicht. Die Dinge, die wirklich wichtig sind, liegen viel weiter unten.

Ich möchte mich bei Kate Harrison für ihr wunderbares Lektorat, ihre Ermutigung und für den zusätzlichen Sauerstoff bedanken, der es mir erst ermöglicht hat, diesen Aufstieg zu bewältigen. Ein ebenso herzlicher Dank geht an Anne Davies, die sich auf den Weg zu ihrem eigenen Gipfel gemacht hat.